NIEDERRHEIN KRIMI
9

Angelika Hensgen, 1953 in Krefeld geboren und dort aufgewachsen, lebt seit 1986 mit ihrem Mann und vier Kindern in Köln. Hier studierte sie Literatur- und Sprachwissenschaft. Im Emons Verlag erschienen von ihr bereits die Kinderkrimis »Giraffen unterm Bett«, »Die Diebin vom Dom« und »Underground« sowie der Niederrhein Krimi »Racheengel«.

Angelika Hensgen

Schattenräume

Emons Verlag

© Hermann-Josef Emons Verlag
Alle Rechte vorbehalten
Umschlagzeichnung: Heribert Stragholz
Druck und Bindung: Clausen & Bosse GmbH, Leck
Printed in Germany 2004
ISBN 3-89705-323-3

www.emons-verlag.de

*Da erzitterte der Spiegel in seinem Grinsen so schrecklich,
dass er ihren Händen entglitt und auf die Erde hinabfiel,
wo er in hundert Billionen und noch mehr Stücke zersprang.
Doch nun richtete er noch viel mehr Schaden an als zuvor.
Manche Stücke waren so klein wie ein Sandkorn und verbreiteten
sich über die ganze Welt. Und wem er sich ins Auge setzte,
der sah alles verkehrt und hatte nur noch Augen für das Schlechte.
Die Macht des Spiegels war nämlich auf jede einzelne Scherbe
übergegangen. Am schlimmsten aber war es, wenn ein
Mensch eine solche Scherbe ins Herz bekam,
denn dann wurde sein Herz zu Eis.*

Hans Christian Andersen, »Die Schneekönigin«

Prolog

Was wollten die eigentlich hören? Ihm war das alles vollkommen gleichgültig. Für ihn zählte nur eins. Die Prinzessin. Nie, niemals vorher hatte er so etwas gefühlt. Ein Gefühl, das die Leere vertrieben hatte. Er war erfüllt von den Zehen bis zu den Haarspitzen. Und er wusste immer, wo sie war. Im Saloon, in der Krähe oder im Take 46. Es war vorgekommen, dass er ziellos herumwanderte. Nicht genau wusste, ob er im Stadtwald spazieren gehen sollte oder zum Zoo. Und dann durchfuhr es ihn. Wie ferngesteuert bewegte er sich, und am Ende des Weges fand er sie. Sie lachte, warf ihr helles Haar zurück und winkte ihm zu. Manchmal war sie mit ihrer kleinen Schwester unterwegs, manchmal mit Freunden. Und es war ihm, als hätte es vor ihr nichts von Bedeutung gegeben. Nur Wut auf seine Mutter und eine entfernte Dankbarkeit gegenüber Frau Schieren. Ja, seine Mutter hasste er. Die hatte immer nur ihr eigenes verschissenes Leben im Sinn gehabt. Als er dann zu den Pflegeeltern gekommen war, begann eine endlose Pause. Erst hatte es gut getan, aber dann war es langweilig geworden. Die regelmäßige Fürsorge, die Brote für die Schule. Der brummige Mann, der ihn immer über den Zeitungsrand hinweg beobachtet hatte. Nein, alles in allem waren sie gut zu ihm gewesen. Aber er hatte nie Vater oder Mutter sagen können. Hanna und Alfons, so hatte er sie genannt. Aber das auch nur nach außen. Für ihn waren sie immer Frau und Herr Schieren geblieben. Und ihr gemeinsames Leben war ihm wie Fernsehen vorgekommen. Er schaute einem Familienleben zu, an dem er zugleich teilnahm.

»Natürlich steht es Ihnen frei, Herr Feuerbach, als Angeklagter müssen Sie nicht aussagen.« Der Richter machte eine kleine Pause.

»Mein Mandant möchte sich zu der Sache nicht äußern.« Die Stimme des Verteidigers klang bestimmt.

»Gut, dann beginnen wir mit der Beweisaufnahme.«
Max war froh, als die anderen wieder mit sich selbst beschäftigt waren. Er dachte daran, wie es gewesen war, das Haar der Prinzessin zu berühren, sie an der Hand zu fassen. Sie hatte es zugelassen. Einer ihrer Freunde hatte manchmal schräg geguckt. Aber es war schließlich ihre Sache gewesen, und seine. Einmal hatten sie sich sogar geküsst. Ganz nah hatten sie zusammengestanden. Der Hals war ihm eng geworden, als er durch die dünnen Sommerkleider ihren Körper fühlte. Und dann der Kuss. Sie waren wie *ein* Körper.

Montag, 24. März 2003

Krefeld, Stadtwald, 9:00 Uhr
Die Hände tief in die Manteltaschen geschoben hastete er den Waldweg entlang. Er warf einen Blick auf den Haupteingang der Pferderennbahn. Die weiß lackierten Holzlatten glänzten in der Sonne. Wie Martha die Atmosphäre der Renntage geliebt hatte. Den Geruch der Pferde, das erste Klingeln, das den Start der Rennen ankündigte, und dann die übertriebene Eile der Wetter von den Kassenhäuschen hinauf auf die Bahn. Er richtete die Augen wieder auf den Pfad vor sich und beschleunigte den Schritt. Vorbei. Vorbei. Vorbei. Genau das sagte ihm der Rhythmus seiner Schritte. Dieses Glück, das er geglaubt hatte in Händen zu halten, dieses Glück, so kurz, so kurz. Er war immer ein Mann gewesen, der Tränen vermieden hatte, bis er Martha hergeben musste. Er musste sich zusammenreißen. Das tun, was er jetzt zu tun hatte. Er musste sich beeilen. Tag für Tag war er in den Stadtwald gelaufen, um den richtigen Zeitpunkt zu finden. Er war sich ziemlich sicher, dass es heute passieren würde.

Krefeld, Heyenbaumstraße, 10:30 Uhr
»Geheimnisse. Jugendliche müssen Geheimnisse haben.« Sofie hätte sich am liebsten den Finger in den Hals gesteckt. Sie saß in diesem Wartezimmer, weil sie ein Attest für die Schule brauchte. Und diese dämliche Frauenzeitschrift wusste wieder ganz genau, wie man Eltern trösten konnte. »50 besondere Geschenke und Geheimnisse«. Sofie lachte auf. Die alte Frau gegenüber sah sie prüfend an. Resigniert legte sie die Illustrierte zurück auf den

kleinen Tisch. Sie hatte Geheimnisse, und sie hätte sie gern weitererzählt. Eine verständnisvolle Seele nur, eine von den wohl gesonnenen Großmüttern im Märchen oder von den Filmvätern, die den Söhnen beim Angeln ihre Uhr schenken, und sie hätte ihre Geheimnisse ausgekotzt wie den Mageninhalt nach einer Fressorgie. War sie keine normale Jugendliche?

Sofie streckte die Beine aus und konzentrierte sich auf die neuen Turnschuhe. Neunundneunzig Euro. Die Eltern waren großzügig, was Klamotten anging, da konnte sie nicht meckern. Sie war auch nicht allein, wenn man das auf die räumliche Anwesenheit eines Erziehungsberechtigten bezog. Nein, die Mutter arbeitete nur Teilzeit und kümmerte sich. Fragte nach der Schule, auch nach dem Seelenleben. Aber was sollte sie dann sagen? Dass sie nicht fett werden wollte und das Essen lieber auskotzte? Dass sie alles, was die Eltern für richtig hielten, plötzlich nicht mehr sinnvoll fand? Sie schlug sich mit dem Knöchel gegen die Stirn.

»Sofie?«

Sofie blickte auf. Die Sprechstundenhilfe nickte aufmunternd. »Kommst du?« Sofie folgte der jungen Frau durch die weiße Tür. »Bitte in die Eins.« Sofie ging langsam in das angewiesene Sprechzimmer und blieb unschlüssig am Schreibtisch stehen. Sie betrachtete das Foto, das eine Frau zeigte und drei Kinder, die sich an sie drückten. So ein Foto hatte ihr Vater sicher nicht auf seinem Schreibtisch, seine Besucher sollten ja nicht abgelenkt werden.

»Na, Sofie, wo fehlt es denn?« Dr. Meißen war ins Zimmer geprescht und ließ sich gleich in seinen Sessel fallen. »Setz dich doch.«

Sofie hockte sich auf den Stuhlrand. »Eigentlich hab ich nichts, aber ich bin oft so schlapp«, sie zögerte, »und Mama meint, ein Attest vom Arzt sieht besser aus als eine Entschuldigung von den Eltern.«

»Du warst also nicht in der Schule? So schlecht ging es dir?«

Sofie nickte.

»Blasser, als ich dich in Erinnerung habe, bist du auf jeden Fall. Na, dann lass mal schauen.«

Schweigend ließ Sofie die Untersuchungsprozedur über sich ergehen.

»Auf den ersten Blick scheint dir nichts Ernstes zu fehlen, du bist etwas dünn, isst du genug?«

Sofie wurde rot. »Klar, je nachdem, wie der Hunger ist.« Das war keine Lüge. Sie aß immer, wenn sie Hunger hatte. »Wir prüfen auf jeden Fall noch die Blutwerte, um sicher zu gehen, sonst kann ich im Moment nicht viel für dich tun.« Dr. Meißen nahm einen Vordruck aus dem Kästchen und schrieb eifrig. »Das Attest bekommst du natürlich.«

Er blickte auf. »Schwierigkeiten in der Schule gibt es nicht, oder?« Sofie schüttelte den Kopf. »Na dann, ich sag noch Frau Jensen Bescheid wegen der Blutsenkung. Tschüss, Sofie.« Der Arzt klopfte ihr freundschaftlich auf die Schulter. »Das kriegen wir schon in den Griff.«

Sofie trat auf die Straße und atmete tief durch. Gewonnen. Einen Tag Freiheit, dafür nahm sie sogar die verhasste Blutabnahme in Kauf. Sie blinzelte in den blauen Himmel und entschloss sich zu einem Spaziergang im Stadtwald. Nur über die Nordtangente weg, dann kam sie schon an der Rennbahn aus. Treffen würde sie kaum jemanden, sie lief gern abseits der Spazierwege quer durch den Wald. Ihre Laune besserte sich. So ein geklauter freier Tag kribbelte im Bauch wie ein Song von Pink. Pink, Pink, Pink, die Frau, die nicht nur nackte Haut zeigte, nein, Pink war anders drauf. Sie wirkte stark, so ähnlich wie Kelly Osbourne oder Franka Potente. Sofie schob ihre Füße durch das vermoderte Laub, bis sie die feuchte Erde roch. Begeistert ließ sie sich fallen, wühlte in den alten Blättern wie ein junger Hund und lachte bei dem Gedanken, dass ihre Eltern sie so sehen könnten. Sie sprang auf und spurtete, bis sie atemlos stehen blieb und die Hände in die Seiten stützte. Schade, dass sie nicht den ganzen Park für sich hatte, hinten am See würden bestimmt wieder einige Leute herumlaufen. Da war ja schon der Erste. Missmutig betrachtete sie den Edeljogger auf der Fußgängerbrücke. Er hing genau an der Stelle über der Steinmauer, wo sie so gern stand und ins Wasser spuckte. Aber nicht, wenn da noch jemand war. Sie hakte die Daumen in die Jackentaschen und ging zügig an dem

Mann vorbei. Sie war schon einige Meter hinter der Brücke, als sie noch einmal einen Blick zurückwarf. Mit dem stimmte was nicht. Wie verkrampft der da hing. Sofie zögerte. Vielleicht war ihm übel. »Hallo?«, rief sie zaghaft. Der Wald schien unnatürlich ruhig. Weder Stimmen vom Kinderspielplatz noch Vogelgezwitscher hoben die unheimliche Stille auf. Sie wollte nicht, trotzdem bewegte sie sich auf die reglose Gestalt zu. »Hallo«, sagte sie noch einmal leise und fasste den Mann am rechten Oberarm. In einer leichten Drehung rutschte er zu Boden und blickte Sofie mit weit aufgerissenem Mund an. Sofie schrie.

Krefeld, Moerser Straße, 11:35 Uhr

»Ich mag keine Sonne«, die Frau guckte herausfordernd, »ich mach keinen Scherz. Mein Mann mag auch keine Sonne.«

Der Mann hinter der Verkaufstheke nickte zustimmend. »Sonne muss nicht sein.«

Sine Matthäus verließ den Kiosk fluchtartig und steckte sich gleich zwei Schokospeckstreifen auf einmal in den Mund. Niemals mehr würde sie eine Bemerkung über das Wetter machen, das schwor sie sich.

Sie sprang in ihren alten Fiat und knatterte die Moerser Straße entlang. Auf keinen Fall würde sie sich die Pause verderben lassen. Das schöne Wetter hatte sie rausgelockt, und auf eine große Mittagsmahlzeit hatte sie keinen Appetit. Wütend schluckte sie den letzten Rest Mäusespeck. Mit überhöhter Geschwindigkeit bog sie in die Husarenallee ein. Sie würde am Stadtwaldhaus parken und einmal um den See marschieren. Die überraschende Märzsonne nach den langen, grauen Winterwochen wollte sie sich nicht entgehen lassen. Mittler hatte nur abwesend genickt, als sie sich abmeldete.

Knapp drei Jahre war es jetzt her, dass sie zum ersten Mal mit Rolf Mittler zusammengearbeitet hatte. Sie war so stolz gewesen, als Beste ihres Jahrgangs die Polizeihochschule absolviert zu haben. Und dann der Start im KK11. Die Mordsache Werner König. Noch heute erinnerte sie sich an den schalen Geschmack im Mund, der sich nach der Überführung des Täters eingestellt hatte. Sie hatte immer zur Kriminalpolizei gewollt. Abwechslung, Spannung und Gerechtigkeit, das war eine unübertreffliche Mischung. Ha. Sie trat heftig aufs Bremspedal, und die Reifen quietschten, als sie fast rechtwinklig abbog, ehe sie auf dem Parkstreifen zum Stehen kam. Sie legte die Stirn aufs Lenkrad. Abwechslung. Der süßliche Geruch der Toten hing ihr oft tagelang in der Nase. Spannung. Die Ausbrüche und Zusammenbrüche der Angehörigen von Opfern waren in ihrem Ausmaß wirklich kaum vorhersehbar. Gerechtigkeit. Damit war das Ende der Fahnenstange erreicht. Sine Matthäus hob den Kopf und blickte in den lichtdurchfluteten Wald. »Sonne muss nicht sein.« Diese Leute waren doch krank. Bald würde sich das Leben hier überstürzen. Das Grün würde sprießen. Vögel, Menschen, Hunde, Ruderer, Läufer, Enten, knirschender Kies und das Klirren von Kaffeegeschirr. Der Frühling existierte schon in ihrem Kopf. Und sie sehnte ihn mit aller Macht herbei.

Entschlossen stieg Sine Matthäus aus dem Auto und wählte den Weg, der zwischen Stadtwaldhaus und Tennisplätzen zum Pavillon führte.

Krefeld, Polizeipräsidium, 11:45 Uhr

Rolf Mittler lehnte sich zurück und starrte an die Decke. Nichts war mehr zu sehen von dem braunen Fleck, die Renovierung des Präsidiums hatte auch vor seinem Büro nicht Halt gemacht. Es war die Macht der Gewohnheit, die seine Augen an der Decke entlangwandern ließ, wenn er nachdachte.

Eben hatte er Oberkommissar Herder gut zugesprochen, der als zuständiger Leichensachbearbeiter eine Selbsttötung im Untersuchungsgefängnis überprüfte. Der Häftling war kein Schwerverbrecher gewesen, und der Kollege konnte kein einleuchtendes Motiv für den Suizid finden. Die starke Anteilnahme des Oberkommissars begründete sich wohl in der Tatsache, dass seine Söhne im Alter des jungen Mannes waren. Mittler warnte seine Mitarbeiter regelmäßig vor zu hohem emotionalen Einsatz. Nur so war man fähig, objektiv zu ermitteln. In diesem Fall hatte er bei dem Namen des Häftlings aufgehorcht. Max Feuerbach. Mittler selbst war es gewesen, der ihn festgenommen hatte, als er zum ersten Mal mit dem Gesetz in Konflikt gekommen war. Er erinnerte sich ziemlich genau an den Tag. Es war der 15. März 1999 gewesen, der elfte Geburtstag seiner Tochter, und im Präsidium war die Hölle los. Das Drogendezernat war einem Riesending auf der Spur gewesen, und die Leute von der Kriminalwache erschienen an diesem Tag nur, um mit einem neuen Auftrag gleich wieder auszurücken. Ein Unfallopfer musste identifiziert werden, und Mittler hatte sich bereit erklärt, die notwendige Festnahme in dieser Angelegenheit vorzunehmen. Nie würde er die ratlosen Blicke der Eltern vergessen, als der Streifenbeamte den Jungen aus der Wohnung führte. Den ganzen Nachmittag, beim Essen der Geburtstagstorte, hatte er das Bild dieser unglücklichen Familie vor Augen gehabt. Eine Autofahrt ohne Führerschein, ein Todesopfer und ein Päckchen Kokain. Max Feuerbach. Vier Jahre war das her, und jetzt hatte der Junge sich umgebracht. Mittler war versucht, sich die Akte zu holen, als das Telefon klingelte. Nach dem zweiten Läuten nahm er ab.

»Herder hier, Herr Mittler.«

»Und? Was gibt's?«

»Eine männliche Leiche im Stadtwald, kam über Notruf rein. Der Erkennungsdienst ist schon raus.«

»Was ist mit Frau Matthäus?«

»Hab sie angepiepst. Sie weiß Bescheid.«

»Gibt es eine genauere Ortsangabe?«

»Eine der Steinbrücken überm See. Mehr hat der Anrufer nicht gesagt.«

»Danke, Herder.« Langsam ließ Rolf Mittler den Hörer in die Fassung gleiten.

Sine Matthäus steckte das Handy zurück. Eine männliche Leiche. Im Stadtwald. Das war doch nicht wahr! Sie betastete mit den Fingerspitzen ihre Stirn und suchte die Akupressurpunkte oberhalb der Nasenwurzel, um die aufkommenden Kopfschmerzen zu unterdrücken. Es musste die Fußgängerbrücke über dem hinteren Teil des Weihers sein, sie befand sich gerade auf dem Weg dorthin. Sine Matthäus massierte ein letztes Mal ihre Stirn und gab sich einen Ruck. Vermutlich war es sowieso Tills Schuld, dass es ihr so schlecht ging. Ein paar Tage war sie weggefahren, damit jeder für sich nachdenken konnte, und ihr Freund hatte nichts Besseres zu tun gehabt, als gleich mit irgendeinem Mädchen herumzumachen. Nur geküsst hatte er sie, *nur* geküsst!

Als die Kommissarin das Blaulicht sah, verdrängte sie die bitteren Gedanken. Ein Polizist in Uniform zog das rotweiße Band, um den Tatort weiträumig abzusperren. Noch kurz zuvor hatte Sine Matthäus den Eindruck gehabt, allein im Park spazieren zu gehen, jetzt standen überall Mütter mit Kinderwagen, Sportler und Rentner herum. Sie wollte sich gerade den Weg durch die Neugierigen bahnen, als sie aus dem Augenwinkel einen hellgrauen Fleck hinter den Bäumen wahrnahm. Er bewegte sich von Stamm zu Stamm und entfernte sich vom Ort des Geschehens. Sie beschleunigte ihren Schritt, aber vermied es zu rennen. Ganz, als hätte sie nichts anderes vorgehabt, hielt sie sich auf dem Weg. Schließlich konnten es nur noch zehn, fünfzehn Meter sein, die sie sprinten musste, um die verdächtige Person zu erreichen. Sine Matthäus rannte los, und der hellgraue Fleck hüpfte fort wie ein Karnickel. Nach kurzer Zeit hatte sie den Flüchtenden eingeholt und riss ihn an der Jacke herum. Angstvoll blickte ein junges Mädchen sie an, und die Kommissarin ließ überrascht die Hand sinken. »Du?«

»Bitte sagen Sie meinem Vater nichts!« Sofie bettelte so erbarmungswürdig, dass Sine Matthäus beinahe weich geworden wäre.

»Was machst du denn hier? Hast du keine Schule?«

»Das ist es ja gerade, ich habe geschwänzt.«

»Na und, dein Vater wird dir nicht gleich den Kopf abreißen.«

Sine wunderte sich. Welches Kind schwänzte nicht schon mal – aber Rolf Mittlers Tochter? Die gute Schülerin. Das Kind, das keine Probleme machte. Und dann auch noch hier, in der Nähe eines Leichenfunds.

»Bitte lassen Sie mich gehen. Meine Mutter erwartet mich.« Die Kommissarin schüttelte den Kopf. »Du erzählst deinem Vater, was dich hergeführt hat, und dann lassen wir dich nach Hause bringen.« Sine Matthäus fühlte sich getroffen, als sie den hasserfüllten Blick des Mädchens wahrnahm.

»Sie sind noch so jung und schon genauso scheiße wie die anderen Erwachsenen.« Sofie spuckte auf den Boden.

»Hör mal, wie benimmst du dich? Ich kann dich nicht einfach gehen lassen, oder hast du nicht mitbekommen, was dahinten passiert ist?«

Sofie hob gleichgültig die Schultern. »Papa hat schon schlimmere Fälle bearbeitet, oder?«

Sine Matthäus war ratlos. Sie erinnerte sich zwar gut an ihre aufsässige Zeit, aber trotzdem fand sie keinen Zugang zu dem Mädchen. Erwachsene zu nerven war entschieden einfacher, als bei Halbwüchsigen die richtigen Worte zu finden. Na ja, das war Mittlers Problem. Entschlossen schob sie Sofie vor sich her.

Mittler kletterte aus dem Streifenwagen. Für einen Moment starrte er auf seine Schuhe. Wieso hatte er die blank geputzten Ausgehschuhe an? Ein leichter Druck legte sich auf seinen Magen. Dass er sich solche Fragen stellte, hatte mit dem Mordfall Werner König begonnen. Da hatten ihn Leder- und Gummisohlen genervt auf den glatt polierten Fliesen einer Villa. Seitdem schenkte er seinem Schuhwerk eine übertriebene Aufmerksamkeit.

»Herr Mittler?« Der Streifenpolizist, der ihn gefahren hatte, sah ihn erwartungsvoll an.

»Ja, ja, gehen Sie nur schon voraus, ich komme gleich.« Der Mann nickte. Dass Mittler ungewöhnliche Verfahrensweisen an den Tag legte, wenn es um die Annäherung an einen Tatort ging, war allgemein bekannt. Er hatte seine Eigenheiten und war damit sehr erfolgreich.

Mittler sah dem Streifenpolizisten hinterher. Das war der Vorteil einer hohen Aufklärungsquote. Jeder maß seinen Handlungen und Worten ermittlungstechnische Bedeutung bei, selbst wenn er nur mal Zeit gewinnen wollte. Er merkte, wie seine gewohnt zuversichtliche Stimmung zurückkehrte. Na gut, hatte er eben einen Schuhtick. Er soff, qualmte und zockte nicht, irgendwie musste er ja seine Arbeit kompensieren. Er richtete seine Aufmerksamkeit auf den Weg. Manchmal nutzte diese Konzentration auf die Umgebung, um eine Vorstellung zu gewinnen von dem, was dort geschehen war. Er betrachtete den Steinpavillon zu seiner Linken und musste an Sofies verzweifeltes Weinen denken, als er sie in fröhlichem Schwung auf die Mauer gesetzt hatte, um sie zu fotografieren. »Ich falle!«, hatte sie verzweifelt geschrien, »Papi, ich falle!« Er war so erstaunt über den Ausbruch gewesen, dass er sie nicht gleich hinuntergehoben hatte. Da war Anna, seine Frau, erzürnt herbeigestürzt, um Sofie zu helfen. »Merkst du denn nicht, dass sie Angst hat?« Er erinnerte sich genau, es war eines der seltenen Male gewesen, dass sie ihn angeschrien hatte. »Mein Gott, sie ist sechs, sie wird schon nicht gleich in den Weiher fallen!«, hatte er ärgerlich geantwortet.

Mittler blieb stehen. Er musste diesen Familienkram aus dem Kopf kriegen. Er blieb heute nicht bei der Sache. Er inhalierte die frische Luft. Die paar Schritte hatten nicht viel gebracht. Er sah die Kollegen und Zaungäste, gleich wäre er mittendrin.

»Herr Mittler!«

Überrascht registrierte der Kommissar die Stimme von Sine Matthäus, dass sie aber auch noch seine Tochter vor sich herschob, haute ihn beinahe um. Er sagte kein Wort, bis die beiden direkt vor ihm standen.

»Was machst du denn hier?«, blaffte er Sofie an und bemerkte ihre kurze Jacke, die einen schmalen Streifen ihres nackten Bauchs freigab. Sofie antwortete nicht. Sie starrte auf ihre Schuhspitzen, und Mittler durchfuhr die verrückte Idee, der Schuhtick sei vererbbar.

»Sie war heute nicht in der Schule«, erklärte Sine Matthäus, als Sofie nicht antwortete.

»Wieso? Ist was ausgefallen?« Mittler suchte die naheliegendste Lösung. »Und was machst du ausgerechnet hier?«

»Sie hat geschwänzt und versucht, sich durch die Büsche davonzumachen, als ich sie entdeckte.«

Sofie hob den Blick nur, um die Kommissarin aus ihren blauen Augen wütend anzublitzen, dann sah sie wieder stur nach unten.

»Was heißt, davonzumachen? Hast du irgendwas gesehen, Sofie?«

Jetzt blickte Sofie ihren Vater an. Und dieser Blick traf Mittler völlig unvorbereitet. Er hatte das Gefühl, seine Tochter würde ihm gleich an die Gurgel springen.

»Hast du was gesehen, Sofie?«, äffte sie ihn nach. »Sonst interessiert dich nichts, was? Nur deine blöden Fälle mit den ganzen irren Typen. Vielleicht solltest du dich mal um mich kümmern. Vielleicht bin ich ja auch bekloppt!« Sofie riss sich los und rannte weg. Sine Matthäus wollte hinterher, aber Mittler hielt sie zurück.

»Ich glaube, sie läuft nach Hause. Ich rede besser in Ruhe mit ihr.«

Sine Matthäus wollte etwas entgegnen, aber sie bemerkte, dass Mittler getroffen war. Er starrte Sofie noch nach, als man sie längst nicht mehr sehen konnte.

Krefeld-Verberg, Schwester-Christine-Weg, 13:30 Uhr

Anna Mittler schob den Topf von der heißen Herdplatte und strich eine lästige Haarsträhne hinters Ohr. Sofie machte ihr zunehmend Sorgen. Jeder hatte ihr prophezeit, dass die freundschaftliche Beziehung zu ihrer Tochter nicht ewig währen konnte, aber auf solche Wechselbäder der Gefühle war sie nicht gefasst gewesen. Von heute auf morgen hatte Sofie ihr die kalte Schulter gezeigt und sie nicht mehr Anteil nehmen lassen an ihren Gedanken. Anna arbeitete neunzehn Stunden an der Realschule Horkesgath und richtete es meist so ein, dass sie und ihre Tochter gemeinsam zu Mittag essen konnten. Aber darauf legte Sofie kaum noch Wert. Entweder kam sie zu spät oder schob den Teller mit einer unwilligen Geste zur Seite. Natürlich wusste Anna, dass in der Pubertät die große Antiautoritätsphase angesagt war, aber das Ausmaß dieser Phase machte ihr Angst.

Anna dachte an ihre eigene Jugend und rieb sich die Schläfen. Sollte Sofie etwa dasselbe durchmachen, obwohl sie so geborgen aufgewachsen war? Was nutzten dann liebende Eltern überhaupt? Rolf war immer ein stolzer, fürsorglicher Vater gewesen. Einen, wie sie selbst ihn sich gewünscht hatte. Aber kaum zog sie irgendeinen Vergleich mit sich selbst, um der Tochter ihr Verständnis zu vermitteln, wehrte Sofie ab:»Mama, ich bin nicht du!«

Anna zuckte zusammen, als der Türgong hart anschlug. Erleichterung paarte sich mit dem inzwischen schon gewohnten Anflug von Ärger. Sofie benutzte ihren Schlüssel nicht mehr, auch wenn sie ihn dabeihatte. Die paar Sekunden, die Anna an diesen Gedanken verschwendete, reichten schon, um einen Klingelsturm auszulösen. Geladen lief sie durch den Flur und riss die Tür auf. Ehe sie etwas sagen konnte, stand Sofie schon auf der Treppe zur oberen Etage. Bevor sie hinaufrannte, drehte sie sich um.

»Ich habe heute die Schule geschwänzt. Papa hat mich erwischt. Er will sicher wissen, was ich an seinem Tatort zu suchen hatte, aber ich habe keine Lust, darüber zu reden. Sag ihm das!«

Anna verstand im ersten Moment nicht, was ihr da entgegengeschleudert wurde. Ihre zuverlässige Sofie war nicht in die Schule gegangen. Das war unerfreulich, aber nicht der Weltuntergang. Nur, wie hatte ihr Mann das erfahren können, und was machte Sofie an einem Tatort? Unsicher ging sie zum Telefon und wählte Rolfs Handynummer. Das Handy war ausgeschaltet.

Mittler schob die Augenlider des Toten hoch und warf noch einen prüfenden Blick auf die Augäpfel, bevor der Leichensack geschlossen wurde. Rehkämper vom Erkennungsdienst zog sich langsam die Handschuhe von den Fingern und blickte nachdenklich in die Baumwipfel. Erst als Mittler ihn antippte, gab er Auskunft.

»Zunächst dachte ich an Herztod. Da reißen die Leute schon mal den Mund auf vor Schmerz und Not. Aber das ist es nicht. Keine typischen Verfärbungen, eigentlich nichts, was diese Theorie stützen würde.«

»Also nichts Unkompliziertes«, seufzte Mittler, »ich hatte gehofft, da hätte sich nur jemand überanstrengt.«

»Eher nicht. Er muss erst mal in die Rechtsmedizin, für einen natürlichen Tod tun sich hier zu viele Fragen auf.«

Rolf Mittler sah zu, wie der Tote in die Zinkwanne gelegt wurde. Die Sportklamotten ließen auf ein gutes Einkommen schließen. Obwohl auch das kein echter Hinweis mehr war. Zu seinem Erstaunen musste Mittler immer häufiger feststellen, dass gerade weniger Betuchte sich gern in teure Markenklamotten hüllten. Trotzdem, die gepflegten Fingernägel und der Haarschnitt rundeten das Bild eines gut situierten Mannes ab, der Wert auf sein Äußeres legte. Mittler nickte dem Helfer zu, der daraufhin den Deckel über den Toten schob und die Wanne schloss.

Rehkämper hob die Hand zum Gruß. »Der Bericht wie immer möglichst gestern.«

Mittler lachte und nickte.

Sine Matthäus, die die Befragung der Umstehenden durchgeführt hatte, kam auf die beiden Männer zu.

»Schönen guten Tag, Herr Rehkämper!«, begrüßte sie den Kollegen vom Erkennungsdienst. »Angeblich weiß hier niemand was«, meinte sie zu Mittler gewandt. »Die wollen alle erst gekommen sein, als sie am Aufmarsch unserer Kollegen merkten, dass was passiert ist – Dumpfbacken«, setzte die junge Kommissarin verächtlich hinzu. Sie sah Mittler direkt in die Augen. »Ihnen ist klar, dass ein Gespräch mit Ihrer Tochter sehr wichtig ist?«

Krefeld-Gartenstadt, Stettiner Straße, 14:30 Uhr

Ludger Carstens stand auf dem Balkon und biss sich in die geballte Faust. Er konnte es nicht fassen. Tränen der Dankbarkeit rannen über seine Wangen und sammelten sich auf dem Handrücken. Gedankenverloren lutschte er das salzige Gemisch ab. Er schaute über die Dächer, deren Anblick ihm seit dreißig Jahren vertraut war, nur zehn Meter trennten ihn von der alten Erinnerung. Er hatte kaum etwas tun müssen. Es hatte sich von selbst erledigt. Das, wovor er solche Angst gehabt hatte, war wie von selbst geschehen. Gottes Mühlen mahlen langsam. Für Martha zu langsam. Das konnte er Gott nicht verzeihen. Aber es war beeindruckend, dass er und Gott offensichtlich denselben Plan gefasst hatten, und er war gespannt, ob das auch beim nächsten Mal der Fall sein würde.

Krefeld-Verberg, Schwester-Christine-Weg, 18:00 Uhr

Sofie lag auf dem Bett und starrte zur Decke. Ihr Schädel dröhnte. Die schnell ausgetauschten Nachrichten über ICQ hatten alles nur noch schlimmer gemacht. Ihre Freundin Sandra war heute Morgen in der Schule gewesen, sie wusste noch von nichts. Und Sofie hatte ihr nichts geschrieben. Nur dass sie beim Arzt gewesen war. Sandra hatte ihr schon viel anvertraut, ihre Geschichten waren echt krass, und jetzt das noch! Davon würde Sandra sich kaum erholen, und das bedeutete auch für sie, Sofie, Schwärze. Sie zog die Beine an und presste die Unterarme gegen ihren Bauch. Sie fürchtete den Augenblick, in dem ihre Eltern richtig loslegten. Wie sollte sie ihnen nur widerstehen? Letztes Jahr hatte sie Sandra den heiligen Eid geschworen, nichts weiterzuerzählen. Wie kindisch sie gewesen war. Nie hätte sie gedacht, Sachen von Sandra zu hören, die sie lieber einem Erwachsenen anvertraut hätte. Darum hatte sie ja auch so leichtfertig geschworen. Auf die Bibel. Sandra war so was wichtig, ihr Vater war Anwalt. Sofies Gedanken formten sich zu einem Bild, zu dem Bild

von dem Mann auf der Brücke. Der idiotische Schwur. Sie hätte längst alles erzählt, wenn da nicht noch Mireille gewesen wäre.
Als es an der Tür klopfte, rührte sie sich nicht. Die Klinke wurde hinuntergedrückt, und es wurde leicht an der verschlossenen Tür gerüttelt.

»Sofie, bitte mach auf!«

Sofie hasste es, wenn die Stimme ihrer Mutter so hilflos klang. Sie blieb einfach liegen. Sie hörte Gemurmel auf der Treppe.

»Sofie, wenn du nicht aufmachst, trete ich die Tür ein!«

Die Stimme ihres Vaters klang bestimmt. Vermutlich würde er seine Drohung in die Tat umsetzen. Sofie stand auf, drehte den Schlüssel im Schloss und schlurfte zurück zum Bett, wo sie ihre alte Position wieder einnahm. Die Tür sprang auf.

»Sofie, dreh dich bitte um!« Rolf Mittler gab sich alle Mühe, nicht zu brüllen. Er wollte endlich wissen, was seine Tochter dazu veranlasst hatte, im Park herumzustreifen, statt in die Schule zu gehen. Außerdem hatte sie sich nach Matthäus' Bericht ziemlich merkwürdig benommen. So zusammengerollt sah seine große, sportliche Tochter klein aus. Mittler setzte sich neben sie aufs Bett und legte eine Hand auf ihren Rücken. Sofie blieb stumm. Nachdem Mittler zehn Minuten gesessen hatte, gab er auf. Er erhob sich und verließ das Zimmer. Anna, die im Flur gestanden hatte, folgte ihm langsam. Sie fand ihn in der Küche. Er lehnte an der Arbeitszeile und starrte aus dem Fenster.

»Ich dachte, wir hätten ein gutes Verhältnis«, eröffnete er das Gespräch. Er wandte sich seiner Frau zu. »Wieso benimmt sie sich so? Du hättest sie mal im Stadtwald hören sollen. Stimmt irgendwas nicht? Du bist doch viel mehr mit ihr zusammen. Du hast nichts von irgendwelchen Schwierigkeiten mit Sofie erzählt.«

Anna nippte an dem Wasserglas, das auf dem Küchentisch stand, und stellte es gedankenverloren genau auf den Ring, den es dort hinterlassen hatte.

»Was heißt Schwierigkeiten? Sofie redet nicht mehr so viel mit mir wie früher und verbringt die meiste Zeit mit ihrer Freundin.« Anna sah ihrem Mann direkt in die Augen. »Darüber hatten wir übrigens gesprochen und es für normal gehalten in ihrem Alter.«

»Und die Freundin? Was ist das für ein Mädchen?«

»Aber die kennst du doch! Sandra Ohlig. Sofie hatte sie zu ihrer Konfirmation eingeladen.«

»Mein Gott, das ist ein Jahr her.«

»Aber sie hat uns auch öfter hier zu Hause besucht. Sag mir nicht, dass du Sandra nicht kennst.« Anna Mittler schüttelte verständnislos den Kopf. »Allerdings ist Sofie in letzter Zeit häufiger bei Sandra als umgekehrt.« Sie setzte sich an den Küchentisch und stützte ihr Kinn auf die Hände. »Wann hast du sie das letzte Mal getroffen, warte mal ...«

Mittler setzte sich zu seiner Frau an den Tisch. Er konnte an ihrem Gesicht ablesen, wie sie die Zeit zurückrechnete.

»In den Weihnachtsferien wurdest du ja plötzlich zur Sonderkommission abberufen. Da bin ich mit den Kindern allein nach Winterberg.« Anna grübelte. »Die Wochenenden in der Eifel, da konntest du gerade nicht, als Sandra dabei war. Tja, dann war das wohl letzten Sommer zum Grillfest. Als wir deinen Geburtstag nachgefeiert haben. Zur regulären Feier warst du uns ja auch wieder abhanden gekommen.«

Mittler erinnerte sich. Am 7. August letzten Jahres war er vierundvierzig geworden. Für den Samstag darauf hatte Anna ein Gartenfest mit Freunden und Verwandten vorbereitet. Alle waren gekommen, nur er selbst hatte gefehlt. Er hatte Bereitschaft gehabt, und an seinem Festabend war die Leiche eines vermissten Halbwüchsigen gefunden worden. Man hatte gedacht, er sei in einem Baggerloch ertrunken, aber er lag tot in den Brennnesseln. Mittler schüttelte sich leicht, um die Erinnerung loszuwerden. Er wollte sich auf die Freundin seiner Tochter konzentrieren. Sie hatten am darauf folgenden Wochenende im engsten Familienkreis gegrillt. Sofie wollte unbedingt ihre Freundin dabeihaben. Immerhin hatte sie schon ein Wochenende der Familie »geopfert«, und das umsonst. Jetzt sah Mittler Sandra vor sich. Er hatte sich gewundert, als Sofie sie als ihre Freundin vorstellte. Sie schien viel älter. Ein Teenager mit kajalumrandeten Augen und ziemlich düsterem Blick.

Mittler räusperte sich. Er hatte sich immer als aufmerksamen Familienvater empfunden. Jetzt erkannte er, dass ihm die Privatsphäre seiner Tochter entglitten war. Anna hatte keine negativen Meldungen gemacht, also hatte er gedacht, alles sei in Ordnung. Für ihn war Sofie die sportbegeisterte, gute Schülerin geblieben, die er hin und wieder zu ihren Reitturnieren begleitet hatte. Die Szene im Stadtwald drängte sich in seine Erinnerung: »Vielleicht solltest du dich mal um mich kümmern. Vielleicht bin ich ja auch bekloppt!«

»Was ist eigentlich mit ihrem Reittraining?«, fragte er unvermittelt.

Anna starrte ihn an. »Das meinst du jetzt nicht ernst?«

Und da fiel es ihm auch schon ein. Eine traurig herumschleichende Sofie im letzten Herbst. Ihr Pflegepferd war eingegangen, an einer Kolik. Von da an wollte sie nicht mehr in den Reitstall.

»Tut mir Leid, hatte ich verdrängt.« Mittler sah seine Frau verlegen an und räusperte sich erneut. »Und wie ist sie so, diese Sandra?«

Anna runzelte die Stirn. »Ich kann es nicht genau sagen. Sie kommt aus gutbürgerlichen Verhältnissen. Ihr Vater ist Anwalt. Die Mutter ist nicht berufstätig. Da ist auch noch eine ältere Schwester, die studiert soweit ich weiß in Köln. Eigentlich wollte ich die Mutter mal einladen. Aber die Mädchen haben sich da irgendwie gesperrt.«

»Das heißt, du kennst die Leute gar nicht, mit denen deine Tochter jetzt verkehrt?« Mittler hörte selbst den Vorwurf in seiner Stimme. Und Anna reagierte empfindlich.

»Es ist immer noch unsere Tochter, falls du dich erinnerst«, antwortete sie mit scharfer Stimme, »und sie ist kein Baby mehr. Immerhin habe ich einige Male mit Sandras Mutter telefoniert, als Sofie dort übernachtet hat. Was die Mädchen erzählt haben, war in Ordnung. Sofie war, wo sie sagte, und das mit der Erlaubnis von Sandras Eltern. Einmal habe ich Sofie hingefahren. Ein schönes Haus im Musikerviertel. Frau Ohlig hat mich sehr freundlich begrüßt, und sie hätte mich wohl auch hereingebeten. Aber ich hatte vorgegeben, einen Termin in der Nähe zu haben, sonst hätte Sofie gar nicht gewollt, dass ich sie bei Ohligs vorbeibringe.«

Mittler legte seiner Frau beruhigend die Hand auf den Arm. »Mehr konntest du wirklich nicht machen. Hast du denn keine Idee, warum sie sich so verhält? So gar nicht wie der Mensch, der sie mal war?«

Anna sah ihren Mann an. »Ich sage mir ständig, das ist die Pubertät. Jeder, dem ich von den Problemen erzähle, hält sie für völlig normal. Alle meinen, unser enges Verhältnis vorher sei eher ungewöhnlich gewesen für Mutter und Tochter.« Anna machte eine Pause und schien ernsthaft besorgt. »Ich sag dir was, Rolf: Bestimmt ist es die Pubertät, aber da ist auch noch was anderes.«

Köln, Lichtstraße, 21:00 Uhr

»Der hat sich umgebracht, der Vogel. Ich glaub es ja nicht.« Mario verließ seinen Platz am Computer und ließ sich mit seinem ganzen Gewicht neben Mireille aufs Bett fallen. Die schnappte nach dem Fläschchen Nagellack, dessen Inhalt sich beinahe über den goldglänzenden Spannbettbezug ergossen hätte.

»Pass doch auf, Idiot!«

Mario beachtete sie nicht. Er verschränkte die Arme hinter dem Kopf und ließ den Blick durchs Loft gleiten. »Dann haben wir ja jetzt endlich Ruhe. Der Typ war doch nicht ganz dicht.«

Mireille pustete über ihre Fingerspitzen. »Schnell trocknend, so ein Betrug. Der Nagellack vom Markt trocknet mindestens so schnell und kostet weniger als die Hälfte.«

»Der hat sich doch alles selbst zuzuschreiben. Wieso hat er nicht kapiert, dass du nichts mehr von ihm wolltest?«

»Ich gehe nicht mehr in diese Parfümerien. Obwohl, Stil haben sie schon. Die Bedienung behandelt einen zuvorkommend. Auf dem Markt schmeißt man alles selbst ins Körbchen. Sandra findet das cool. Nein, ich glaube, ich geh doch weiter in die Parfümerien.« Mireille stand auf und öffnete den Kleiderschrank. »Wer kommt denn alles?«

»Donner dich nicht zu sehr auf. Der Prof sieht so ein Outfit gern, aber es kommen auch ein paar Alternative zu dem Umtrunk. Die nehmen Schickimickis nicht für voll.«

Mireille stieß ein verächtliches Lachen aus. »Alternativ? Was soll das denn heute sein? Sag nicht, es kommen wieder welche mit Jesuslatschen und Strickzeug, wie zu Mamas Zeiten.«

Mario setzte sich auf die Bettkante. »Quatsch, wir leben im 21. Jahrhundert. ›Antiglobalisierung‹, ›Attac‹. Die Leute erkennt man nicht an ihren Klamotten.«

»Also kann ich doch anziehen, was ich will. Wie findest du das?« Mireille hielt sich ein Kleid aus fließendem Stoff vor den Körper und wackelte mit den Hüften.

»Nimm es. Was sagst du zu der Sache mit Max?«

»Was soll ich dazu sagen? Für mich ist der gestorben, als er das erste Mal in den Knast ging.«

Dienstag, 25. März 2003

Krefeld, Polizeipräsidium, 8:00 Uhr
Als Rolf Mittler das Büro betrat, saß Sine Matthäus in seinem
Stuhl. Das verunsicherte ihn. Es war ein seltsames Gefühl, den
Stuhl besetzt zu sehen. Er fand es sogar ein wenig frech, dass sie
nicht gleich aufsprang. Aber im Gegenteil, sie drehte sich zum
Fenster, so dass er nur noch die Rücklehne des Schreibtischstuhls
vor Augen hatte.
»Und?«, tönte es aus dem Sessel. »Haben Sie mit Ihrer Tochter
gesprochen?«
Mit dieser Frage legte sie gleich den Finger in die Wunde. Gesprochen. Klar. Aber leider nur einseitig. »Ja«, antwortete er bei-
läufig, »aber ist es Ihnen genehm, erst mal die Morgenbesprechung abzuwarten?«
Sine Matthäus drehte den Stuhl und stand auf. »Aber selbstverständlich, sehr geehrter Erster Kriminalhauptkommissar Mittler!« Sie hob die rechte Hand an die Schläfe und schlug die Ha-
cken zusammen. »Bis gleich im Besprechungsraum!« Sie verließ
das Büro.
Mittler erkannte deutlich, dass seine Mitarbeiterin nur scherzen wollte, aber es ging ihm ungeheuer auf die Nerven. Nach
Sachlage hätte er seine Tochter einer ordentlichen Befragung un-
terziehen müssen. Es war unkorrekt gelaufen, das stand fest, doch
er hoffte, man würde ihm die Leitung der MK trotzdem überlassen.
Er nahm die Akte, die ihm der Aktenführer auf den Tisch gelegt
hatte. Es gab nur den Bericht vom Erkennungsdienst. Von der
Rechtsmedizin war noch nichts eingetrudelt, und identifiziert
hatte man den Mann offensichtlich auch noch nicht. Wenn ihn
niemand vermisste, würde es schwierig werden. Mittler seufzte.
Man würde den ganzen Medienzirkus in Gang setzen müssen. Er

wollte gerade den Raum verlassen, als es energisch an der Tür klopfte. Mittler riss die Tür auf, und Jossens von der Vermisstenabteilung trat überrascht einen Schritt zurück. Hinter ihm im Gang wartete eine Frau. Blonde Glitzersträhnchen im Haar, sorgfältig geschminkt und teuer gekleidet. Mitte bis Ende vierzig, schätzte Mittler.

»Guten Morgen«, grüßte sein Kollege förmlich, »dürfen wir eintreten?«

Mittler nickte und zog sich hinter seinen Schreibtisch zurück, ehe er den Gruß erwiderte.

»Dies ist Frau Cornelia Ohlig, sie vermisst ihren Mann. Ich dachte mir, ich bringe sie gleich zu dir.«

Mittlers Kopfhaut zog sich zusammen, in seinem Hinterkopf dröhnte es, als habe eine Kirchenglocke geschlagen. Frau Ohlig. Eine Namensgleichheit, daran wollte er sich festhalten. Ein absolut dämlicher Zufall, nur in Szene gesetzt, um seine Gelassenheit zu prüfen.

»Ich geh dann jetzt.« Jossens sah Mittler erwartungsvoll an. Als er keine Antwort erhielt, verließ er kopfschüttelnd den Raum. Mittler kam wieder zu sich.

»Frau Ohlig, bitte setzen Sie sich doch.«

Die Frau ließ sich auf den Besucherstuhl gleiten und schlug graziös ein Bein über das andere. »Ich hoffe, ich bin bei Ihnen endlich an der richtigen Stelle. Der Herr unten in der Zentrale hat mich über Flure und Gänge geschickt, bis ich endlich bei diesem Herrn Jossens gelandet war. Der hört mir mal gerade ein paar Minuten zu, um mich dann wieder dieselbe Strecke hierher zu schleppen.«

»Sie müssen entschuldigen, Frau Ohlig, mein Kollege hat vermutlich erkannt, dass Ihr Anliegen mit dem Fall zusammenhängt, den wir hier aktuell bearbeiten.«

»Fall, wieso Fall? Ich wollte nur mitteilen, dass mein Mann seit gestern verschwunden ist.«

Mittler musterte die Frau. Sie machte keinen aufgeregten Eindruck.

»Seit gestern? Und das hat Sie erst heute beunruhigt?«

Cornelia Ohlig zupfte eine Strähne ihres Ponys zurecht. »Ich bin erst spät in der Nacht nach Hause gekommen. Mein Mann und ich gehen getrennte Wege. Er ist öfter über Nacht fort.«

»Und was hat Sie dann zu dem Schluss gebracht, dass vielleicht doch etwas nicht in Ordnung ist?«

Frau Ohlig schob an ihrem Rock herum. »Heute Morgen stellte ich fest, dass seine Brieftasche und die Uhr, die er auf jeder Reise und zu jedem Meeting dabeihat, auf dem Nachttisch lagen. Und meine Tochter bestätigte mir, dass sie ihn nicht mehr gesehen hatte, seit er gestern Morgen zum Jogging aufgebrochen war.«

Jogging. Wieder wurde Mittler von einem Unwohlsein erfasst, das ihn schwindeln ließ. Der letzte Rest der verrückten Hoffnung, Jossens hätte irgendetwas durcheinander gebracht, schwand dahin. Er hatte alle Mühe, die Fassung zu bewahren.

»Frau Ohlig, ehe wir uns weiter unterhalten, hätte ich gern die Sicherheit, dass wir die Lage von unserer Seite aus nicht falsch einschätzen. Haben Sie ein Foto Ihres Mannes dabei?«

Cornelia Ohlig stöhnte etwas ungehalten. »So weit war ich mit Ihrem Kollegen auch schon.« Sie kramte in der kleinen Tasche, die auf ihrem Schoß lag, und reichte Mittler ein Foto im 9 x 13-Format.

Mittler warf einen Blick auf den Mann, der offensichtlich gut gelaunt dem Betrachter zuprostete. Kein Zweifel, der tote Jogger war Ohlig.

Krefeld-Uerdingen, Gymnasium am Stadtpark, 8:30 Uhr

Sofie mochte Latein, aber heute gingen ihr die Subjunktionen am Arsch vorbei. Armer Herr Ehrmann, er hielt so große Stücke auf sie, wenn der wüsste. Sie schielte zu Sandra hinüber. Dass die heute in der Schule war. Sofie merkte, wie sie sich verspannte. Sie hatte gedacht, am besten in die Schule gehen. Da kam einem alles normaler vor. Aber jetzt, wo Sandra hier saß, erschien ihr alles wie ein Theaterstück. Wieso war die hier? Sofie zermarterte sich das Hirn. Dass ihr Vater nicht nach Hause gekommen war, musste sie doch zumindest beunruhigen. Als die Klingel das Ende der Stunde anzeigte, sprang Sofie sofort auf.

»Sofie!«, ermahnte Herr Ehrmann sie. »Du weißt, *ich* schließe die Stunde!«

Sofie ließ sich anstandshalber noch einmal auf ihren Stuhl fallen, aber nach der Ansage der Hausaufgaben stand sie sofort neben Sandra.

»Na, wie geht's?«, fragte sie vorsichtig.

»Wie soll's schon gehen? Ich hab dich gestern vermisst. Wir wollten doch zum Friedhof.«

Tatsächlich. Das hatte Sofie ganz vergessen. Sie wollten ein paar Denkmäler zeichnen und fotografieren. Sandra schwärmte im Moment für diesen Gothic-Kram und hatte deshalb auch schon schräge Blicke von Mitschülern geerntet. Und auch wegen ihrer Vorliebe für Marilyn Manson. Aber nachdem Sofie sich seine Song-Texte angehört hatte, fand sie ihn intelligenter als die ganzen Superstars, die auf der Oberfläche einer Glitzerwelt herumtanzten, scheinbar ohne zu wissen, wie kaputt darunter alles war.

»Warum warst du im ICQ so kurz angebunden? Du hättest mich doch erinnern können.«

»Na, du bist gut, du hast doch die Verbindung so schnell abgebrochen. Ich dachte, dir ging's schlecht.« Sandra schulterte ihre schwarze Umhängetasche und verließ das Klassenzimmer. Sofie rannte hinterher.

»Ja, mir ging es auch mal schlecht, da staunst du, was?« Das Gefühl von Ärger tat richtig gut. Sofie kam in Fahrt. Ihre blassen Wangen röteten sich. »Denkst du, ich bin ein Kummerkasten ohne eigene Gefühle?«

Sandra sah sie an. »Manchmal habe ich den Eindruck. Ich kann erzählen, was ich will, du guckst mich nur groß an, aber äußerst dich nie richtig.«

»Ich find das auch alles merkwürdig!«, platzte Sofie heraus. »Entweder du erfindest die Geschichten, oder – oder du hättest längst mal mit jemand anderem drüber sprechen müssen.«

Sandra blieb stehen. »Sofie, du hast geschworen!« Der Blick

aus ihren dunkelbraunen Augen schien Sofie zu durchbohren.
»Du hast doch nicht herumgelabert, oder?«

»Noch nicht, aber ich könnte ständig kotzen. Ich habe keine
Lust mehr auf solche Geheimnisse, warum machst du nicht
Schluss damit und redest über alles?«

Sandra sah sie an. »Dadurch wäre nichts vorbei. Dann würde
es erst richtig losgehen.«

Krefeld-Gartenstadt, Stettiner Straße, 9:30 Uhr

Ludger Carstens lehnte an der Balkonbrüstung. Wie wenig sich
draußen verändert, während ganze Innenwelten entstehen und
wieder zusammenstürzen. Diese Straßen mit den Namen ost-
deutscher Städte und ihre phantasievolle Anordnung. Er lachte
in sich hinein. Breslauer Straße, Stettiner Straße. Halbkreise mit
gleichnamigen Stichstraßen. Die drei Sackgassen waren sich so
ähnlich, dass man nur durch Abzählen wusste, wo man hinge-
hörte. Erste, zweite, dritte vom Insterburger Platz aus oder aus
Richtung Uerdingen. Martha wohnte damals in der ersten vom
Insterburger Platz aus gesehen. Er hatte einmal zugehört, wie sie
dem Lebensgefährten ihrer Mutter die Fahrtroute am Telefon erklärte.

»Wenn ihr von der Autobahnabfahrt kommt, viermal links.«
Sie hatte einem längeren Vortrag von der Gegenseite gelauscht.
»Nein, nein«, meinte sie dann, »rechts, zweite links, rechts war,
als Mutter noch über die B1 kam. Jetzt nehmt ihr die Autobahn
und da Abfahrt Gartenstadt. An der ersten Kreuzung links, dann
vor der Tankstelle links, dann hinter den Straßenbahnschienen
links. Das ist die Stettiner Straße. Der folgt ihr bis zur ersten
Stichstraße links. Alles klar? Gut, dann bis Samstag. Wir freuen
uns.« Martha hatte lächelnd den Hörer aufgelegt. »Ich bin froh,
dass Mutter nicht mehr selbst fährt. Sie hat die alte Strecke besser
im Kopf als die neue. Obwohl …«, sie tippte nachdenklich mit
dem Zeigefinger gegen ihre Unterlippe, »vielleicht hätte ich die

Abfahrt Uerdingen vorschlagen sollen, dann hätten sie fahren können wie früher.«

Er hatte ihre Hand genommen und sie zu sich aufs Sofa gezogen.»Die beiden werden das schon schaffen, so alt sind sie auch wieder nicht, außerdem müssen sie sich demnächst ja wieder eine neue Strecke einprägen.«

Er betrachtete ihre Hände, die in seinen lagen. Sie waren noch blass von dem langen Krankenhausaufenthalt. Marthas Gesicht hatte inzwischen Farbe gewonnen. Ihre Augen leuchteten, als sie ihn anschaute.

»Wir werden es schön haben.«

Ludger Carstens biss sich auf die Lippen, bis er Blut schmeckte. Er hatte sich gut in den Griff bekommen. Er war stolz auf die Disziplin, die er gewonnen hatte. Aber wenn er Martha so deutlich vor sich sah, mit diesem glücklichen Gesichtsausdruck, dann spürte er wieder den Schmerz in der Brust. Ein Schmerz, der in seinem Brustkorb wütete, als wollte er ihn sprengen. Er musste die Angelegenheit noch zu Ende führen. Dann würde er Martha folgen. Das Kind in ihm wünschte sich nichts sehnlicher, als sie wiederzutreffen, aber der Realist, der er im Laufe seines Lebens geworden war, befürchtete, dass man nur dieses eine Leben hatte. Und wer über die Leben anderer schamlos und ohne Reue hinwegtrampelte, hatte das Recht auf das eigene verwirkt. So sah er, Ludger, das, und wenn er im Jenseits Rechenschaft dafür ablegen müsste, würde er auf einen Anwalt zu seiner Verteidigung locker verzichten können.

Krefeld, Rheinstraße, 10:30 Uhr

Eberhard Risse rieb sich die Hände. Schon wieder ein Verkauf. Er war stolz auf seinen Riecher. Er wusste, was die Leute wollten. Für seine Anzeigentexte fand er genau die Worte, die die Leute ansprachen. Egal, ob sie von der Stadt aufs Land wollten, um am Busen der Natur zu liegen, oder ob sie im Gegenteil endlich in die Stadt wollten, aus Jobgründen oder aus Hunger nach dem Leben, das sie sich dort versprachen.

Stadt! Er kicherte in sich hinein, diese ganzen Provinzstädte, in denen die Menschen so taten, als wehte dort der Duft der großen weiten Welt. Die Leutchen in den Krefelder Straßencafés machten oft Gesichter, als säßen sie an den Champs-Élysées. Na ja, was sollte es. Für ihn wurden Städte erst interessant, wenn sie sich in der Größenordnung von Hamburg oder München bewegten. Seine Favoriten waren New York und Tokio. Da wimmelte es. Da hatte er das Gefühl, der Puls der Stadt brächte seinen ermüdeten Kreislauf in Schwung. Nur gut, dass es Menschen gab, die sich in einem kleineren Radius bewegten, sonst würde sein Geschäft nicht so florieren.

Er blätterte in seinem Terminkalender. Seit er die Vermietungen Frau Pöll überlassen hatte, verfügte er über wesentlich mehr Zeit. Die Frau war Spitzenklasse. Hatte die erst mal einen Wohnungssuchenden an der Angel, machte sie ihm das schäbigste Apartment schmackhaft. Gegen die verdeckten Mängel schützten ausgeklügelte Verträge, die »Risse und Partner« als Vermittler immer außen vor ließen. Er legte die Papiere auf dem Schreibtisch zusammen. Es war unglaublich, was für Unterkünfte seine Firma schon an den Mann gebracht hatte. Im Moment gab es da nur ein Objekt am Rand des Naturparks Schwalm-Nette, das er einfach nicht losschlagen konnte. Dabei war es für die Gegend unglaublich billig. Neunzigtausend Euro für hundertachtundvierzig Quadratmeter Wohnfläche auf einem Siebenhundert-Quadratmeter-Grundstück. Aber der Schuppen hatte einen Riss, der jeden Heimwerker abschreckte, trotz des Gutachtens. Außerdem hatten die Besitzer es ziemlich verwahrlosen lassen. Eine Chirurgenfamilie, die ihre Kinder im Wald aufwachsen lassen wollte. Typischer Pseudo-68er, der Arzt. Zurück zur Natur, aber natürlich nur in den Ferien. Das vornehme Patrizierhaus in Mönchengladbach erleichterte den Arbeitsalltag. Und das Feriendomizil sah jetzt aus wie eine Müllhalde. In allen Ecken Schutt und altes Spielzeug. Jeder Interessent, der sich sein Geld hart verdienen musste, wurde garantiert abgeschreckt von solcher Gleichgültigkeit. Tja, wahrscheinlich müsste der Schutt erst mal

entfernt werden, was natürlich wieder kosten würde. Nee, viele
Chancen gab er diesem traurigen Haus nicht mehr; mal schauen,
wann er es von seiner Liste streichen würde. Viel zu viel Aufwand für die Preisklasse, dauernd Besichtigungen und Rückzieher. Noch eine Anzeige, beschloss er, danach wäre Schluss.

Krefeld, Polizeipräsidium, 11:00 Uhr

Mittler pfiff leise vor sich hin. Die Morgenbesprechung war gut
gelaufen. Die Identifizierung des Opfers zog die nächsten Schritte nach sich. Mit Frau Ohlig zur Gerichtsmedizin Duisburg, da
würde er vielleicht auch mehr über die Todesursache erfahren.
Verhör von Familienangehörigen, Nachbarn und so weiter. In
diesem Meer von Befragungen würde sich Sofies als eine von vielen ausnehmen und nicht mehr so unangenehm hervorstechen.
Obwohl es Rolf Mittler wie ein Stein im Magen lag, dass Sofie das
Opfer persönlich gekannt haben musste. Wahrscheinlich hatte sie
den Toten gar nicht gesehen und war nur in der Nähe des Tatorts
herumgestreift. Das wäre die angenehmste Lösung. Sie war beim
Schulschwänzen ertappt worden, und das war ihr sauer aufgesto-
ßen. Diese Version verbesserte die Laune des Kommissars erheb-
lich. Er würde Frau Matthäus die Befragung seiner Tochter überlassen, da würde sie vielleicht nicht ganz so verstockt sein wie bei
den eigenen Eltern. Er fuhr sich mit beiden Händen durchs Haar,
die Stirnlocke fiel immer wieder nach vorn, das hieß, er musste
bald zum Frisör. Manchmal wünschte er, er könnte sich mehr mit
solch profanen Sachen beschäftigen. Zum Frisör gehen, Rasen
mähen, Rad fahren, aber selbst dann, das wusste er, würden ihm
die Fälle nicht aus dem Kopf gehen. Selbst Altlasten, wie der Jugendliche in den Brennnesseln, tauchten immer wieder auf.

Dass Anna das aushielt. Zum ersten Mal seit längerer Zeit wurde ihm bewusst, wie viel sie über die Dinge sprachen, die ihn beruflich beschäftigten. Familienangelegenheiten waren darüber in
den Hintergrund geraten. Annas Interesse an seiner Arbeit, ihre

Bereitschaft, ihm möglichst viel Kleinkram vom Hals zu halten, und Sofies bisherige Unkompliziertheit hatten ihn nachlässig werden lassen. Das war nun die Quittung. Die Gedankengänge seiner Tochter waren ihm fremd geworden, und Anna kam die Gelassenheit abhanden, die sie sich seit Jahren so mühselig erarbeitet hatte. Er würde diese Warnung ernst nehmen und hoffte, dass er alles wieder in den Griff bekam. Er stand auf. Gegen halb eins wollten er und Sine Matthäus Frau Ohlig abholen, vorher würde er schnell noch eine Kleinigkeit essen. Er öffnete die Tür, als das Telefon klingelte. Widerwillig ging er zurück zum Schreibtisch und hob ab.

»Ja?«

»Herr Mittler, Herder hier.«

»Was gibt es denn?«

»Die Sache, über die wir gestern gesprochen haben, Max Feuerbach, ich komme da nicht ganz klar.«

»Wieso?«

»Ich geb noch mal kurz die Fakten, ja?«

»Aber bitte ganz kurz, ich wollte gerade raus.«

»Von dem Unfall und dem Kokain wissen Sie ja?«

»Ja.« Mittler ärgerte sich inzwischen, das Gespräch angenommen zu haben.

»Der Feuerbach äußerte zu der Sache nichts. Er bekam ein Jahr auf Bewährung. Während der Bewährungszeit hat er jemanden zusammengeprügelt. Dafür bekam er zu dem Jahr weitere sechs Monate.«

»Und?«

»Nicht lange, nachdem er die achtzehn Monate abgesessen hat, begeht er den Einbruch, für den er in Untersuchungshaft musste, weil er wie üblich keinen Ton von sich gab und man Mittäter vermutete.«

Mittler wurde ungeduldig. »Ja, ja, ja, aber das ist doch alles gegessen, was wollen Sie denn jetzt damit?«

»Entschuldigung, Herr Mittler, vielleicht spinne ich. Aber eingestiegen ist er in das Haus von Eberhard Risse, dem Vater von Mario Risse, den er damals so heftig verprügelt hat. Ist doch seltsam, oder?«

Mittler versuchte die Information einzuordnen. »Ist merkwürdig, ja, aber welche Schlussfolgerung ziehen Sie?«

»Das weiß ich ja gerade nicht.« Herders Stimme klang hilflos.

»Würden Sie die Akte einfach schließen?«

Mittler zögerte. Er gab einiges auf Intuition. Aber wohin sollte eine weitere Untersuchung führen? Selbsttötung war keine Straftat. Eigentlich ging es hier um den Seelenfrieden des Kollegen. Allerdings hatte ihn der Suizid Max Feuerbachs selbst getroffen. »Wenn es Ihnen hilft, reden Sie doch mit Herrn Risse. Vielleicht kommt irgendetwas heraus, das diesen merkwürdigen Zusammenhang erhellt.«

»Danke, Herr Mittler. Ja, ich glaube, das mach ich.«

Krefeld-Uerdingen, Friedhof, 12:45 Uhr

Es war ein schöner Grabstein. Rau und unbehauen, eckig und kantig wie die Steine französischer Landhäuser. Nur etwas größer. »Martha Henseler 1950–2002«, stand darauf in schlichten Bronzelettern. Ludger Carstens ließ sich im Schneidersitz vor dem Grab nieder. Sein Blick glitt von der farbenfrohen Frühlingsbepflanzung über den Stein hinauf in die Baumkronen. Die zarten Knospen verrieten noch nichts von dem dichten Grün, das bald den Uerdinger Friedhof beherrschen würde. Martha hatte das Wispern der Blätter im Wind immer geliebt. Es hatte keinen Tag ohne Spaziergang im Stadtpark, im Stadtwald oder noch weiter hinaus gegeben. Nur bei dichtem Regen blieb sie lieber zu Hause. Regen hörte sie gern an den Fensterscheiben. Aber kaum ließ er nach, ging es hinaus.

»Es hat aufgehört, lass uns zum Haus fahren.« Ludger seufzte. Wie oft würden sie wohl noch von Krefeld in die Eifel knattern, ehe der Umzug perfekt war. Martha gebärdete sich wie ein Kind. Nach der schweren Lungenkrankheit war sie wie neugeboren. Die Ärzte hatten ihr gratuliert. Stolz war sie mit Ludger durch das Portal der Reha-Klinik hinausmarschiert. Ein neues Leben und eine neue Liebe, das bekam man nicht alle Tage geboten. Ludger lächelte versunken. Er hatte damals einen Arbeitskollegen besucht, der wegen einer Phosgen-Vergiftung behandelt wurde. Im Laufe seiner Zeit als Angestellter eines großen Chemiekonzerns hatte Ludger gelernt, den Leuten anzusehen, in welcher Abteilung sie arbeiteten. Die aus dem Arsenalbetrieb erkannte man an den weißen Haaren und Fingernägeln. Sie schienen aber eine Immunität gegen Arsen zu entwickeln. Letztens hatte er noch einen Ehemaligen getroffen, der gerade neunundachtzig geworden war. Arbeiter, die Chromverbindungen gefahren hatten, mussten wegen kaputter Nasenknochen zum Arzt, gestorben waren sie daran auch nicht. Jedenfalls besuchte er diesen Kollegen, dem nach einem Versuch das frei gewordene Phosgen auf die Lunge geschlagen war, als ihm unten im Café Martha auffiel. Er sah ihr an, dass sie sich von einer schweren Krankheit erholte. Sie war nicht schlank, sondern mager, und ihre Haut nicht blass, sondern weiß, beinahe durchsichtig. Trotzdem bewegte sie sich sicher und mit geschmeidigen Bewegungen um die Tische herum. Sie löffelte einen Kakao mit Sahne, als ihre Blicke sich trafen. Zu seiner Verwunderung hielt sie seinen Blick fest, bis sein Kollege ihn anstieß.

»Kennst du die?«

Ludger hatte ihn erstaunt angesehen. Er hatte vergessen, dass er überhaupt da war. Er wagte noch einen Blick, und Martha lächelte. Ludger hatte sich nie als attraktiv empfunden und wunderte sich über ihr offensichtliches Interesse. So hatte es angefangen, und jetzt waren sie dabei, gemeinsam ein kleines Haus zu kaufen. Er hätte nie gedacht, dass es mal so weit kommen würde. Gespart hatte er schon, seitdem er mit seiner ersten Frau in das Hochhaus der Firmensiedlung gezogen war. Auf einem Betriebsfest verguckte sie sich dann in seinen Chef. Sie wechselte mit fliegenden Fahnen. Kinder kamen für sie erst bei gesicherten Verhältnissen in Frage, und bei seinem Lohn hätte es ewig gedauert, bis sie sich etwas hätten leisten können. Nach der Trennung hatte er einige Frauengeschichten. Aber es war nie so, dass er dachte, so magst du es dein Leben lang. Und dann kam Martha.

Ihr konnte er stundenlang in die Augen schauen oder einfach nur zusehen, wie sie irgendetwas tat. Dass einfaches Zusammensein ein solches Wohlbefinden auslösen konnte, war für ihn eine unglaubliche Erkenntnis. Er beschloss für sich, dass das Liebe sein musste. Das Gefühl, jemanden getroffen zu haben, den man bis ans Ende der Welt begleiten würde. Er hörte nie Geigen, wenn er mit Martha zusammen war, er fühlte sich einfach nur rundherum wohl.

»Ludger, nun komm auch, wo bleibst du denn?«

»Huuh, hier bin ich, komm!« Die helle Mädchenstimme holte Ludger Carstens zurück vor den Grabstein. Er beobachtete die Halbwüchsige, die zwischen den Gräbern herumrannte, sich manchmal bückte und wieder aufsprang. »Hier bin ich«, rief sie dann. Ein merkwürdiges Verhalten auf dem Friedhof, fand er, aber die Jugend hatte ja zu allen Zeiten verrückte Ideen. Er musste beinahe lachen, dieses ewige Hinhocken und Aufspringen glich einem Trainingsprogramm. Der kurze blonde Zopf hüpfte jedes Mal fröhlich, wenn sie wie ein Kasperle aus der Kiste auftauchte. Endlich entdeckte auch die Freundin sie, der dieses Versteckspiel galt. Die bewegte sich wesentlich bedachter zwischen den Gräbern. Die schwarzen Haare lagen an ihrem Kopf wie Rabenflügel, über einer schwarzen Jeans trug sie wie das blonde Mädchen einen schwarzen knielangen Rock und dazu eine kurze schwarze Jacke. Ludger Carstens schüttelte den Kopf, als er das obligatorische Stück nackter Haut sah, das die jungen Frauen selbst bei klirrendem Frost zeigten.

Die beiden standen jetzt vor der Statue auf dem Weg, der zur Kapelle hinaufführte. Sie schauten die trauernde Frau lange an, dann machten sie ein paar Fotos. Ludger stand auf und streckte die steifen Knie. Noch einmal nahm er die Inschrift des Grabsteins in sich auf. »Bis bald«, flüsterte er, bevor er sich langsam entfernte.

Als er auf den Hauptweg einbog, bemerkten ihn die zwei Mädchen. Ein blaues und ein braunes Augenpaar durchlöcherten ihn, er bekam beinahe das Gefühl, sich unrechtmäßig auf dem Friedhof aufzuhalten. Mit möglichst neutralem Gesichtsausdruck passierte er die beiden.

»Komischer Typ«, meinte Sandra.

»Wieso?« Sofie sah dem Mann hinterher, bis er oben an der Kapelle verschwand.

»Na, die altmodische Kleidung. Der sieht ja aus wie zwanzig Jahre zurück.«

»Na und? Meinst du, der hält mehr von unserem Outfit?«

Sandra fummelte an ihrer Kamera herum. »War doch nur 'ne Feststellung. Du bist echt empfindlich.«

Sofie sah ihre Freundin an. »Das hatte ich von dir auch gedacht, aber ich glaub langsam, ich habe mich geirrt.«

Sandra fixierte den Kopf der Statue und drückte auf den Auslöser. »Es gibt einen Unterschied zwischen empfindlich und empfindsam.«

»Für mich hängt beides zusammen.«

»Gut, gut. Und warum meinst du, du hast dich geirrt? Nur wegen meiner Bemerkung eben?«

»Nein«, antwortete Sofie und ließ ihre Freundin nicht aus den Augen, »mich wundert, dass du deinen Vater nicht vermisst. Den hast du doch seit gestern früh nicht gesehen, oder?«

Sandra ließ den Fotoapparat sinken und wandte sich langsam ihrer Freundin zu. »Ist möglich. Aber was weißt du denn davon?«

Sofie hatte keine Regung im Gesicht der Freundin festgestellt. Außer vielleicht Verwunderung über die schräge Bemerkung. Sie starrte verlegen auf ihre roten Turnschuhe. »Ach, war nur so eine Idee.«

Sandra kniff die Augen zusammen. »Und das soll ich dir jetzt abnehmen? Du willst mich doch verarschen.«

»Nein, will ich nicht.« Sofie wusste, dass sie Sandra allen Grund gegeben hatte, ihr zu misstrauen, aber das war ihr egal. Von ihr würde die Freundin auf keinen Fall erfahren, dass ihr Vater tot war.

Rolf Mittler gab Dr. Gentz ein Zeichen, der daraufhin das Tuch zurückschlug. Cornelia Ohlig zog die Augenbrauen zusammen, so dass eine steile Falte auf ihrer Stirn entstand. Schließlich glättete sich ihr Gesicht wieder, und sie trat einen Schritt zurück.

»Ja, das ist er, das ist mein Mann.«

Sine Matthäus warf Mittler einen sprechenden Blick zu. Nicht besonders betroffen, hieß die Botschaft, und das war auch Mittlers Eindruck. Er betrachtete die gefliesten Wände, um eine effiziente Frage zu finden.

»Kann ich ihn wieder zudecken?« Dr. Gentz hielt immer noch die Ecken des Lakens in den Händen. Mittler nickte.

»Ohne Ihnen zu nahe treten zu wollen, Frau Ohlig, Sie wirken nicht besonders … wie soll ich sagen?«

»Erschüttert?« Frau Ohlig schüttelte den Kopf. »Nein, das bin ich wohl auch nicht.«

Sine Matthäus stieß hörbar die Luft aus.

Frau Ohlig wandte sich ihr zu. »Finden Sie das geschmacklos? Es tut mir Leid, aber ich möchte Ihnen nichts vormachen. Mein Mann und ich fühlten uns, wie sagt man so schön, schon lange nicht mehr in Liebe verbunden.«

»Und warum lebten Sie miteinander?«

Auf Cornelia Ohligs Stirn erschien erneut die Steilfalte. »Das meinen Sie nicht ernst, Kindchen.« Sie wandte sich zur Tür. »Wir fahren doch jetzt zurück, oder?«

Rolf Mittler räusperte sich. »Würden Sie …?« Er sah die junge Kommissarin an. »Ich muss noch ein paar Sachen abklären.«

»Klar doch.« Sine Matthäus begleitete Frau Ohlig hinaus. Klar doch würde sie mit dieser Zicke am Auto warten, während Herr Mittler mit Dr. Gentz fachsimpelte. Sie warf einen giftigen Blick zurück, aber Mittler hatte sich bereits in das Gespräch vertieft.

»Also plötzlicher Atemstillstand?«, fragte er.

Dr. Gentz zuckte die Schultern. »Alles deutet darauf hin. Allerdings bin ich mir über die Ursache nicht im Klaren. Darum möchte ich noch einige Tests durchführen. Du bekommst die Ergebnisse sofort.«

»Was willst du denn testen? Hast du irgendeinen Verdacht?«

Der Gerichtsmediziner schüttelte den Kopf. »Bitte keine Spekulationen. Wenn sich etwas abzeichnet, wirst du sofort benachrichtigt.«

Mittler seufzte. Dieser Gentz, von dem erfuhr man nichts, bevor er sich nicht sicher war. Immerhin hatte es den Vorteil, dass man sich auf seine Auskünfte hundertprozentig verlassen konnte. »Na dann …« Er hob die Hand zum Gruß und ließ Dr. Gentz mit seinen Leichen allein.

Köln, Lichtstraße, 14:00 Uhr

»Mireille, hier spricht deine Mutter, ruf bitte umgehend zurück!« Der Anrufbeantworter knackte. Mireille gähnte und griff nach der Armbanduhr auf dem Boden. Vierzehn Uhr. Sie schwang die Beine aus dem Bett und blieb sitzen. Hinter ihr regte sich Mario. Er kroch an sie heran und fuhr mit den Fingerspitzen ihre Wirbelsäule entlang. Erst kitzelte er sie am Hals, dann tastete er Wirbel um Wirbel abwärts, bis er am Steißbein angelangt war.

»Ach, lass doch!« Mireille schüttelte sich unwillig.

Mario ließ von ihr ab und wickelte sich in die Decke. »Was bist du denn so mies drauf?«

»Meine Mutter, ich hab einfach keinen Bock, mit ihr zu telefonieren.«

»Dann ruf eben nicht an.«

»Du hast leicht reden. Wer finanziert denn hier alles? Wenn es meiner Mutter einfällt, streicht sie mir den Unterhalt. Ich könnte ja auch von Krefeld nach Köln pendeln.«

»Jetzt mach mal halblang.« Mario rollte sich auf den Bauch und betrachtete Mireilles nackten Rücken. »Mein Alter ist auch nicht geizig, der hilft uns dann schon.«

Mireille drehte sich um und blitzte ihn aus ihren grauen Augen an. »Damit du noch mehr über mich verfügen kannst? Nein danke, ich möchte von niemandem abhängig sein.«

Mario schnaubte verächtlich. »Ich über dich verfügen, das ist ja wohl das Letzte. Wenn hier jemand verfügt, dann bist du das. Oder deine Eltern. Du bist doch total abhängig von denen, und das nicht nur materiell.«

»Du aber nicht von deinem Vater?«

Mario zuckte die Achseln. »Na und, mich stört das nicht. Das Einzige, was mein Vater von mir will, ist ein abgeschlossenes Studium, und das bekommt er.« Er sah Mireille herausfordernd an. »Da hast du natürlich nicht viel zu bieten.«

Mireille wurde rot, dann blass. »Das ist meine Sache«, zischte sie, »und wenn du noch so eine Bemerkung loslässt, sind wir getrennte Leute, du Arschloch. Ich komm auch sehr gut ohne dich klar.« Sie sprang auf, schnappte sich das Telefon vom kleinen Tisch und ließ sich in den Schalensessel aus schwarzem Leder fallen. Sie drehte ihn so, dass Mario nur noch die Rücklehne des Möbels sehen konnte. Mireille tippte die Rufnummer ihrer Eltern ein und wartete ungeduldig. Als sich zu Hause nichts tat, versuchte sie es mit der Handynummer ihrer Mutter.

»Hallo, Mama, du wolltest, dass ich zurückrufe?«

»Das wurde aber auch Zeit, Mireille. Wahrscheinlich liegt ihr noch im Bett, was?«

Mireille verdrehte die Augen. »Mama, was ist denn so dringend?«

»Dein Vater ist tot, das wollte ich dir nur mitteilen, vielleicht findest du die Zeit, mal nach Krefeld runterzukommen.«

Mireille gab keinen Ton von sich.

»Was ist los, Mireille? Du bist doch sonst nicht so zimperlich.«

Mireille drückte auf die Trenntaste.

Krefeld, Richard-Wagner-Straße, 14:15 Uhr

»Jean Améry, ›Hand an sich legen. Diskurs über den Freitod‹.«
Sofie betrachtete den Buchumschlag, der den Hinterkopf eines

Mannes zeigte, aus dem zugleich sein Gesicht herausschaute. »Warum liest du das?«

Sandra schaute auf. »Ach das«, meinte sie wegwerfend, »der schreibt völlig konfus, na ja, ist von 1976.«

»Ja, aber warum interessierst du dich für das Thema?«

»Nicht, was du denkst.«

»So, was denke ich denn?«

»Dass ich mich vielleicht umbringen will.«

Sofie wurde rot. Sandra hatte ins Schwarze getroffen. »Und warum liest du es dann?«

»Es hat sich jemand umgebracht, den ich kenne.« Sandra nahm Sofie das Buch weg und stopfte es ins Regal. »Ist nicht so wichtig.«

»Wie, ist nicht so wichtig?« Sofie wollte aufbegehren, als es an der Tür klopfte, die gleich darauf aufgerissen wurde. Frau Ohlig sah missbilligend auf Sofie.

»Sandra, ich möchte dich sprechen, unter vier Augen.«

Sofie griff nach ihrer Tasche.

»Du musst deshalb doch nicht gehen«, versuchte Sandra ihre Freundin zurückzuhalten.

»Natürlich geht sie«, schnarrte Frau Ohlig.

Sandras braune Augen bohrten sich in die blauen ihrer Mutter. »Du hast mir gar nichts zu sagen, Mutter«, zischte sie, »und meiner Freundin auch nicht.«

Entsetzt sah Sofie zu, wie Frau Ohlig auf ihre Tochter zustürzte und ihr eine Ohrfeige versetzte.

»Damit du weißt, wer hier das Sagen hat.« Sie schob die Armreifen hoch, die an ihrem Handgelenk klimperten, und verließ das Zimmer.

Sandra war kalkweiß im Gesicht. Sie zerrte ihren Rucksack unter dem Bett hervor, rannte damit zum Schrank und stopfte wahllos Sachen hinein. »Ich kann doch sicher ein paar Tage bei dir bleiben, oder?« Als Sofie nicht gleich antwortete, drehte sie sich um. »Oder?«, wiederholte sie.

»Klar«, antwortete Sofie mit zaghafter Stimme. »Aber was ist, wenn deine Mutter dir etwas Wichtiges sagen will?«

»Wichtig«, höhnte Sandra, »ich kann mich nicht erinnern,

dass meine Mutter mir je etwas Wichtiges mitgeteilt hätte. Nichts, was ich nicht schon längst gewusst hätte.«

»Na, das ist ja interessant.« Frau Ohlig stand im Türrahmen, sie war zurückgekehrt, ohne dass die Mädchen es bemerkt hatten. »Dann weißt du ja vielleicht schon, dass dein Vater tot ist.«

Sofie konnte es nicht glauben. Sie sah von Frau Ohlig zu Sandra. Die presste den Rucksack gegen ihren Bauch und ging langsam zum Bett hinüber. Dort setzte sie sich.

Krefeld, Rheinstraße, 14:30 Uhr

Ludger Carstens wurde langsam ungeduldig. Machte der Typ denn keine Mittagspause heute? Bei dem lief nichts so vorhersehbar ab wie bei dem anderen. Einen genauen Plan hatte er noch nicht, gerade deshalb wäre es günstig, ein System im Tagesablauf zu erkennen. Sonst würde er darauf angewiesen sein, überraschend loszuschlagen, und das wäre schwierig, viel schwieriger. Er zog eine Packung Streichhölzer aus der Hosentasche und öffnete sie so hastig, dass ein paar der Hölzchen auf den Boden fielen. Er hätte sie beinahe aufgehoben, besann sich aber rechtzeitig. Er hatte aufgehört zu rauchen, nachdem er Martha kennen gelernt hatte. Wenn er nervös war, steckte er einfach ein Zündholz in den Mund und kaute darauf herum. So wie jetzt. Er hatte gerade das Päckchen zurück in die Tasche gesteckt, als sich die Glastür öffnete. War er blöd? Mitten im Weg stand er, als sein schwergewichtiges Zielobjekt auf den Gehsteig trat. Aber Risse beachtete ihn gar nicht. Zu Ludgers Verwunderung stieg er auch nicht in die Luxuskarosse, deren KFZ-Zeichen er sich längst notiert hatte. Na ja, umso besser. Ludger Carstens setzte seinen Helm auf, startete den Motorroller und folgte langsam dem Immobilienhändler, der gerade von der Rheinstraße in den Dampfmühlenweg einbog. Er ging ziemlich schnell. Das erstaunte Ludger. Er hatte Risse für einen Sesselfurzer gehalten, der sich immer nur vom Schreibtisch ins Auto bewegte. Aber nein, Besichtigungstermine hatte er ja auch durchgeführt.

»Das ist unverbaubare Aussicht, Herr Carstens!« Herr Risse stand auf der Terrasse und breitete die Arme aus, als sei er der Schöpfer der sanft abfallenden Wiesen, des kleinen Bachlaufs und der Baumreihe dahinter. »Jeder naturverbundene Mensch würde sich glücklich schätzen, hier seinen Lebensabend genießen zu dürfen.«

Martha und Ludger sahen sich an und lachten. Ludger räusperte sich. »Nun, wir befinden uns hoffentlich erst im Herbst unseres Lebens, Herr Risse, aber selbst der ließe sich hier ja gut aushalten.«

Herr Risse ließ die Arme fallen, drehte sich um und bemühte sich um eine etwas sachlichere Ausdrucksweise. »Aber Sie haben sich ja selbst schon überzeugt, Herr Carstens, und Ihrer Begeisterung Ausdruck gegeben. Ich denke, Sie hätten diesen zweiten Termin nicht gewünscht, wenn Sie sich nicht schon fast entschieden hätten.«

Ludger nickte und sah Martha an. »Na, wie ist es?«

Martha ging die Wände des großzügig geschnittenen Wohnraums ab, ihr Blick glitt über die großen Fenster und den eingebauten Kamin, dann schaute sie durch die geöffnete Terrassentür ins Grüne. »Es ist wunderbar«, antwortete sie, »aber nach wie vor scheint mir der Preis zu günstig. Wo ist denn nun der Haken, Herr Risse?«

Der Immobilienmakler schüttelte verständnislos den Kopf. »Der Eigentümer hat diesen Preis festgelegt, soll ich ihn nun dazu überreden, ihn höher zu schrauben, nur damit Sie Ihr Misstrauen verlieren, Frau Henseler?«

Martha Henseler lachte. »Nein«, sagte sie, aber ihr Blick blieb nachdenklich auf die Terrasse gerichtet.

Herr Risse nahm einen neuen Anlauf. »Kennen Sie denn nicht die Geschichten von den Häusern und Menschen, die zusammengehören?«

Ludger hatte von solchen Geschichten tatsächlich gehört, trotzdem ging ihm das joviale Gesabber auf die Nerven.

»Herr Risse, wir bedanken uns für Ihre Mühe. Wir werden uns noch einmal eingehend unterhalten, und dann melden wir uns.« Er wandte sich Martha zu. »Das ist doch in Ordnung, oder?« Die nickte erleichtert, und sie verließen mit einem etwas mürrisch dreinblickenden Herrn Risse das Haus.

Ein Auto hupte, und ein ärgerlich gestikulierender Fahrer erinnerte Ludger daran, dass er am Straßenverkehr teilnahm. Etwas beschämt setzte er seinen Weg fort. Es war nicht seine Art, andere Menschen zu gefährden. Inzwischen hatte Eberhard Risse den Nordwall erreicht. Dass er sich dem Haupteingang des Polizeipräsidiums näherte, verunsicherte Ludger. Er spuckte das halb zerkaute Streichholz aus und steckte sich ein neues zwischen die Zähne. Was hatte das zu bedeuten? Es war doch unmöglich, dass irgendjemand schon wusste, was er, Ludger, erst halb ausgeführt hatte. Es konnte doch noch keinen Hinweis geben auf ein Ereignis, das noch gar nicht stattgefunden hatte. Ludger ärgerte sich über seine verdrehten Gedanken. So würde das nichts werden, Ludger Carstens. Fahr erst mal nach Hause. Musste sowieso nicht sein, dass er jemandem auffiel.

Krefeld, Polizeipräsidium, 15:00 Uhr

Erstaunt legte Rolf Mittler den Hörer zurück. Er hatte nicht damit gerechnet, dass Eberhard Risse Herders Einladung so schnell folgen würde. Der Kollege hatte ihn für das Gespräch um seine Anwesenheit gebeten, und Mittler eilte in das Büro zwei Türen weiter, um vor dem Besucher da zu sein. Oberkommissar Herder sprang gleich auf und bot ihm einen Platz an. Mittler setzte sich auf den zweiten Stuhl hinter dem Schreibtisch, als es schon an der Tür klopfte.

»Ja bitte«, antwortete Herder.

Ein untersetzter Mann in dunklem Dreiteiler betrat den Raum.

»Herr Risse, nehme ich an. Bitte nehmen Sie doch Platz.«

Herder wies auf den Besucherstuhl. »Ist es in Ordnung für Sie, dass der Erste Kriminalhauptkommissar Mittler an der Unterredung teilnimmt?«

Herr Risse ließ sich auf den angebotenen Stuhl fallen und zuckte gleichgültig die Achseln. »Ich bin direkt gekommen, weil ich mittags sowieso gern einen Rundgang mache. Ich kann mir allerdings überhaupt nicht vorstellen, was Sie von mir wollen.«

»Das wundert mich nicht. Sie hatten bisher mit dem Einbruchdezernat zu tun. Es ging da um Ihre Anzeige.«

»Ja, und? Der Junge ist doch gefasst, oder?«

»Sie kannten den Einbrecher nicht?«

Herr Risse hob die Augenbrauen. »Wie sollte ich? Er ist doch von einem Nachbarn gesehen und auch identifiziert worden.«

»Dann möchte ich Ihnen jetzt sagen, was uns an der Sache irritiert, Herr Risse. Bei dem Einbrecher handelt es sich genau um den jungen Mann, der vor zwei Jahren Ihren Sohn verprügelt hat.«

Rolf Mittler fragte sich, ob die Überraschung, die sich auf Herrn Risses Gesicht spiegelte, gespielt oder echt war.

»Tja, was soll ich dazu sagen«, Herr Risse klatschte die Hände zusammen, »vielleicht war er ja hinter meinem Sohn her, wegen der Gefängnisstrafe. Und wenn es wirklich derselbe Typ ist, der meinen Jungen damals so zugerichtet hat, dann bin ich froh, dass er wieder hinter Gittern sitzt. Der ist ja offensichtlich gemeingefährlich.«

Herder ordnete nervös die Papiere, die vor ihm auf dem Tisch lagen. »Der gemeingefährliche Junge hat sich in der U-Haft das Leben genommen. Aus unserer Sicht völlig grundlos. Deshalb überprüfen wir sein Umfeld.«

Herr Risse lachte schallend. »Das ist doch nicht Ihr Ernst, Herr Kommissar! Weil so ein kleiner Loser freiwillig aus dem Leben scheidet, vergeuden Sie Ihre wertvolle Arbeitszeit? Also, die meine ist mir dafür zu schade.« Der Immobilienhändler stemmte sich aus dem Lehnsessel. »Einen guten Tag dann noch, die Herren.«

Krefeld-Verberg, Schwester-Christine-Weg, 15:30 Uhr

Sofie bog in den Schwester-Christine-Weg ein. Sie starrte konzentriert auf ihre roten Turnschuhe und den Gehweg. So, wie sie es früher immer getan hatte: Keine Linie zwischen den Platten zu berühren, war ein gutes Zeichen. Schon nach kurzer Zeit gab sie das Spiel auf. Nichts stimmte. Pech! Was sollte schon noch Schlimmeres geschehen? Seit Herrn Ohligs Tod rannte sie rum wie in Trance. Nicht, dass sie traurig gewesen wäre, dafür hatte sie Sandras Vater als zu unangenehm in Erinnerung. Aber der Augenblick im Park nahm ihr jetzt noch den Atem, und dann das Benehmen von Frau Ohlig. Wie sie Sandra so nebenher mitgeteilt hatte, dass ihr Vater nicht mehr lebte.

»Sofie, das trifft sich ja gut.«

Erschrocken blieb Sofie stehen. Die Matthäus, die hatte ihr gerade noch gefehlt. Was machte die denn hier? Sofie war nahe dran, einfach umzudrehen und abzuhauen, aber als ihre Mutter auch noch vor die Haustür trat, ergab sie sich in ihr Schicksal.

»Hey«, murmelte sie und versuchte, sich an ihrer Mutter vorbei ins Haus zu schieben.

»Sofie, nun bleib mal bitte hier, Frau Matthäus möchte dich sprechen.« Die energische Stimme ihrer Mutter ließ Sofie seufzend verharren, mit gesenktem Kopf erwartete sie die nächste Ansage.

»Kommen Sie, wir gehen ins Wohnzimmer.« Anna Mittler schob ihre Tochter vor sich her, und Sine Matthäus folgte den beiden in einen hellen Raum.

»Bitte setzen Sie sich doch.« Sofies Mutter wies auf einen der beiden Klubsessel. »Möchten Sie vielleicht etwas trinken?« Sine Matthäus schüttelte den Kopf.

Sofie war genervt von diesem Gastgeberritual. Sie ließ ihre schwarze Umhängetasche zu Boden gleiten und hockte sich im Schneidersitz gleich daneben. Schweigend starrte sie vor sich hin.

»Sofie, du weißt, warum ich hier bin?«, begann Sine Matthäus. Sofie zuckte gleichgültig die Schultern. »Ich möchte herausfinden, ob es sinnvoll ist, dich zu einer Zeugenvernehmung vorzuladen.«

»Und wann wäre das sinnvoll?«, fragte Sofie.

»Wenn du schon früher in der Nähe des Tatorts gewesen wärest als unsere Leute.«

»Das war ich aber nicht.«

»Und warum hast du dann versucht, dich durchs Gestrüpp davonzumachen?«

»Ich hasse alles, was mit Polizei zu tun hat«, stieß Sofie hervor, »den ganzen Krims und Krams, das ewige Gelaber, Gefrage und Kombinieren. Was wirklich hinter allem steckt, findet kein Polizist heraus und auch kein Gericht. Ich hatte einfach keinen Bock, da hineinzugeraten.«

Sine Matthäus schwieg eine Weile. Anna Mittler schwieg ebenfalls.

»Wer könnte denn herausfinden, was hinter allem steckt?«, fragte die junge Kommissarin schließlich.

Sofie starrte vor sich auf den Boden. »Weiß nicht.« Sie sah auf. »Gott vielleicht oder der Teufel.«

Köln, Lichtstraße, 16:00 Uhr

Mireille warf wahllos Kleider in die riesige Tasche. Mario sah ihr zu. Er wusste, gleich würde sie den Beutel wieder ausleeren und von vorne anfangen. Er zählte stumm bis zehn, und dann war es auch schon so weit. Mireille stülpte den bunten Stoffsack von innen nach außen, und Dessous, Slippers, Röcke und Jeans verteilten sich auf dem Boden. Mario hasste diese Anfälle. Er hatte sich in sie verknallt, da war er siebzehn gewesen. Zusammengekommen waren sie aber erst zwei Jahre später. Obwohl Mireille ein Jahr jünger war als er, hatte sie immer bestimmt, wo es langgeht. Sie hatte erst getan, als sei er ihr gleichgültig. Ihn herumgeschoben wie eine Schachfigur. Und diese berechnende Art hatte ihm gefallen.

Nachdem seine hysterische Mutter mit ihrem Sportwagen vor einen Baum gerast war, musste er einsehen, dass sein Vater Recht hatte. Der hatte nie Verständnis für die Weinkrämpfe seiner Frau gezeigt, die regelmäßig Schimpftiraden losließ auf die kalte, rationale Welt, in der nur der Mammon interessiert. Mario hatte hin und wieder Sympathie für die Meinung seiner Mutter empfunden, nur dass sie die immer heulend und kreischend vorbrachte, störte ihn. Wenn sie still war, hatte er sie oft in den Arm genommen und getröstet. Sein Vater schüttelte dann verächtlich den Kopf. »Deine Mutter und du: ein Pott Naht«, das war sein Standardspruch gewesen. Und dann raste seine Mutter gegen den Baum, und so etwas würde ihm, Mario, nicht passieren. Niemals würde er sich derartig von seinen Gefühlen überschwemmen lassen. Seit dem Unfall seiner Mutter galt für Mario, was sein Vater sagte.

»Was starrst du so?« Mireille schien sich wieder beruhigt zu haben. Sie faltete ihre Klamotten und legte sie ordentlich Stück für Stück in die Tasche.

»Ich dachte, du kriegst wieder einen Anfall.«

»Wieder! Mario, du bist wirklich ein Arschloch! Mein Vater ist tot.«

»Dass Max tot ist, hat dich null interessiert.«

Eine leichte Röte überzog Mireilles Gesicht. Sie ging ins Bad. Mario folgte ihr. Sie hatte den Kosmetikkoffer genommen und sortierte ihre Flakons, Pinsel und Stifte.

»Das ist ja wohl ein Unterschied, Max und mein Vater.«

»Aber dein Vater folgte doch nur seinen eigenen Interessen, Max hat immerhin für dich im Knast gesessen.«

Mireille stützte sich aufs Waschbecken. »Was soll das denn jetzt, Mario? Wir waren uns doch einig, dass man nur mit Härte durchkommt. Das war dir doch klar, spätestens seit dem Tod deiner Mutter.«

Mario betrachtete Mireilles Wirbelsäule, die sich zart unter dem durchsichtigen Stoff des Tops abzeichnete. »Schon«, antwortete er, »aber Max war total verknallt in dich, oder? Nur deshalb hat er dichtgehalten.«

»Du hast nichts verstanden, Mario, nichts. Max war dumm. Es ist dumm, für andere den Kopf hinzuhalten. Mein Vater hätte das nie getan, niemals. Er war nicht so ein Weichei.« Sie drehte sich langsam um und sah Mario an. »Und jetzt ist er trotzdem tot, das macht mich fertig.«

Krefeld-Verberg, Schwester-Christine-Weg, 16:30 Uhr
Sofie schloss die Zimmertür und atmete auf. Das hatte sie hinter sich. Sie drückte auf den Powerknopf ihres Computers und wartete ungeduldig, bis er hochgefahren war. Dann wählte sie sich ins Internet ein. Mist, im ICQ reagierte Sandra nicht. Vermutlich war sie gar nicht im Netz. Sie versuchte es im »Schattenraum« und überflog die Nicknames der anwesenden Chatter. »Antigone«. Sandra war doch da!

```
Antigone: Sterben! Was heißt das? Siehe, wir träumen,
wenn wir vom Tode reden …
Morbus: Labertasche. Du traust dich ja doch nicht.
Morpheus: Überlass dich lieber mir. Das ist nicht so
endgültig.
Antigone: … gebe nur zu bedenken, dass jeder
zeitliche Abschnitt unserer Existenz, ja de facto
jeder Moment, seine eigene Logik und eigene Ehre hat …
Morpheus: Wie meinen?
Antigone: … dass der zeitliche Reifungsprozess
zugleich auch ein Sterbensprozess ist …
Morbus: ich versteh nix!!
Antigone: … und dass denn also mein armes Hausmädchen
möglicherweise später niemals den gleichen Grad von
Authentizität erreicht haben würde wie damals, als
sie aus dem Fenster sprang.
Morbus: Was quatscht die?
Morpheus: Lass sie erst mal fertig machen!
Antigone: Hat also die große Liebe sie geadelt?
Unsinn. Sie hat sie nur voll erfüllt, hat ihrer
Existenz eine Densität verliehen …
```

Morpheus: Densität?
Antigone: … die ihr später beim braven Mann und
inmitten fröhlicher Kinderschar kaum noch vergönnt
wäre.
Morbus: Densität?
Antigone: Am extremsten und hierdurch wahrsten lebte
sie im Moment des Absprungs.

Sofies Finger zitterten, als sie auf der Tastatur die richtigen An-
schläge suchten. Sandra hatte sich über ihren Verdacht lustig gemacht. Aber da hatte sie ja auch noch nichts vom Tod ihres Vaters gewusst.

Kiara: Was redest du, Antigone?
Antigone: Endlich. Nur mit diesen Dummköpfen macht
das wirklich keinen Spaß. Densität? Densität? Haben
die kein Fremdwörterlexikon?
Kiara: Aber was redest du?
Morbus: Keine Beleidigungen bitte!
Kiara: Bitte, was hat das zu bedeuten?
Antigone: Ach, Schäfchen, hast du wieder Angst?
Du hast Recht, ich muss es anders formulieren.
Morpheus: Hier ist es, Densität bedeutet Dichtig-
keit.
Antigone: Kluger Junge. Nun extra für dich,
Kiara: Und dass denn also mein armer Häftling
möglicherweise nie den gleichen Grad von
Authentizität erreicht haben würde wie vorvor-
gestern, als er sich das Laken um den Hals
legte.
Kiara: Nicht du?
Antigone: Du kennst mich immer noch nicht.
Morbus: Was quatschen die?
Kiara: Wer dann?
Antigone: Frag deinen Vater!
Kiara: Was?
Antigone: ~~~

52

Kiara: Bitte.
Antigone: ~~~

Sofie gab auf. Drei Tilden, das war ihr verabredetes Schlusszeichen. Sie würde verrückt werden. Wenn das so weiterging, würde sie verrückt werden. Sandra gab ihr immer neue Rätsel auf. Sie sollte nicht mit ihren Eltern reden. Jetzt sollte sie ihren Vater fragen. Herr Ohlig war tot, und das schien für Sandra gar kein Thema. Sofie fühlte, wie sich das Druckgefühl in ihrem Leib ausbreitete. Vielleicht stimmte nichts von dem, was Sandra je erzählt hatte, vielleicht war *sie* die Irre in ihrer Familie.

Krefeld, Polizeipräsidium, 17:00 Uhr

Rolf Mittler ärgerte sich über sich selbst. Was war nur los mit ihm? Brachten ihn die familiären Verunsicherungen so durcheinander? Statt systematisch dem Todesfall Ohlig nachzugehen, ließ er sich von Herders Unruhe wegen der Selbsttötung anstecken. Die Bemerkung von Risse war kaltschnäuzig, aber treffend. Er selbst würde nicht so abgebrüht reden, doch grundsätzlich teilte er die Auffassung des Immobilienhändlers. Statt Gefühlsregungen zu folgen, mussten sie sich an Fakten halten. Max Feuerbach war von eigener Hand gestorben, und nichts würde ihn wieder lebendig machen. Der Ohlig war tot, möglicherweise durch Fremdeinwirkung. Das zu klären war seine Aufgabe und sonst nichts. Wenn doch endlich …

Die Bürotür flog auf und unterbrach seinen Gedankengang.

»'tschuldigung, Chef«, Sine Matthäus stand mit gerötetem Gesicht im Türrahmen und jonglierte mit zwei Bechern Kaffee und einer Aktenmappe herum, »dachte, Sie wollen vielleicht auch einen.« Sie setzte die beiden Tassen auf dem Schreibtisch ab und legte den Hefter daneben. »Der Bericht von Dr. Gentz ist da.«

Mittler griff nach dem Ordner. »Haben Sie mit meiner Tochter gesprochen?«

»Hab ich, aber lassen Sie uns doch erst mal lesen, ob wir es im Fall Ohlig überhaupt mit einem Tötungsdelikt zu tun haben. Vielleicht hat er sich ja doch nur zu viel zugemutet, und wir können den ganzen Fall ad acta legen.«

Mittler nickte und schlug den Hefter auf. Schon nach einem kurzen Blick reichte er die Mappe seiner Kollegin. »Ist nichts mit ad acta legen.«

»… kam es zum Atemstillstand durch einen nicht körpereigenen Stoff … das Toxikum konnte noch nicht isoliert werden.« Sine Matthäus schlug die Mappe zu. »Kein natürlicher Tod.« Sie kratzte sich am Kopf. »Schade, dass das heute Morgen noch nicht eindeutig klar war, sonst hätten wir uns die Ohlig gleich richtig vorknöpfen können.«

»Und was ist mit Sofie? Haben Sie was aus ihr rausgekriegt?« Sine Matthäus schüttelte den Kopf.

»Sie bestreitet nach wie vor, überhaupt auf der Brücke gewesen zu sein. Alles in allem würde ich ihre Bedeutung für den Fall nicht überbewerten. Sollte da mehr herauskommen, könnte ich ja immer noch die Leitung übernehmen – wenn das für Sie eine Beruhigung wäre, Herr Mittler. So stark wird Sofie wohl nicht einbezogen sein, dass Sie ganz ausgeschlossen werden müssten.«

Rolf Mittler legte die Fingerspitzen zusammen. »Das wäre immerhin eine Möglichkeit.« Er sah Sine Matthäus grübelnd an. »Ich weiß überhaupt nicht, was da jetzt auf uns zukommt. Jedenfalls kennt meine Tochter Herrn Ohlig. Er ist der Vater ihrer besten Freundin.«

»Was? Warum haben Sie das nicht früher gesagt?« Sine Matthäus schien fassungslos. »Dann wäre ich in dem Gespräch doch ganz anders verfahren.«

Mittler stand auf und stellte sich ans Fenster. »Das wollte ich ja gerade vermeiden. Sie sollten ganz unvoreingenommen an die Sache rangehen. Mit ihrem natürlichen Draht zu jungen Leuten. Ich dachte, Sofie würde dann etwas auftauen.«

»Auftauen.« Sine Matthäus runzelte die Stirn. »Kein schlechter Ausdruck in diesem Zusammenhang. Sofie scheint momentan in einer eigenen Welt zu leben. Redet von Gott und Teufel.

Einerseits ist das ja normal in dem Alter, aber sie müsste bald wieder zurück auf den Teppich kommen.«

Rolf Mittler drehte sich um. »Wie, von Gott und Teufel, was soll das?«

»Sie setzt offensichtlich kein Vertrauen in die Welt, vor allem, was uns betrifft.«

»Uns?«

»Ja, uns, die Polizei, die Richter und so weiter.«

Mittler setzte sich. Das gab es doch gar nicht. Seine kleine Sofie. Die immer mehr von seiner Arbeit wissen wollte, als er eigentlich verraten durfte. Der es Spaß gemacht hatte, über dieses oder jenes Detail mit nachzudenken. Die ihm das Gefühl vermittelt hatte, stolz auf ihren Vater zu sein. Aber damit war jetzt wohl Schluss. »Sonst interessiert dich nichts, was? Nur deine blöden Fälle mit den ganzen irren Typen.« So wie im Stadtwald war sie noch nie auf ihn losgegangen. Pubertät, er konnte sich nicht erinnern, dass dieses Schlagwort bei ihm selbst je solche Bedeutung gehabt hätte. Klar hatte es mal Meinungsverschiedenheiten mit seinen Eltern gegeben, aber das dann direkt als Pubertätsschwierigkeiten zu bezeichnen, wäre ihm übertrieben erschienen.

Er schüttelte hilflos den Kopf. »Ich kann das alles nicht nachvollziehen.«

Sine Matthäus nahm einen großen Schluck aus ihrer Kaffeetasse. »Haben Sie das denn nie kennen gelernt, das Gefühl, dass die Welt nicht so ist, wie Sie dachten? Und dann muss man sich alles neu zusammensetzen. Man kann da wirklich den Boden unter den Füßen verlieren.«

Mittler sah die junge Kollegin erstaunt an. Solche Worte waren ihm durch die Gespräche mit seiner Frau nur zu bekannt.

»Sie haben das auch schon erlebt?«

»Klar doch.« Sine Matthäus fuhr sich durch das kurz geschnittene Haar, so dass einige der kupferroten Strähnen aufrecht stehen blieben. »Und ich bin der Überzeugung, es kann immer wieder passieren.«

Mittler klopfte nachdenklich einen Takt auf der Tischplatte. *It's a long way to Tipperary.* Er hatte sich immer etwas eingebildet auf sein Einfühlungsvermögen. Es hatte ihm oft geholfen, Täter zu überführen oder Unschuldigen zu glauben. Aber dieser völlige Einbruch, den hatte er noch nicht erlebt. Ob seine junge Kollegin ihm wohl mehr erzählen wollte?

»Was ist denn jetzt? Wie geht es weiter?«

Mittler hörte auf, den Takt zu klopfen, und konzentrierte sich. »Okay, wenn Sie Leiterin der Kommission wären, was würden Sie vorschlagen?«

Sine Matthäus nahm ihre zehn Finger zu Hilfe. »Zuerst sämtliche persönlichen Beziehungen des Opfers durchleuchten. Am besten vernehmen wir heute noch Frau Ohlig. Dann die Kinder, Freunde, Arbeitskollegen et cetera. Eine Tochter gibt es ja auf jeden Fall.« Sie sah Rolf Mittler vielsagend an.

»Sandra ist sechzehn. Sie hat noch eine ältere Schwester, die in Köln studiert.« Mittler stand auf. »Dann lassen Sie uns mal beginnen.«

Krefeld, Richard-Wagner-Straße, 17:30 Uhr

Mit quietschenden Reifen bog Mireille in die Hauseinfahrt. Sie sprang aus dem Cabrio, stürmte zur Tür und drückte die flache Hand gegen die Klingel. Mario sah ihr kopfschüttelnd nach und schloss sorgfältig die Autotüren. Als er den Weg hinaufkam, schlug Mireille mit der Faust auf den Klingelknopf ein. Endlich sprang die Tür auf, und Sandra stand im Rahmen.

»Sag mal, spinnst du?«

»Ich spinne? Ich?«, schrie Mireille mit sich überschlagender Stimme. »Paps ist tot, was mir unsere werte Frau Mutter mitgeteilt hat, als wäre ihr Auto kaputtgegangen. Und du gammelst auch hier rum, als wäre überhaupt nichts passiert!« Sie stieß Sandra zur Seite und stürmte ins Haus.

»Hey.« Mario nickte Sandra zu, aber die würdigte ihn keines Blickes, sondern lief die Treppe hinauf. Achselzuckend ging er durch den Flur zur Küche. Als er eintrat, schlug Mireille wie wild auf ihre Mutter ein. Mario griff ihren Arm und zerrte sie weg.

»Du bist nicht mehr gescheit«, keuchte er.

»Ja, sag ihr das, wenn sie so weitermacht, lasse ich sie einweisen.« Frau Ohligs Stimme klang kühl und beherrscht.

»Das könnte dir so passen«, zischte Mireille. »Papa tot und ich in der Klapse, und was hast du mit Sandra vor? Du hast doch keine Ruhe, ehe du hier nicht die Alleinherrschaft hast!«

Frau Ohlig lachte spöttisch. »Du hast schon immer unter Wahnvorstellungen gelitten, meine Kleine. Aber darauf werde ich jetzt nicht eingehen, ich halte dir zugute, dass dich der plötzliche Tod deines Vaters verstört hat.«

Plötzlich schien jede Aggression von Mireille abzufallen. Sie ließ sich auf einen Küchenstuhl sinken. »Was ist denn überhaupt passiert?«

Frau Ohlig setzte sich neben sie, aber ehe sie zu einer Erklärung ansetzen konnte, ertönte der Türgong. Als sich keine der Frauen erhob, lief Mario in den Flur und öffnete die Tür.

»Guten Tag, Kriminalpolizei, wir hätten gern Frau Ohlig gesprochen.« Rolf Mittler hielt Mario den Ausweis unter die Nase. Sine Matthäus lächelte freundlich.

Mario brachte keinen Ton heraus. Er drehte sich um und stieß mit Sandra zusammen. Sie taxierte die Beamten mit scharfem Blick. Nach einem kurzen Moment wandte sie sich ab und verschwand die Treppe hinauf. Rolf Mittler und Sine Matthäus sahen sich an.

Cornelia Ohlig erschien im Flur. »Das hätte ich nicht erwartet, Herr Mittler, dass wir uns so bald wiedersehen.« Sie machte keine Anstalten, die Polizeibeamten hereinzubitten.

»Tut mir Leid, Frau Ohlig, wir können uns vorstellen, dass Ihnen der Sinn nicht danach steht, aber unsere Ermittlungen erlauben keinen Aufschub mehr, der Verdacht eines unnatürlichen Todes ist durch die Rechtsmedizin bestätigt worden. Ich denke, es liegt in Ihrem Interesse, die Umstände zu klären, und ich hoffe, dass Sie unsere Arbeit unterstützen.«

Frau Ohlig sah Mittler mit gerunzelter Stirn an. »Ich weiß ehrlich gesagt nicht, was das soll, mein Mann ist schließlich nicht hier zu Tode gekommen.«

Sine Matthäus trat einen Schritt vor und verlagerte die Diskussion in den Hausflur. »Frau Ohlig, Ihr Mann ist einer Vergiftung zum Opfer gefallen. Noch steht nicht fest, ob durch eigene Hand oder Fremdverschulden. Es gehört in diesen Fällen zur polizeilichen Routine, das nähere Umfeld des Opfers zu untersuchen. Sie sehen doch ein, dass die Familie und das Haus eines Menschen zu seinem näheren Umfeld gehören, oder?«

Frau Ohlig nickte, ließ die Ermittler aber nur zögernd ganz eintreten. Langsam schloss sie die Tür hinter ihnen. »Bitte«, meinte sie schließlich und führte die Beamten durch den Flur in einen großen Wohnraum. Sie bat sie nicht, Platz zu nehmen, sondern verschwand gleich wieder durch eine Flügeltür.

Sine Matthäus schaute sich um. »Das nenne ich Platz.«

Rolf Mittler nickte und durchschritt den gesamten Raum vom Kamin bis zur Essecke. Er warf einen Blick durch die Butzenscheiben der großen Fenster und registrierte die blank polierten Dielenbretter. Als er zum zweiten Mal an der Sitzgarnitur vor dem Kamin angelangt war, öffnete sich die Flügeltür wieder, und Frau Ohlig erschien mit zwei jungen Leuten im Schlepptau.

»Ich gehe davon aus, dass Sie meine Tochter und ihren Freund auch gleich ins Gespräch einbeziehen wollen. Sie leben zurzeit in Köln und sind nur anlässlich der unglückseligen Umstände hier in Krefeld. Also, was wollen Sie wissen?«

Etwas überrascht musterte Rolf Mittler das junge Paar. Die beiden hätten sich gut geeignet für eine dieser Castingshows. Die junge blonde Frau steckte in einem schmalgeschnittenen Kleid, das ihre schlanke Figur betonte. Ihr Freund war modisch gekleidet, und das kurze schwarze Haar lief über der Stirn in einem dieser hochgestellten Ponys aus.

»Sie sind also Sandra Ohlig?«, fragt Sine Matthäus, und Mittler wusste, dass sie sich absichtlich dumm stellte.

»Aber nein«, übernahm Cornelia Ohlig wieder das Wort, »das ist Mireille, meine ältere Tochter. Sie wollen doch nicht etwa auch das Kind sprechen?«

»Doch, das wollen wir. Und wie war Ihr Name noch gleich?«, wandte sich die Kommissarin an Mireilles Freund. Dem schien ein dicker Frosch im Hals zu stecken.

»Mario Risse«, brachte er heiser hervor.

Rolf Mittler stutzte. Mario Risse. Brachte er hier jetzt irgendetwas durcheinander? Mario Risse, der Name gehörte doch zu einem ganz anderen Fall. Max Feuerbach, Mario, der Sohn des Immobilienhändlers. Der Kommissar rieb sich die Stirn. Immer mit der Ruhe. Entweder handelte es sich hier um eine Namensgleichheit, oder die Fälle berührten sich zufälligerweise. Krefeld war ja keine Millionenstadt. Er wartete, wie seine Kollegin weiterverfahren würde.

Krefeld-Verberg, Schwester-Christine-Weg, 17:45 Uhr

Nervös ging Sofie in ihrem Zimmer auf und ab. Sie wünschte sich, Sandra hätte nicht einfach abgebrochen. Ständig öffneten sich neue Dialogfenster auf ihrem Desktop, aber die Teilnehmer interessierten Sofie nicht. Sie wollte nur mit *einer* reden. Aber Sandra meldete sich weder über ICQ noch im »Schattenraum«. Seit zwei Stunden herrschte Funkstille. Als Sofie bei ihrer Wanderung durchs Zimmer wieder die Tür erreichte, schlug ihr die beinahe vor die Nase.

»Kannst du nicht anklopfen!«, schrie sie ihre Mutter an.

»Entschuldige, du hast Recht. Bitte, lass mich kurz mit dir reden.«

Sofie lief weiter durchs Zimmer. Sie hatte die Arme um den Oberkörper geschlungen, als fröre sie. »Reden, reden, reden … das bringt doch nichts.«

Anna ging auf ihre Tochter zu und versuchte sie festzuhalten. Sofie schlug ihre Hände weg. »Meinetwegen rede, Mama, aber fass mich nicht an!«

Betroffen ließ Anna die Arme sinken. Wie sehr hatte sie selbst sich als Kind, und auch noch als Jugendliche, gewünscht, in den Arm genommen zu werden. Etwas, das in ihrem Elternhaus Seltenheitswert besessen hatte. Sofie schien alles abzulehnen, was sie ihr entgegenbrachte. Verständnis, Gesprächsbereitschaft, Zeit und erst recht Umarmungen. War es denn gar nicht möglich, auf eigene Erfahrung aufzubauen? Gab es überhaupt kein Muster?

»Ich möchte doch nur wissen, was dich in letzter Zeit so belastet.«

Sofie sah sie mit diesem überlegenen Blick an, der Anna so ratlos machte. Sie wusste nicht, was er zu bedeuten hatte. »Mich belastet gar nichts, Mama, außer dass es meiner Freundin schlecht geht. Und nicht nur ihr. Auf diesem Wichsplaneten geht es verdammt vielen Menschen schlecht, und niemand macht etwas dagegen.«

Daran, dass Sofies Gesicht blasser wurde und ihre Augen sich verdunkelten, merkte Anna, wie erregt ihre Tochter war. »Sofie, Sofie, beruhige dich.«

»Ich will mich aber nicht beruhigen«, zischte Sofie, »es gibt keinen Grund zur Beruhigung, keinen, hörst du! Was macht ihr Erwachsenen nur? Die Welt geht kaputt, und ihr rührt keinen Finger. Ihr tut eure Arbeit und bereitet euer Essen, als wäre alles in Ordnung. Aber das ist ein Irrtum, Mama, es ist nichts in Ordnung, verstehst du das nicht?«

Die Verzweiflung in Sofies Stimme brachte Anna beinahe dazu, sie wieder in die Arme zu schließen. Aber Sofies deutliche Abwehr ließ sie rechtzeitig innehalten. Ein merkwürdiges Quietschen ertönte von Sofies Computer.

»Lass mich jetzt bitte allein, Mama, ich muss noch was arbeiten.« Sofie saß schon über ihrer Tastatur, während Anna sich nicht rührte. »Was ist, Mama? Ich hab jetzt keine Zeit.«

Anna erwachte aus ihrer Erstarrung, sie sah Sofie noch einmal an, dann verließ sie das Zimmer.

Krefeld, Richard-Wagner-Straße, 17:50 Uhr

»Sandra!«

Sandra stöhnte. Das hatte sie befürchtet, dass sie hinunter musste. Schnell zog sie die Tastatur auf die Knie und wählte Sofies Nummer im ICQ an.

Antigone: Na, hast du schon mit deinem Dad geredet?
Kiara: Ich hab ihn doch noch gar nicht gesehen.
Antigone: Tja, ich komme gleich in den Genuss.
Kiara: Was will er?
Antigone: Was wohl? Über Vaters Tod labern. Die Frau
Matthäus, die du so gut leiden kannst, ist auch dabei.
Kiara: Ich fand abartig, wie du von deiner Mutter von
der Sache erfahren hast.
Antigone: Das kommt, weil wir uns so doll lieb haben.
Kiara: Ich habe nicht kapiert, was ich meinen Vater
fragen soll.
Antigone: Frag ihn nach dem letzten Selbstmörder, mit
dem das Kommissariat zu tun hatte.
Kiara: ???
Antigone: Frag ihn. Ich muss jetzt Schluss machen.
Sie rufen mich.
Kiara: Sandra!
Antigone: Ich muss runter ~~~

Sandra schloss das Dialogfeld, als Mario schon im Türrahmen stand.

»Bist du taub? Reicht wohl nicht, wenn man dich ruft. Die Lady muss persönlich hinuntergeleitet werden, was?«

»Ach, reg dich ab.« Sandra stellte die Tastatur zurück auf den Schreibtisch und stand auf. Langsam folgte sie Mario nach unten.

Alle hatten sich vor dem Kamin versammelt.

»Ich weiß ja nicht, was die Herrschaften von der Kriminalpolizei sich davon versprechen, aber sie möchten mit uns reden.« Mit diesen Worten wandte sich ihre Mutter zum Fenster, als hätte sie mit allem nichts zu tun.

Sandra zog sich in die Essecke zurück.

Sine Matthäus folgte ihr. »Du weißt, dass dein Vater beim Joggen zusammengebrochen ist. Es steht nun fest, dass es ein Gift war, das seinen Tod ausgelöst hat.«

»Und was ändert das? Lassen Sie doch meine kleine Schwester mit dem Mist in Ruhe!«

Sine Matthäus drehte sich überrascht um. Mireille Ohlig hatte ziemlich laut gekreischt. Die junge Kommissarin warf einen Blick auf ihren Notizblock. »Ihre Schwester ist beinahe siebzehn Jahre alt, von klein kann also nicht die Rede sein, Frau Ohlig. Außerdem hat man in diesem Alter oft einen geschärften Blick für seine Umwelt. Ist es Ihnen nun recht, dass ich Ihre Schwester befrage, oder drängt es Sie sehr, mir vorher etwas mitzuteilen?«

»Ach, lass mich doch in Ruh.« Das nachgeschobene »dumme Kuh« hing als kaum hörbares Flüstern im Raum, und Sine Matthäus ignorierte es.

»Also, Sandra, hast du in letzter Zeit irgendeine Veränderung am Verhalten deines Vaters bemerkt?«

»Wie, Veränderung?« Sandra sah die Kommissarin aufmerksam an.

Sine Matthäus überlegte. »Na, als hätte er zum Beispiel Probleme, die er vorher noch nicht hatte. Mancher wird dadurch nervös, ein anderer aggressiv oder niedergeschlagen.«

Sandras Spannung ließ merklich nach. »Mein Vater hatte keine Probleme, Frau Matthäus, grundsätzlich nicht. Er war eher ein Problem für andere.«

»Sandra!« Frau Ohlig lief vom Fenster hinüber zu Sandra und versetzte ihr eine Ohrfeige.

»Frau Ohlig!« Rolf Mittler, der sich bisher im Hintergrund gehalten hatte, schaltete sich ein. »Ich muss doch sehr bitten.«

»Hat sie so von ihrem toten Vater zu sprechen?« Frau Ohlig war erregt. Ihre Lippen zitterten, und sie wischte ständig an einer Haarsträhne herum, die sich aus ihrer Hochsteckfrisur gelöst hatte.

»Wir durften auch nicht so von ihm sprechen, als er noch lebte.« Als erwartete Sandra eine zweite Abreibung, duckte sie sich und schien zum Sprung bereit. Aber ihre Mutter befestigte nur die lästige Haarsträhne in der Spange und ging zu dem Sofa vor dem Kamin. Dort ließ sie sich mit einem Seufzer nieder.

»Sandra kam mit meinem Mann in letzter Zeit nicht gut zurecht. Unsere Ehe kann man beurteilen, wie man will, aber Lutz war ein vorbildlicher Vater. Fragen Sie doch Mireille, sie wird es Ihnen bestätigen.«

Mireille hatte sich offensichtlich wieder beruhigt. Sie saß mit ihrem Freund auf dem zweiten Sofa. Der junge Risse hatte den Arm um ihre Schultern gelegt. »Das war er«, bestätigte sie die Aussage ihrer Mutter, »er war beruflich viel unterwegs, trotzdem hat er sich oft Zeit genommen, um mir und Sandra zu erklären, wo der Hase läuft.«

»Wo läuft der Hase denn?«, fragte Sine Matthäus.

»Na, man darf sich nicht unterkriegen lassen. Will man erfolgreich sein, muss man seine Stärke zeigen. Und man muss alle Tricks kennen, damit man nicht selbst reingelegt wird.« Mireille legte beide Hände vor ihr Gesicht. Als sie sie wieder wegnahm, wirkte ihr Gesicht eingefallen. »Ich dachte, er wird hundert. Wieso ist er tot?«

»Das wollen wir gerade herausfinden. Und wie wir von Ihrer Mutter gehört haben, war Sandra die Letzte der Familie, die Ihren Vater lebend gesehen hat. Darum sollten wir sie noch einmal zu Wort kommen lassen.«

Sine Matthäus hatte mit Nachdruck gesprochen, und Mireille drückte daraufhin das Gesicht gegen die Schulter ihres Freundes.

»Also, Sandra, könntest du uns kurz den Ablauf der Ereignisse gestern Morgen schildern?« Sine Matthäus ging langsam auf Sandra zu.

»Ereignisse. Es gab keine Ereignisse. Als ich mir meine Haferflocken aus der Küche holte, mixte mein Vater sich gerade seinen Sportdrink. Wir haben nicht einmal miteinander gesprochen.«

»Sie sind also zum Frühstücken wieder in Ihr Zimmer gegangen. Ist das üblich?«

Sandra verzog spöttisch die Mundwinkel. »Erstaunt Sie das? Ja, ich esse nur in meinem Zimmer.«

Sine Matthäus warf Rolf Mittler einen Blick zu, aber der nickte nur. Sie fuhr mit der Befragung fort und wandte sich an Sandras Mutter. »Und Sie, Frau Ohlig, wie haben Sie den Tag verbracht?«

»Ich habe vormittags das Haus verlassen und bin erst spätnachts zurückgekehrt. Aber das sagte ich bereits dem Herrn Hauptkommissar. Da mein Mann und ich getrennte Schlafzimmer haben, fiel mir erst heute früh auf, dass seine Brieftasche und seine Uhr noch dort lagen.« Cornelia Ohlig betrachtete ihre Fingernägel. »Wir haben natürlich eine Putzfrau, aber ich habe es mir zur Gewohnheit gemacht, morgens durch alle Räume zu gehen, um zu lüften.« Sie warf ihrer jüngeren Tochter einen giftigen Blick zu. »Nur Sandra verbittet sich das.«

»Und wo haben Sie den Tag verbracht?«

Frau Ohlig seufzte genervt. »Ich war mit einer Freundin unterwegs. Kosmetikstudio, Shopping und Abendessen. Was man eben so macht.«

»Ihre Freundin wird uns das sicher bestätigen?«

»Natürlich. Warum sollte sie nicht?« Frau Ohligs Ton wurde zunehmend ungeduldiger.

Sine Matthäus wandte sich Mireille Ohlig zu. »Und wann hatten Sie das letzte Mal Kontakt mit Ihrem Vater?«

Erst jetzt löste Mireille ihr Gesicht von Marios Schulter. Sie sah aus, als hätte sie kurz geschlafen.

»Meinen Sie persönlich oder telefonisch oder so?«

»Vielleicht beides?«

»Also, eine SMS habe ich noch Sonntag von ihm bekommen. Ob alles klar wäre und wie mir der Vater-Tochter-Tag gefallen habe.«

»Vater-Tochter-Tag?«

»So nennen … nannten wir die Tage, an denen wir uns trafen. Mein Vater, Sandra und ich.«

Sine Matthäus' Blick fiel auf Sandra, die plötzlich leichenblass geworden war. »Fehlt dir was, Sandra?«

Sandra nickte. »Mir ist ganz übel. Ich müsste mal ins Bad.«

Die Kommissarin sah sie forschend an, aber die dunklen Augen des Mädchens gaben nichts preis. »In Ordnung, geh ruhig.«

Nachdem Sandra den Raum verlassen hatte, nahm Sine Matthäus ihren Faden wieder auf. »Also eine SMS am Sonntag, und persönlich, wann haben Sie sich da das letzte Mal gesehen?«

»Na, an dem besagten Vater-Tochter-Tag. Am 13. März. Das hab ich mir gemerkt.«

»Und? War irgendetwas auffällig am Verhalten Ihres Vaters?«

»Nein. Er war wie immer. Eigentlich sogar besonders gut drauf.«

Sine Matthäus wandte sich Mario Risse zu. »Ihnen ist auch

nichts weiter aufgefallen? Wann haben Sie denn den Vater Ihrer Freundin das letzte Mal gesehen?«

»Am selben Tag wie Mireille. Ich habe sie abgeholt. Wir haben uns im Nordbahnhof mit ihm getroffen. Nach einem hervorragenden Essen, zu dem Lutz uns eingeladen hatte, sind wir zurück nach Köln. Und ich muss Mireille Recht geben. Er war eher gut aufgelegt an dem Abend.«

»Und Sandra war auch mit zum Essen?«

»Nee, die hatte gerade noch einen großen Knatsch abgezogen. Und ich glaube, Lutz war froh, dass sie nicht mit in die Gaststätte gegangen war. Eigentlich hatte er ein dickes Fell, aber Sandras Outfit war ihm irgendwie peinlich, vor allem zu solchen Gelegenheiten.«

»Was war denn das für ein Knatsch, den Sandra abgezogen hat?«

Mario zuckte die Achseln. »Keine Ahnung, ich kam ja erst später. Weißt du noch, was der Grund für den Streit war, Mireille?«

Mireille sah Mario überrascht an. »Ach, das Übliche: Papa wäre ein eiskalter Bonze, und sie hätte keinen Bock mehr auf diese Treffen.«

»Hatte Ihr Vater Sandra einen Anlass gegeben für ihr Verhalten?«

Mireille schüttelte den Kopf. »Sandra braucht keinen Anlass für ihre Anfälle. Die tobt aus heiterem Himmel los.«

»Mir kommt Ihre Schwester eher besonnen vor.«

»Tja, da sehen Sie, wie man sich täuschen kann.« Mireille lehnte sich wieder gegen Mario.

Die Kommissarin sah ihren Vorgesetzten an, der seltsam in sich gekehrt an der Wand lehnte. »Haben Sie noch Fragen, Herr Mittler?«

Mittler runzelte die Stirn. »Nein, ich glaube das reicht zunächst.«

»Also gut.« Die Kommissarin klappte den kleinen Block zu. »Wenn Ihnen noch irgendetwas einfällt, das die Geschehnisse vom Montagmorgen erhellen könnte, rufen Sie uns bitte an. Es ist auch möglich, dass wir Sie noch einmal sprechen müssen. Halten Sie sich also zu unserer Verfügung.«

»Heißt das, wir müssen hier in Krefeld bleiben?« Mario Risse schien die Vorstellung nicht zu behagen.

Sine Matthäus hob die Schultern. »Köln ist nicht aus der Welt, wenn es Ihnen nichts ausmacht, auf Bestellung herzufahren, können Sie sich natürlich auch dort aufhalten. Hauptsache, Sie bleiben erreichbar.«

Vor der Haustür atmete sie tief durch, ehe sie sich an ihren Chef wandte. »Ist etwas nicht in Ordnung, Herr Mittler?«

Mittler schüttelte den Kopf. »Was mich allerdings gewundert hat: Wieso haben Sie alle Familienmitglieder zusammengerufen? Unser Ziel ist es üblicherweise, die Personen zu isolieren.«

Etwas verlegen hob die Kommissarin die Schultern. »Ich weiß. Aber ich wollte es einmal anders probieren. Schauen, wie die Bezugspersonen gemeinsam agieren. War doch auch aufschlussreich, oder?«

»Es war interessant, ja.« Mittler wippte auf den Zehenspitzen.

»Aber Sie sind nicht ganz zufrieden? Sie schienen von einem gewissen Zeitpunkt an so abwesend.«

»Das lag nicht an der Befragung.« Rolf Mittler sah zum Himmel. »Es hat vielleicht nichts zu bedeuten, aber der 13. März war der Tag, an dem sich Max Feuerbach das Leben genommen hat. Und was noch verwunderlicher ist: Mario Risse wurde von Feuerbach verprügelt. Und in Untersuchungshaft saß der Junge, weil er ins Haus von Risse senior eingestiegen ist.« Mittler bestaunte die blutrote Spur, die das Abendrot am Horizont hinterließ. »Wie finden Sie das, Frau Matthäus? Herders Selbsttötung streift den Fall Ohlig.«

Krefeld-Gartenstadt, Stettiner Straße, 18:00 Uhr

Ludger betrachtete verzweifelt Marthas Gesicht. Es wirkte so unendlich klein auf dem prallen Kissen. Wie hatte das geschehen können? Ihre Gesundheit war doch wieder hergestellt. Selbst die

Ärzte rätselten immer noch über die Ursache für den erneuten Ausbruch von Marthas Lungenkrankheit. Martha schlug die Augen auf, und Ludger bemühte sich um einen zuversichtlichen Gesichtsausdruck.

»Schau nicht so traurig, Ludger. Ich bin froh, dass wir beide uns überhaupt getroffen haben. Es waren die besten Jahre meines Lebens.«

Ludger schluckte. Er sah zur Decke. Er wollte nicht jammern vor Martha, aber *Jahre* … Was sind vier Jahre gemessen an einem Menschenleben? Nichts. Hatten sie wirklich nicht mehr verdient? Vier glückliche Jahre, war damit ihr Anspruch auf Glück erfüllt für dieses Leben? In ihm bäumte sich alles auf gegen diese Vorstellung. Er beugte sich vor und küsste Marthas Stirn. Dann nahm er ihre Hand. »Wie redest du? Gerade als ob schon alles vorbei wäre.«

»Bitte, Ludger, wir waren immer offen zueinander.« Martha ließ es nicht zu, dass er ihr auswich. Ihre bernsteinfarbenen Augen hefteten sich fest an seinen Blick. »Ich weiß, dass ich dich allein lassen muss, und du sollst dein Leben *leben*, auch ohne mich. Versprich mir das, Ludger.«

Ludger ließ Marthas Hand los. Er umfing ihren Körper mit beiden Armen, presste sein Gesicht auf die Bettdecke und weinte.

Als mit lautem Krachen die Balkontür zuschlug, musste er sich erst zurechtfinden. Verwirrt merkte er, dass es ein Sofakissen war, das er fest umschlungen hielt. Ludger setzte sich auf. Diese Träume sorgten dafür, dass er manchmal nicht mehr klarkam. Sie waren so realistisch, dass er immer eine Weile brauchte, um festzustellen, was die Wirklichkeit war. Und schließlich die unerträgliche Erkenntnis, dass es eine Wirklichkeit ohne Martha war.

Ludger stand auf und öffnete die Balkontür, die sich durch die Windbö geschlossen hatte. Er trat hinaus und legte die Unterarme auf die Balkonbrüstung. Den Spielplatz und die Straßenbahnschienen hatte es früher noch nicht gegeben. Als junger Ehemann hatte er gedacht, dass sein Kind einmal die Volksschule gleich an der Traarer Straße besuchen würde. Das war günstig, so ein ungefährlicher, kurzer Weg. Es hätte nur die kleine Marienburgerstraße überqueren müssen. Aber Kinder hatte nur seine Exfrau bekommen, die waren dann tatsächlich in diese Schule gegangen. Das hatte ihn manchmal geschmerzt. Und dann war Martha gekommen, und das Loch, das sie hinterlassen hatte, war bodenlos. Es war ein endloser Abgrund, in den er stürzte. Und so sollte es auch dem Risse gehen. Bei dem Anwalt war es zu kurz und schmerzlos gegangen. Er musste sich was anderes ausdenken. Es würde keine Qual geben, die vergleichbar war mit Marthas, und auch keinen Schmerz wie den seinen. Aber es sollte anders sein als bei dem Ohlig. Nicht einfach aus.

Entschlossen trat Ludger zurück in den Wohnraum, der nur spärlich möbliert war. Eine Wohnung einrichten, dazu hatte er keine Lust mehr gehabt, außerdem war es völlig überflüssig. Er setzte sich an den kleinen quadratischen Tisch, auf dem eine Kaffeetasse, ein Stück Brötchen und ein grüner Ordner ein Alltagsstillleben bildeten. Ludger griff nach dem dünnen Hefter. Bisher hatte er Risses Geschäfts- und Wohnadresse ausfindig gemacht, außerdem die Zeiten, die er gewöhnlich im Büro und zu Hause verbrachte. Zu Hause war der Immobilienhändler selten. Viel öfter war Ludger ihm zu Besichtigungsterminen gefolgt und in Restaurants. Risse war Witwer. Den Recherchen nach musste es einen Sohn geben, aber den hatte Ludger noch nicht zu Gesicht bekommen. Überhaupt hatte Ludger dem Anwalt in seinen Gewohnheiten viel besser folgen können. Der hatte feste Zeiten für Sport und Job gehabt. Risse hatte keinen festen Zeitplan.

Ludger lehnte sich zurück. Vielleicht sollte er sich für eine Immobilie interessieren und einen Ortstermin ausmachen. Natürlich bestand die Gefahr, dass Risse ihn dann erkannte. Aber das wäre kein Problem, er würde vorbereitet sein. Die Idee ließ ihn nicht mehr los. Risse sollte an einem seiner Objekte leiden. Genau so, wie es Martha geschehen war. Entschlossen stand Ludger auf und wühlte in dem Pappkarton, in dem er sein Altpapier sammelte. Es beschlich ihn beinahe ein Triumphgefühl, als er zwischen den Stadtspiegeln die WZ vom 22. 3. fand. Garantiert würde der Risse wieder Anzeigen geschaltet haben. »USA prophezeit schnellen Krieg«. Ludger schüttelte den Kopf, als ihm einfiel, in welcher Krise die Welt sich gerade mal wieder befand. Mit Martha hätte er darüber endlos diskutiert, aber ohne sie war ihm das Weltgeschehen völlig gleichgültig geworden. Er verstand zwar nicht, wie ein Mann Krieg führen konnte, der gar nicht rechtens gewählt worden war, aber was lief schon korrekt heutzutage? Das hatte er am eigenen Leib erfahren, nein, er hatte es an Marthas Leib erfahren. Ludger legte die Zeitung auf den kleinen Tisch und strich die Seiten glatt. Er befeuchtete die Fingerspitzen und ging die Seiten schnell durch, bis er auf den Anzeigenteil stieß. Unter Immobilien suchte er sich die Wohnungsverkäufe. Und tatsächlich. Das war ja wie gemacht für ihn: »46 qm in ruhiger Lage«. Und das von »Risse und Partner«. Er nahm den grünen Ordner und trug unter Risses Daten das Wohnungsangebot ein. Zur Vorsicht nahm er noch ein zweites, wie er fand, weniger attraktives Angebot zu seinen Unterlagen. Konnte ja sein, dass die erste Wohnung weg war, wie sollte er dann am Ball bleiben? Er legte den Bleistift nieder und rieb sich die Augen. Als er sie wieder öffnete, sah er, dass der Himmel in tiefem Abendrot erglühte. Er sprang auf, lief hinaus auf den Balkon und betrachtete das Naturschauspiel. Er fühlte sich Martha schmerzhaft nah.

Krefeld-Verberg, Schwester-Christine-Weg, 18:45 Uhr

Als Rolf Mittler die Haustür aufschloss, brummte ihm der Schädel. Morgen würde es einen harten Vernehmungstag geben. Wer welche Gespräche führte, würden sie bei der Morgenbesprechung festlegen. Er wollte auf jeden Fall mit Mario Risse und Sandra Ohlig reden. Mittler hängte seine Jacke an die Garderobe und warf den Schlüssel in die kleine Schale auf der Ablage. Dann hielt er die Nase in die Luft. Nach warmem Essen roch es heute nicht. Erst jetzt fiel ihm auf, dass kein Licht in der Küche brannte.

»Anna!« Keine Antwort. Mittler ging ins Wohnzimmer und knipste das Licht an.

»Anna.« Seine Frau saß reglos in ihrem Lieblingssessel und starrte hinaus in den Garten. Mittler zog die Schuhe von den Füßen und ließ sie einfach liegen. Das Geräusch seiner Schuhe auf dem Parkett war das Letzte, was er jetzt ertragen konnte. Er setzte sich vor Anna auf den Boden und nahm ihre Hand. »Was ist los?«

Nur langsam löste Anna den Blick von der Terrassentür. Als sie ihn ansah, spürte er ihre Hilflosigkeit. Und plötzlich wusste er, wann sein Boden schwanken würde. Wenn es wieder beginnen würde mit Anna. Wenn sie ihn wieder erfahren lassen würde, wie tief man fallen kann, auch wenn man selbst keine Vorstellung hat von dem Abgrund. Er wusste nicht, ob er es noch einmal durchstehen würde. Die Liebe und sein jugendlicher Optimismus hatten ihm damals die Kräfte verliehen, Annas Ängsten standzuhalten. Sie hatte sich an ihn geklammert, und bei aller Bestürzung hatte er es gemocht, wie sie sich dadurch beruhigte. Ihre Hochphasen hatten ihn so mitgerissen, dass er über die Tiefen hinweggleiten und sie dabei mitziehen konnte. Die wenigen Male, die er sie allein gelassen hatte, hatte sie ihm nicht übel genommen. Aber das konnte nicht von neuem losgehen. Waren sie nicht erwachsen geworden?

»Du musst mit Sofie sprechen.«

Erleichtert küsste er ihre Hand, stand auf und küsste ihr Gesicht. »Das ist alles?«

Sie stand ebenfalls auf und umarmte ihn. »Das ist mehr als genug. Ich mache mir solche Sorgen.«

So standen sie eine Weile, und Mittler erinnerte sich, dass sie früher oft so gestanden hatten. Ganz plötzlich, in fester Umarmung, es war ein gutes Gefühl gewesen. Und es ärgerte ihn, dass er es beinahe vergessen hatte.

Eine ganze Weile später machte er sich los. »Dann will ich mal.«

Anna nickte. »Ich koche uns einen Tee.«

Langsam ging Mittler die Treppe hinauf. So richtig wusste er gar nicht, was er mit Sofie sprechen sollte. Vom Stadtwald würde er besser nicht anfangen. Er klopfte an ihre Tür.

»Ja.«

Mittler trat ein.

»Ach, du bist es.« Sofie schloss das Programm und drehte den Drehstuhl in seine Richtung. »Ich wollte sowieso mit dir reden.«

Rolf Mittler wusste nicht, was er davon halten sollte. Nach den letzten Zusammentreffen mit Sofie und den Befürchtungen seiner Frau hatte er mit allem gerechnet, nur nicht mit einer gesprächsbereiten Tochter.

»Hattest du in letzter Zeit mit einem Selbstmord zu tun?«

Mittler, der sich gerade auf Sofies Bett setzen wollte, blieb überrascht stehen. »Wie kommst du jetzt darauf?«

»Hattest du?«

»Ja, hatte ich. Ein junger Mann hat sich während seiner Untersuchungshaft umgebracht.«

Entsetzt sah Sofie ihren Vater an. »Hat er sich aufgehängt?«

Mittler nickte. »Aber woher weißt du das?«

»Wie hieß der junge Mann?«

»Max Feuerbach.«

Sofie drehte ihren Stuhl wieder zum Monitor. »Ich glaube, Sandra kannte ihn.«

Krefeld, Immenhofweg, 20:00 Uhr

Eberhard Risse sog genüsslich an der Zigarre. Mario beobachtete ihn. Wenn sein Vater Zigarre rauchte, fielen die wulstigen Lippen besonders auf. Sagen andere Kinder ihren Eltern, was sie an ihnen stört? Nie hätte er es über sich gebracht, dem Vater zu sagen, dass ihn seine Lippen störten. Nicht immer, aber wenn sie so auffielen wie zum Beispiel beim Zigarrerauchen. Zigaretten oder eine Pfeife hätten diese Wirkung nicht erzeugt. Aber es mussten Zigarren sein, aus welchem Grund auch immer. Mit seiner Mutter hatte er mal darüber gesprochen. »Warum hat Papa so dicke Lippen?« Seine Mutter hatte gelacht. »Großmutter, warum hast du so große Ohren?«, hatte sie darauf gesagt. Danach hielt sie ihm einen ausführlichen Vortrag über das unterschiedliche Aussehen von Menschen. Und dass volle Lippen eigentlich ein Ausdruck von Sinnlichkeit seien, aber das könne sie so nicht bestätigen. Damals fand er, dass seine Mutter bei ihren Erklärungen immer unnötig weit ausholte, aber heute war er froh darüber. Denn das war es vor allem, was ihm von seiner Mutter geblieben war, die Erinnerung an ihre Worte.

»Was verbindet dich eigentlich mit diesem Feuerbach?«

Mario zuckte zusammen. Die Frage seines Vaters hatte ihn getroffen wie ein spitzer Pfeil.

»Welcher Feuerbach?«

»Jetzt stell dich nicht dumm. Der Junge, der dich auf dem Trödel verprügelt hat und der kürzlich bei uns eingestiegen ist. Du warst doch damals Zeuge in seinem Verfahren, so was vergisst man doch nicht.«

»Ach der …« Mario versuchte, Zeit zu gewinnen. Wie kam sein Vater bloß darauf?

»Ich hatte heute Mittag eine kurze Unterredung im Polizeipräsidium. Gleich zwei Kommissare wollten wissen, was wir mit dem Jungen zu tun hatten. Er hat sich in seiner Zelle anscheinend völlig unmotiviert das Leben genommen. Ist mir eigentlich völlig gleichgültig, die Sache. Aber es ist schon ein merkwürdiger Zufall, dass gleich zwei seiner Strafsachen mit uns zu tun haben, findest du nicht?«

Mario merkte, wie ihm die Hitze im Nacken aufstieg. Dass sein Vater fragte, war halb so wild, aber dass die Kriminalpolizei herumstocherte … Wer weiß, auf was die alles kommen würde. Mario stellte ein ausgiebiges Gähnen zur Schau. »Das ist echt Zufall, Papa. Ich weiß wirklich nicht, was der von mir wollte. Ich kannte ihn doch nur durch Mireille.«

Eberhard Risse paffte eine dicke Rauchwolke aus. Er kniff die Augen zusammen und fixierte seinen Sohn durch die Rauchschwaden hindurch. »Tu nicht so, als ob du müde wärst. Außerdem bist du mir noch die neusten Storys aus dem Hause Ohlig schuldig.«

Mario lehnte sich zurück und zupfte ein paar Flusen von seinem Kaschmirpullover. Eigentlich blieb er immer bei Mireille, wenn sie in Krefeld waren, aber heute hatte er die Flucht ergriffen. Mireille konnte er verkraften, aber Mireille und ihre Mutter waren einfach zu viel. Seinem Vater hatte er von dem ganzen Drama noch nichts erzählt.

»Mireilles Vater ist tot.«

»Was?«

»Man hat ihn gestern im Stadtwald gefunden. Erst dachte man noch, er hätte sich beim Laufen überanstrengt, aber jetzt steht fest, dass es irgendein Gift war, das ihn umgebracht hat. Die Polizei untersucht, ob es sich um Selbstmord oder Mord handelt. Ich bin heute Nachmittag übrigens auch befragt worden.«

Mario sah auf und wunderte sich über das Verhalten seines Vaters. Der drückte seine Zigarre aus. Das hatte er noch nie gemacht. Er rauchte eine Zigarre nur, wenn er wusste, dass er sie zu Ende rauchen würde. Lange Aschestangen waren sein ganzer Stolz. Eberhard Risse zog an seinem Hemdkragen, als wäre er plötzlich zu eng geworden.

»Ich bin müde, Mario. Ich werde mich jetzt zurückziehen.«

Mario sah seinem Vater überrascht nach. Klar kannte der Mireilles Vater. Ein paar Rechtssachen hatte sein Vater von Herrn Ohlig klären lassen. Aber eine Zigarre, die hatte er nicht mal ausgemacht, als die Schutzpolizisten die Nachricht vom Tod seiner Frau brachten.

Krefeld, Richard-Wagner-Straße, 20:30 Uhr

Das Kaminfeuer brannte ruhig vor sich hin. Mireille hatte eine Decke um sich gewickelt und lag zusammengerollt auf dem einen Sofa. Ihre Mutter saß mit angezogenen Beinen auf dem anderen. Sie hielt einen Kognakschwenker in der Hand und ließ die goldbraune Flüssigkeit sanft hin- und herrollen. Mireille fühlte sich angenehm schläfrig. Ausnahmsweise verspürte sie keine Sucht nach Mario und auch nicht nach einem Aufputschmittel. Die Stille, das Feuer, sogar die goldene Flüssigkeit im Glas ihrer Mutter verursachten ihr ein Wohlbehagen, das sie lange nicht empfunden hatte. So sollte die Zeit stehen bleiben. An nichts denken, bloß an nichts denken. In diesem Moment flackerte das Feuer, und ein kühler Windzug berührte ihre Wange. In der Flügeltür zur Küche stand Sandra, und Mireille erschrak bei ihrem Anblick.

Wie immer trug ihre Schwester die schwarzen Haare straff am Kopf frisiert. Auch die schwarze Kleidung war nichts Neues, aber Sandra hatte die düstere Wirkung ihres Auftretens noch verstärkt. Ihr Gesicht war weiß geschminkt, und von den schwarz umrandeten Augen führten dunkle Spuren über die Wangen.

»Haben es die Herrinnen des Hauses bequem?«

Cornelia Ohlig setzte ihr Glas ab, und das klirrende Geräusch auf dem Glastisch verriet, dass ihre Hand zitterte.

»Was soll dieser Auftritt, Sandra?«

»Ich möchte euch nur daran erinnern, dass noch nichts vorbei ist.«

»Sandra, hör auf. Du warst heute schon peinlich genug.«

»Es ist euch peinlich, wenn man sagt, wie es wirklich ist.« Sandra ging zum Kamin und setzte sich im Schneidersitz davor. Mutter und Schwester starrten auf ihren Rücken.

»Kennt ihr eigentlich Dorian Gray? Ich glaube, wenn es von euch ein Abbild auf dem Speicher gäbe, als Spiegel eurer Seele, würdet ihr erschrecken vor euren verzerrten Gesichtern.«

»Aber du, was?« Mireille setzte sich auf. »Dein Porträt wäre vermutlich das eines Engels.«

Sandra drehte sich um. »Nein, sicher nicht. Aber ich weiß, was an mir böse ist und was nicht. Im Gegensatz zu euch.«

»Und, was ist an mir böse? Du kannst es mir doch sicher sagen!«

»Wenn du es unbedingt hören willst: Du denkst nur an deinen Vorteil, du benutzt Menschen als Spielfigürchen, nein, noch schlimmer, du tust Menschen weh, nur um deine Stärke zu spüren, du bist rücksichtslos und denkst, das sei eine Tugend. Du bist wie unser Vater.«

»Lass deinen Vater aus dem Spiel.« Frau Ohlig sprang auf. Sie krallte ihre Hände in Sandras Schultern und schüttelte sie. »Du hast ihn heute schon schlecht gemacht. Man redet nicht schlecht über Tote, kapierst du das nicht?«

Sandra lachte laut, und ihre Mutter trat erschrocken zurück.

»Wie du an Regeln festhältst, Mama. Wo hast du die nur alle her? Hast du ein Benimmbuch für hochanständige Bürger inhaliert, bevor du dich auf die Jagd gemacht hast? Du hast doch nie einen Hehl daraus gemacht, dass du Papa nicht liebst. Es war doch nur das Geld, das dich an ihn gebunden hat. Du hast nicht einmal mehr so getan, als ob da mehr wäre. Du mit deinen Anstandsregeln, Mama, du bist so schrecklich verlogen.«

Sandra stand auf. »Zum Schluss wird jeder für seine Sünden büßen, da bin ich sicher.«

»Du Spinnerin!«, schrie Mireille. »Du wirst auch noch erkennen, was wichtig ist im Leben. Wer hat denn das Geld verdient? Du etwa? Nein, du sitzt in dem netten Zimmer mit Multimediaausstattung, das du unserem Vater zu verdanken hast. Schlag dich doch erst mal selbst durch, dann weißt du, wie Recht er gehabt hat.«

»So, wie du dich in Köln durchschlägst?« Sandra lächelte überlegen. »Aber du hast eine meiner Schwächen benannt. Die Trägheit. Ich habe noch nicht entschieden, ob sie böse ist. Wären wir alle etwas träger, gäbe es vielleicht keinen Krieg, oder? Na ja, ich bin erst sechzehn, ich habe noch Zeit, mir Gedanken zu machen.« Sandra ging in die Küche, an der Tür drehte sie sich noch einmal um. »Und wenn nicht, so soll es mir auch recht sein.«

Mittwoch, 26. März 2003

Krefeld-Gartenstadt, Stettiner Straße, 1:00 Uhr

Ludger kannte sich selbst nicht wieder. Ihm lief der Speichel aus dem Mundwinkel vor Hass. Vor ihm, auf dem einzigen Küchenstuhl, saß Eberhard Risse. Ludger hatte ihm eins seiner großen Stofftaschentücher in den Mund gestopft, ein zweites darüber gelegt und hinter dem Kopf festgeknotet. Mit einer Wäscheleine hatte er den Immobilienhändler an dem Holzmöbel festgezurrt. Nur der rechte Arm war nicht umwickelt. Den drückte Ludger mit einer Hand auf die Tischplatte. In der anderen hielt er ein kleines Hackbeil.

»Mach die Faust auf«, zischte er Risse an, »sonst schlag ich dir deine ganze verdammte Hand ab.« Risse jaulte auf und spreizte langsam die Finger.

»Du weißt, worum es geht. Wenn du wusstest, was mit dem Haus war, nicke gefälligst.«

Risse nickte. In seinen Augen stand das Wasser. Ob Schweißperlen oder Tränen war nicht zu sagen.

»Und jetzt mach ich dir den Knebel los, und du sagst mir, wer noch mit drinhing. Jede Minute, die ich warten muss, kostet dich einen Finger.«

Risse schlotterte vor Angst, und Ludger genoss es. Er genoss den Horror dieses glatten Geschäftsmanns. Aber als er das Taschentuch aus Risses Mund zog, fing der an zu schreien. Und wie im Reflex hieb Ludger ihm das Beil in die Hand. Das Blut spritzte. Ludgers Magen revoltierte. Er stützte sich auf die Tischkante, der Tisch fiel um, und Ludger stürzte zu Boden. Mit einem Stöhnen richtete Ludger sich auf. Risses Geschrei war verstummt. Der Stuhl stand noch, aber er war leer. Ludger untersuchte den Boden. Kein Blut. Es war ein Traum gewesen. Gott sei Dank, nur ein Traum. Er hätte früher zu Bett gehen sollen. Nicht bis in die

Nacht am Tisch sitzen und Rachepläne schmieden. Die drei Wodka hatten ihr Übriges getan. Ludger stellte den Tisch auf. Sammelte die grüne Mappe, das Schnapsglas und die Kaffeetasse vom Boden auf. Alles war heil geblieben. Er setzte sich wieder an den Tisch und zog die Wohnungsanzeigen aus der Mappe. Tatsächlich wäre die zweite Adresse geeigneter. In der »ruhigen Lage« waren die Nachbarn bestimmt hellhörig. Die Wohnung, die ihm zunächst ungeeigneter erschien, versprach mehr Anonymität. Zufrieden legte er die Zeitungsausschnitte zurück. Er wusste, was er morgen zu tun hatte.

Krefeld-Uerdingen, Gymnasium am Stadtpark, 8:35 Uhr

»Bitte, das ist doch nicht möglich. Dieser Satz ist doch eine leichte Übung.« Herr Ehrmann ließ ungläubig den Blick über den Lateinkurs der Stufe zehn gleiten.

Ein Klopfen an der Tür ließ die Schüler aufatmen. Die Rektorin. Sie entschuldigte sich und bat den Lateinlehrer in den Flur. Nach kurzem Gemurmel kehrte er zurück in den Klassenraum.

»Sandra, würdest du bitte nach der Stunde zu mir kommen?« Sandra blickte überrascht auf. Sie nickte.

»Könntest du uns eventuell auch mit dem Satz weiterhelfen?«

»Lieber nicht.«

Herr Ehrmann sparte sich die Diskussion. »Bitte, Sofie.«

Sofie war im Zweifel, ob die Solidarität mit ihrer Freundin es verlangt hätte, zu schweigen. Aber sie nahm an, dass es der Satz war, der Sandra störte. Sie las: »*Amor matris numquam desinet.* Die Liebe der Mutter wird niemals aufhören.«

»Danke, Sofie. Als Hausaufgabe möchte ich, dass ihr noch einmal Satz für Satz durchgeht und euch die grammatischen Konstruktionen klarmacht. Sandra, komm doch gleich mal herüber.«

Sandra erhob sich demonstrativ langsam und näherte sich dem Pult in Zeitlupe.

»Sandra, du weißt, dass du in deiner jetzigen schwierigen Situation gar nicht zum Unterricht kommen musst, oder?«

Sandra zuckte die Schultern. »Es lenkt mich aber ab.«

»Gut, gut.« Der Lehrer räusperte sich verlegen. »Das ist deine Entscheidung. Allerdings müsstest du um neun Uhr dreißig ins Polizeipräsidium. Man hat eben im Sekretariat angerufen. Die Polizei war eigentlich davon ausgegangen, dich zu Hause zu erreichen.«

»Kein Problem, Herr Ehrmann.«

»Ich begleite Sandra.«

Der Lehrer schaute Sofie nachdenklich an. Dann nickte er. »Tu das, Sofie.«

Die Mädchen packten ihre Sachen und verließen das Schulgebäude. Sandras schwarzer Roller stand auf dem Parkstreifen an der Nikolausstraße. Sie setzten die schwarzen Helme auf.

»Fünfundvierzig Minuten. Da können wir ja noch eine Sightseeing-Tour machen.«

Krefeld, Polizeipräsidium, 9:30 Uhr

Die Tür platzte regelrecht auf, und Rolf Mittler legte unwillkürlich eine Hand auf seine Brust. In der Tür standen Sandra und Sofie.

»Ja, sie sind schon da«, sprach Mittler in den Hörer, als das Telefon anschlug.

»Wieso kommst du mit, Sofie? Hat dich irgendjemand hierher bestellt?«

»Sandra ist meine Freundin.«

»In Ordnung, aber warte bitte draußen.«

Widerwillig zog sich Sofie auf den Flur zurück.

»Bitte setz dich doch.« Mittler wies auf den Besucherstuhl. Sandra ließ sich nieder.

»Was denkst du, warum ich dich sprechen will, Sandra?«

»Wegen meines Vaters natürlich.«

»Das ist die eine Sache. Wir wollen deine Aussage schriftlich festhalten. Beginnen wir also damit. Schildere bitte den Montagmorgen möglichst genau.« Rolf Mittler zog die Tastatur des Computers zu sich herüber. »Ich schreibe mit. Deine Mutter habe ich übrigens informiert, sie meint, du kämst allein zurecht.«

Sandra sah ihn erstaunt an, dann begann sie zu reden.

11. Kommissariat
Krefeld, den 26.4.2003
(Mittwoch, 9:40 Uhr)

Zeugenvernehmung

In der Dienststelle des 11. Kommissariats erscheint
nach Vorladung die

Schülerin Sandra Ohlig
geb. 14.9.1986 in Krefeld
wohnhaft Krefeld, Richard-Wagner-Straße

und sagt Folgendes aus:

Montags habe ich um acht Uhr Schule. Ich stand also
wie gewohnt um halb sieben auf und ging ins Badezimmer. Ich mag nicht ungewaschen essen, dann fühle ich
mich verschlafen und habe nichts davon. Etwa eine
Viertelstunde später ging ich nach unten in die Küche.
Mein Vater betätigte das Mixgerät. Er nahm es ziemlich
genau mit Vitaminen, Elektrolyten und was weiß ich für
einen Kram. Ich nahm die Haferflocken aus dem Schrank
und schüttete welche in eine Müslischüssel. Dann nahm
ich die Milch aus dem Kühlschrank und übergoss die
Flocken.

Frage: Was machte Ihr Vater zu diesem Zeitpunkt?

Er setzte sich an die Bar und nippte an seinem Super-
drink. Er blätterte in einem Werbemagazin.

Frage: Sie redeten nicht miteinander?

Mein Vater und ich hatten keinen guten Draht. Und morgens redeten wir schon gar nicht.

Frage: Was geschah weiter?

Ich nahm meine Flocken und ging nach oben in mein Zimmer.

Frage: Haben Sie gesehen oder gehört, wie Ihr Vater
       das Haus verließ?

Nein. Ich musste doch schon um halb acht los. So früh
verließ mein Vater nie das Haus, außer zu einer
Dienstreise.

Frage: Er war also noch im Haus, als Sie gingen?

Ich musste annehmen, dass er noch im Haus war.

Frage: Und danach haben Sie ihn nicht mehr lebend
       gesehen?

Nein. Tot auch nicht.

Geschlossen 9:55 Uhr

selbst diktiert, genehmigt unterschrieben

Rolf Mittler
Erster Kriminalhauptkommissar

Der Kommissar nahm das Blatt aus dem Drucker und legte es
Sandra zur Unterschrift vor. Ohne einen Blick darauf zu werfen,
unterschrieb Sandra.
»Dein Vertrauen ehrt mich, Sandra, aber mir wäre wohler,
wenn du erst noch einmal alles liest und dann unterschreibst.«

»Es ist doch dasselbe, das wir schon gestern gelabert haben, oder?«

»Jetzt ist es eine Zeugenvernehmung.«

»Was macht das schon für einen Unterschied?« Sandra zuckte gleichgültig die Achseln. »Was wollten Sie denn noch von mir?«

Mittler zögerte. Wie anfangen? Ein zaghaftes Klopfen an der Tür unterbrach seine Gedanken.

»Bitte?«

Sofies Kopf erschien. »Dauert es noch lange?«

Der Kommissar hatte seine Tochter völlig vergessen. Es störte ihn, dass sie da vor der Tür hockte. Und noch mehr störte ihn, dass sie so viel mit Sandra zu tun hatte.

»Sofie, du bist ungefragt mitgekommen, jetzt musst du dich eben gedulden.« Er sah dem Gesicht seiner Tochter an, dass sie beleidigt war, aber so, wie sie in letzter Zeit ausgeteilt hatte, würde sie das bestimmt verkraften. Als sich die Tür geschlossen hatte, wandte er sich Sandra zu.

»Ein Kollege bearbeitet die Selbsttötung des Untersuchungshäftlings Max Feuerbach. Du kanntest ihn?«

Sandra lehnte sich zurück und schaute über Mittlers Kopf hinweg. »Ja.«

»Woher kanntest du ihn?«

»Er war mal mit Mireille befreundet.«

Kommissar Mittler stand auf, um seine Überraschung zu verbergen. »Wie, jetzt kürzlich?«

»Nein, das ist schon lange her.«

Lange. Was bedeutete das für einen Teenager? Max Feuerbach war knapp zweiundzwanzig gewesen, also nur etwas älter als Mireille. Sandras Gesicht war anzusehen, dass sie nicht von selbst reden würde. Sie erwartete seine Fragen.

»Wie lange?«

»Vier Jahre.«

Die prompte Antwort verblüffte Mittler. Er war geübt darin, verstockte Zeugen in redselige Partner zu verwandeln oder Lügenbolden auf den Zahn zu fühlen, aber die meisten Überraschungen erlebte er mit Halbwüchsigen.

»Führst du darüber Kalender?«

»Mireille war siebzehn, als sie zusammen waren, so alt wie ich jetzt.«

»Du bist doch erst sechzehn.«

»Ich zähle nach Jahrgang, und im September werde ich siebzehn.«

»Und wie lange ging das zwischen deiner Schwester und Max?«

»Ein Jahr vielleicht. Dann hat Max Mist gebaut, und Mireille hat ihn fallen lassen.«

Mittler stellte sich ans Fenster. Das Karree des Ostwalls mit den ein- und ausfahrenden Bussen und Bahnen hatte seit eh und je meditative Wirkung auf ihn. Es erinnerte ihn an einen Mondrian-Druck, der ihn seit seiner Studienzeit begleitete. Max war straffällig geworden, und die Anwaltstochter hatte sich vornehm zurückgezogen.

»Mochtest du ihn?«

»Ja, sehr. Aber Max war süchtig nach Mireille. Er hat später sogar Mario verprügelt, Mireilles jetzigen Freund. Max kam mit seinen Gefühlen überhaupt nicht klar. Entweder er reagierte gar nicht oder er rastete aus. Im Untersuchungsgefängnis hat er mir total Leid getan.«

Mittler blieb am Fenster stehen. »Wieso warst du dort?«

»Ach, das war Papas Idee. Er hatte sich wieder ein praktisches Lehrstück für Mireille und mich ausgedacht. Wie man mit anderen Menschen umgeht und so. Daraus machte er immer so eine Art Performance. Es ging da auch um den cleveren Anwalt. Mireille studiert doch Jura.«

»Und da ist dein Vater zusammen mit euch zu Max Feuerbach gegangen?«

Sandra nickte. »Er vertrat ihn ja in der Einbruchsache.«

»Wieso das?«

»Er hat ihn in allen Gerichtsverfahren vertreten. Wegen Mireille.«

»Mireille hat sich nicht mehr um Max gekümmert, aber euren Vater gebeten, ihn zu vertreten?«

Sandra schüttelte müde den Kopf. »Nein, Herr Mittler, es war Papas Idee, und ich mag jetzt nicht mehr.«

Mittler zögerte. Er hatte noch einen Haufen Fragen, aber Sandra war auffallend blass.

»Wir machen jetzt Schluss, aber ich würde mich gern noch einmal mit dir unterhalten.«

»In Ordnung. Schicken Sie mir einfach eine Mail.« Sandra zog ein schwarzes Portemonnaie aus ihrer Jackentasche. In einem Fach befanden sich mehrere Visitenkärtchen. Sie reichte Mittler eins davon. »Wie finden Sie die Krähe?«

Mittler betrachtete das Adresskärtchen, auf dem eine Krähe den Kopf so neigte, als lese sie die Anschrift. »Sehr gelungen.«

»Hab ich selbst gezeichnet.«

Mittler sah in Sandras Gesicht, das jetzt völlig kindlich wirkte vor Freude über eine gelobte Arbeit.

»Noch eine Frage, Sandra. Was verbindet dich eigentlich mit Sofie?«

»Ich mag sie eben, und sie mag mich.«

»Dir ist klar, dass du ziemlichen Einfluss auf sie hast?«

»Sofie hat was im Kopf, Herr Mittler, und sie wird sich nicht mehr beeinflussen lassen, als sie es selbst will.« Sandra blickte dem Kommissar jetzt zum ersten Mal in die Augen. »Oder möchten Sie, dass wir den Kontakt abbrechen?«

Am liebsten hätte Mittler »Ja« gesagt. Nicht, weil er Sandra nicht mochte. Sie war geradeheraus, etwas, das er eigentlich begrüßte. Aber dahinter verbarg sich noch etwas. Ihre Aufrichtigkeit war eine Waffe, und sie setzte sie wohldosiert ein.

Kriminalhauptkommissar Mittler öffnete die Tür. »Das ist eure Sache.« Zumindest jetzt noch, fügte er für sich hinzu.

Krefeld, Rheinstraße, 10:10 Uhr

»Risse und Partner, guten Tag.«

»Guten Tag. Mein Name ist Bäcker. Ich interessiere mich für eine Ihrer Eigentumswohnungen. Sie war in der Wochenendausgabe der WZ ausgeschrieben.«

»Kleinen Moment, das waren doch mehrere in Fischeln. Ich verbinde.«

Nervös horchte Ludger in den Hörer. Das monotone »Please hold the line« regte ihn auf. Endlich knackte es.

»Ja, Risse am Apparat.«

»Guten Tag, Herr Risse. Ich interessiere mich für die kleine Eigentumswohnung in Fischeln. Besteht da noch Aussicht?«

»Guten Morgen, Herr … Bäcker war Ihr Name, nicht wahr? Tja, es gibt natürlich einige Interessenten, wir hatten Sonntag den ersten Besichtigungstermin. Sie wissen, wie das ist. Wer zuerst kommt, mahlt zuerst.«

Ludger musste sich zusammenreißen, um den Hörer nicht einfach auf die Gabel zu schmeißen. Das war Risse in seiner typisch jovialen Art, die ihm schon Übelkeit verursacht hatte, bevor es zu der endgültigen Katastrophe gekommen war.

»Und wann ist der nächste Termin?«

»Das hängt von den Interessenten ab und wann meine Partnerin frei ist.«

Ludger hielt die Hand vor die Sprechmuschel. Er hatte gar nicht daran gedacht, dass jemand anderes als Risse zu der Wohnung kommen könnte.

»Herr Bäcker, sind Sie noch da?«

»Ja, ja. Also Sie machen das gar nicht selbst?«

»Machen Sie sich keine Sorgen, Herr Bäcker, Frau Pöll ist mindestens so kompetent wie ich. Soll ich mal eben den Kalender einsehen? Oder wollen Sie lieber gleich mit Frau Pöll sprechen? Sie wird gegen elf Uhr wieder im Büro sein.«

»Ja, danke. Ich ruf dann noch mal an.«

Ludger starrte noch eine Weile auf den Hörer. Schöne Idee, die Besichtigung. Er konnte sich ja gar nicht darauf verlassen, dass er mit Risse allein sein würde. Was hatte er sich da bloß zurechtgelegt? Letzte Nacht wirkte der Plan noch so schlüssig. Ludger Carstens, du wirst alt. War ja das reinste Wunder, dass das mit dem Ohlig so reibungslos verlaufen war. Er verließ die Telefonzelle. Er würde jetzt erst mal ein paar Schritte durch die Stadt tun. Vertraute Orte abklappern, dabei konnte er sich erholen, und vielleicht sah er Martha.

Krefeld, Polizeipräsidium, 10:30 Uhr

Mittler blickte vor sich auf die Tischplatte. Die Verabschiedung von den Mädchen hatte unterkühlt stattgefunden. Seine Tochter hatte ihn keines Blickes gewürdigt, und die beiden waren Arm in Arm davonstolziert. Am Ende des Flurs hatten sie intensiv zu reden begonnen. Er wünschte, er hätte sie mit Wanzen ausstatten können.

Immerhin gab es jetzt einige Anhaltspunkte, die weitere Nachforschungen nötig machten. Der Ohlig sollte Max Feuerbach vertreten haben. Ob Herder diese Hintergründe recherchiert hatte? Dann war da noch das Besucherbuch des Untersuchungsgefängnisses. Er würde die Beziehung zwischen den Ohligs und dem Jungen klären, auch wenn Sandra ziemlich sparsam mit der Informationsvergabe war. Augenscheinlich wollte sie, dass etwas zutage trat. Hätte sie sonst Sofie auf ihn angesetzt? Sie war auch bereitwillig auf seine Frage nach Max Feuerbach eingegangen. Aber warum erzählte sie nicht gleich selbst alles?

Mittler stand auf. Seine Kollegin musste mit Mireille eigentlich längst fertig sein. Er ging über den Flur und klopfte an die Tür zum kleinen Besprechungsraum. Nichts. Er schaute hinein. Leer.

»Halloho!« Er drehte sich um. Eine gut gelaunte Sine Matthäus kam aus Richtung der Küche und trug zwei dampfende Kaffeetassen vor sich her.

»Ich dachte, Sie hätten jetzt auch Lust auf einen kleinen Austausch.«

»Sie haben manchmal gute Ideen, Frau Matthäus.« Mittler ging vor und hielt die Tür zu seinem Büro auf.

»Manchmal?« Die Kommissarin ging zum Schrank und holte eine Tüte Schokokekse heraus.

»Wie, keine Diät zurzeit?«

»Herr Mittler! Sie können einem auch jeden Spaß verderben. Aber Sie wollen doch nur die Plätzchen allein essen.«

Sine Matthäus tauchte einen Keks in ihre Kaffeetasse, der prompt zur Hälfte hineinfiel. Sie nahm ihren Löffel, angelte den feuchten Klumpen heraus und ließ ihn genüsslich im Mund verschwinden.

»Und, gibt's was Neues?«

Mittler nickte. »Weniger zum Fall Ohlig als zur Angelegenheit Feuerbach.«

Sine Matthäus seufzte missmutig. »Dann wissen Sie es also schon?«

»Was?«

»Dass der letzte Vater-Tochter-Tag in Max Feuerbachs Zelle stattgefunden hat?«

»Hat Mireille das auch erzählt?«

Sine Matthäus rührte wild in ihrem Kaffee. »Ich habe sie natürlich auf den 13. März angesprochen. Seltene Art, seinen Kindern was beizubringen. Was da genau gelaufen ist, wollte sie nicht erläutern. Gibt es von den Besuchen im Untersuchungsgefängnis eigentlich Überwachungsbänder?«

»Eine Videokamera ist da auf jeden Fall. Aufzeichnungen, das bezweifle ich. Aber Kollege Herder wird uns darüber sicher Auskunft geben können. Hat Mireille noch etwas über ihren Vater gesagt?«

Sine Matthäus verdrehte die Augen. »Das kann mal wohl sagen. Die muss ihn vergöttert haben. Das war vielleicht eine Lobeshymne. Er wusste alles, konnte alles und schien ihr offensichtlich unbesiegbar. Ich fürchte, dass er sterblich war, hat ihr einen echten Schock versetzt. Und dabei scheint sie mir sowieso nicht sonderlich stabil. Ich glaube, sie konsumiert regelmäßig Drogen.«

»Wie kommen Sie darauf?«

»Ach, ich weiß nicht, diese unkontrollierten Stimmungsschwankungen. War doch gestern im Elternhaus schon spürbar. Sicherheit und Arroganz wechseln sich ab mit kleinkindlicher Hilflosigkeit.«

»Das kann auch eine psychische Disposition sein.«

»Ich weiß, bisher habe ich ja auch nur so ein Gefühl.«

»Und sonst? Der tolle Vater hatte wahrscheinlich keine Feinde?«

»Mireille findet, dass ihre Mutter nicht gut genug war für den Mann. Und dass Sandra sich ihm gegenüber unmöglich aufgeführt hat. Aber die würde schon kapieren, was sie an ihm verloren hat, wenn sie diese dämliche Pubertät hinter sich hätte.«

Mittler guckte enttäuscht in seine leere Kaffeetasse. »Tja, das ist offensichtlich, dass die Mädchen dem Vater gegenüber ziemlich unterschiedliche Positionen eingenommen haben. Aber das ist nicht selten bei Geschwistern.«

»Jedenfalls hält Mireille es für ausgeschlossen, dass ihr Vater das Gift selbst zu sich genommen hat.«

»Darauf habe ich Sandra gar nicht angesprochen. Ich muss zugeben, als sie mir von der Beziehung zwischen Mireille und Max Feuerbach erzählt hat, habe ich etwas meinen Faden verloren.«

Sine Matthäus riss erstaunt die Augen auf. »Davon hat Mireille nichts erzählt. Darf ich Sandras Aussage kurz mitnehmen?«

»Davon steht da nichts drin. Ich habe mir nur noch mal den 24. schildern lassen.«

»Na, bewegend wird das Ergebnis nicht sein, oder?«

»Immerhin ist Sandra bei ihrer Darstellung von gestern geblieben. Sie und ihre Mutter kommen auf jeden Fall in Frage, wenn wir von einem Tötungsdelikt ausgehen. Mireille hat ein Alibi, wenn sie in Köln war. Hoffentlich kommt bald der endgültige Bericht von Dr. Gentz. Solange wir nicht wissen, um welches Gift es sich handelt und wie die Wirkung zeitlich einzuordnen ist, erübrigen sich Hypothesen zur Verabreichung.« Mittler schaute auf seine Uhr. »Wann kommt Frau Ohlig?«

»Um elf Uhr. Die hat vielleicht darüber gemeckert, dass sie noch mal herkommen soll.«

»Mario Risse war ebenfalls nicht erfreut. Er wüsste eh nichts. Er kommt um halb zwölf.«

Sine Matthäus erhob sich. Sie reckte die Arme in die Höhe, dann knickte sie in der Taille ein und ließ die Fingerspitzen bei gestreckten Beinen über den Boden wandern. Als sie sich wieder aufrichtete, hatte sie gerötete Wangen.

»Tät Ihnen auch mal gut für den Kreislauf.«

»Nein danke, da riskiert man ja eine Zerrung.«

Sine Matthäus lachte. Sie griff nach ihrer Tasse und verließ den Raum.

Krefeld, Theaterplatz, 11:00 Uhr

»Jetzt reg dich ab, Sofie.« Sandra nahm ein Kaugummi aus ihrer Umhängetasche und steckte es in den Mund. »Dein Vater meint es gut, okay?«

»Das sagst du?« Sofies Stimme überschlug sich vor Zorn. »Du predigst doch immer Unabhängigkeit. ›Lass dich nicht manipulieren, Sofie. Denke, dann bist du, Sofie.‹ Und dann findest du es in Ordnung, dass mein Vater mit dir über mich labert. Als wäre ich ein Baby. Kann er nicht mit mir darüber sprechen? Nein? Aber wahrscheinlich kamst du dir richtig erwachsen vor!« Ohne den Verkehr zu beachten, rannte Sofie über die St.-Anton-Straße.

»Sofie!« Sandra holte sie ein. »Stell dich nicht so an. Denk mal an die unzähligen Väter, denen es furzegal ist, wo ihre Töchter sich rumtreiben. Er hätte mit dir reden müssen, okay. Das ist es dann aber auch schon.«

Sofie ging langsamer. Als sie sich beruhigt hatte, schämte sie sich für den kindischen Ausbruch. »Und wo willst du jetzt hin?«, fragte sie, um das Gefühl der Peinlichkeit zu überspielen.

»Lass uns zum 51°19'57" nördlicher Breite gehen.«

»Versteh ich nicht.«

»Na, dann zum 6°13'48" östlicher Länge.« Sandra lachte. »Kennst du die Koordinaten der Alten Kirche nicht? Also, ich möchte über die Hochstraße bummeln und dann durch den Schwanenmarkt.«

»Sag das doch gleich.«

Sie schlenderten durch die Fußgängerzone. Bei Thalia Buch blieben sie wie gewohnt stehen. Sie kannten jede Buchauslage in Krefeld. Durch Sandra war Sofie aufmerksam geworden. Gelesen hatte sie immer, aber »Stupid White Men« von Michael Moore hätte sie ohne ihre Freundin nicht einmal wahrgenommen. An Sandras Seite war ihr politisches Interesse von null auf hundert gestiegen. Nach der Leselöwenphase war sie der Elfenwelt verfallen. Harry Potter war ihr zu real gewesen. Gute und schlechte Schüler. Gute und schlechte Lehrer. Gute und schlechte Eltern. Alles wie im normalen Leben. Ein paar spannende Ideen, das musste sie zugeben. Sandra hatte einen von den Bänden gelesen.

Phantasie ist okay, aber man darf nicht drin versacken, hatte sie dazu geäußert.

Sofie schloss die Augen. Eine heiße Flutwelle schoss durch ihren Körper. Sie erkannte plötzlich, warum sie so wütend gewesen war auf die Einmischung ihres Vaters. Sandra bedeutete ihr alles, an ihrer Seite ging man wie durch eine aufregende Geschichte. Der Verlust von Sandra wäre der Verlust einer Welt. Diese plötzliche Erkenntnis trieb Sofie die Tränen in die Augen. Schnell wischte sie sich mit dem Unterarm über das Gesicht.

Sandra zog Sofie weiter. »Guck mal, wer da steht.«

Sofie folgte Sandras Blick zu dem roten Verkaufsstand von Bratwurst-Paule.

»Da ist der altmodische Typ vom Friedhof. Komm, wir holen uns eine Wurst. Vielleicht erkennt er uns.«

Ludger Carstens bezahlte gerade sein Wurstbrötchen, als die Mädchen sich neben ihn stellten. Bratwurst-Paule steckte das Geld weg und wendete die Würstchen in der großen Bratpfanne. »Deine Frau hatte was«, meinte er dabei zu Ludger.

Ludger, der eben in die Wurst beißen wollte, hielt in der Bewegung inne. »Sie erinnern sich an sie?«

»Was denkst du? Ich schaue meine Kunden an.«

»Beschreiben Sie Martha.«

Der Wurstverkäufer wirkte etwas überrascht. »Sie war groß und schlank. Etwas zu schlank. Aber das vergaß man, wenn sie einen ansah. Moment, ich erinnere mich auch an ihre Augenfarbe. Ja, ein helles Braun. Wie Bernstein. Wenn sie einen anschaute, meinte man, der interessanteste Mensch auf der Welt zu sein. Auch wenn sie nur eine Wurst bei mir bestellte.«

Ludger starrte den Mann mit dem Zylinder und dem roten Tuch um den strahlend weißen Hemdkragen an. »Sie haben sie wirklich angeschaut.«

Bratwurst-Paule räusperte sich und wandte sich den neuen Kundinnen zu. »Und was wünschen die jungen Damen?«

»Zwei Wurstbrötchen. Einmal mit viel Senf.«

Ludger musterte die Mädchen kopfschüttelnd. »Krefeld ist ein Dorf«, meinte er, und zu Bratwurst-Paule: »Ich danke Ihnen.«

Ärgerlich schmiss Eberhard Risse die Unterlagen auf den Schreibtisch. Jetzt hatte er der Pöll schon seine Termine zugeschoben und schaffte die paar Telefonate trotzdem nicht. Nervös klopfte er mit dem Bleistift auf die Schreibunterlage. Der Tod von Lutz hatte ihn aus dem Gleichgewicht gebracht. Warum hatte Cornelia ihm nichts gesagt? Die war vermutlich völlig durch den Wind. Aber die Kanzlei, die hätte ihm doch zumindest Bescheid geben müssen. Mit Lutz Ohlig hatte er einige delikate Fälle durchgezogen, das verband. Dass der gewiefte Anwalt jetzt tot sein sollte, ging ihm nicht ein. Selbstmord? Niemals. Mord? Wer sollte Lutz was angetan haben? Das gab's doch gar nicht! Das war genauso ein Hammer wie der Abgang von Helena damals. Seine Frau war wirklich eine hysterische Kuh gewesen, aber er hatte sie gemocht. Dass sie nie müde geworden war, über das Unrecht in der Welt zu klagen, hatte ihm ein gewisses Maß an Bewunderung abgerungen. Ihm hatte es gefallen, als harter Geschäftsmann, der sein Gesicht in den Eiswind hielt, so jemanden zu Hause zu haben. Ihr ständig predigen zu müssen, dass Ehrlichkeit nur dazu führte, dass man auf die Schnauze fiel, versicherte ihn selbst in seinen Ansichten. Außerdem sorgte ihre hochmoralische Art für ein vertrauenswürdiges Image. Wer die Frau vom Risse kannte, der traute ihm nichts Hintertupfiges zu. Wollte ein Deal nicht klappen, brauchte er nur ein Zusammentreffen mit Helena zu arrangieren, und schon war die Sache geritzt. Und dann hatte sie sich einfach davongemacht. Hatte ihn mit dem Jungen allein gelassen. Und jetzt auch noch Lutz.

Es wurde Zeit, sich neue Kampfgenossen zu suchen. Er drehte den Bleistift zwischen den Fingern. Vielleicht die Pöll? Die war eiskalt, wenn es um das Geschäft ging. Vielleicht konnte man ja auch sonst noch was mit ihr anfangen. Die Idee machte ihm Mut.

Ludger Carstens schlürfte den Cappuccino und beobachtete den steten Strom der Menschen, der sich an den Stühlen vorbeischob. Manchmal bogen ein paar ab und schlängelten sich zwischen Tischen und Stühlen hindurch, um schneller voranzukommen. Martha hatte hier nicht gern gesessen. Nur einmal hatte es sie zusammen hierher verschlagen. Kurz vor dem Geschäftsabschluss mit Risse. Sie hatten sich in dem Immobilienbüro getroffen, um den Notartermin festzulegen, als Martha wieder wankelmütig geworden war.

»Ich glaube, ich möchte lieber nicht.«

Eberhard Risse sah Martha wie vom Donner gerührt an. Ludger spielte verlegen an dem seidenen Schlips, den er zur Feier des Tages umgebunden hatte. Er liebte Martha. Jedes Haar, jede Sommersprosse. Aber langsam wurde selbst ihm ihre Unentschlossenheit zu viel. Rin in die Kartoffeln, raus aus den Kartoffeln. Einmal musste es gut sein. Wenn sie heute wieder einen Rückzieher machte, wäre Schluss für ihn mit diesem Haus. Dann lieber weitersuchen. Herr Risse hatte sich offenbar wieder erholt.

»Wissen Sie was, Frau Henseler, es ist kurz vor Mittag. Ich lade Sie hiermit herzlich ein. Meine Frau wartet auf mich beim Italiener im Schwanenmarkt. Wir reden mal ganz zwanglos und privat. Wenn Sie dann in entspannter Stimmung und mit vollem Bauch immer noch der Überzeugung sind, das Objekt ist nichts für Sie, dann ziehen wir einen Strich unter die Angelegenheit.«

Martha war nicht begeistert von der Idee, das spürte Ludger ganz deutlich. Aber sie war zu höflich, um die Einladung abzulehnen. Sie schaute Ludger unsicher an. Er dachte praktisch: Wenn schon der Hauskauf ins Wasser fiel, konnten sie ein gutes Mittagessen ruhig noch mitnehmen. Er zwinkerte Martha aufmunternd zu, und sie willigte ein.

Frau Risse erwartete sie schon in dem Restaurant. Marthas Gesicht hellte sich merklich auf, als sie ihr vorgestellt wurde, und auch Ludger war von Helena Risse angetan. So eine wunderschöne, elegante Frau. Ludger musste an Ingrid Bergman in »Casablanca« denken und sagte an diesem Mittagstisch gar nichts mehr. Eigentlich genoss er nur. Die Speisen, den Wein und die beiden Frauen, die sich unterhielten, als seien sie beste Freundinnen. Eberhard Risse kümmerte sich ebenfalls mehr um sein Essen als um die Unterhaltung. Erst ganz zum Schluss, als der Kellner schon kassiert hatte, meldete er sich wieder zu Wort.

»Nun, Frau Henseler, wie ist es? Termin oder Schlussstrich?«

»Termin«, antwortete Martha, hob ihr Rotweinglas und strahlte Frau Risse an.

»Sagen Sie, wie heißen Sie eigentlich?«

»Ludger Carstens«, antwortete Ludger automatisch. Erst dann erkannte er das dunkle Mädchen vom Friedhof.

»Warum willst du das wissen?«

»Es war jetzt das dritte Mal, dass wir uns getroffen haben, da sollte man sich doch vorstellen, oder?« Sandra verneigte sich. »Sandra, und das ist Sofie.«

Ludger wusste nicht, wie er reagieren sollte.

»Tschau, Ludger.«

Ludger sah den Mädchen nach, bis sie hinter den Schaufenstern verschwunden waren.

Krefeld, Parkplatz Polizeipräsidium, 12:15 Uhr

Als Mario sich dem Auto näherte, sah er schon, dass Mireille wieder was genommen hatte.

»Rutsch rüber«, sagte er und ließ sich auf den Fahrersitz fallen, nachdem Mireille auf die Beifahrerseite gerückt war. Er umfasste mit beiden Händen das Lenkrad. »Du wirst alles kaputtmachen, weißt du das?«

»Jetzt hab dich nicht so. Das ist doch purer Stress. Andere trinken sich dann einen. Und warum fängst du gerade jetzt damit an? Bisher hat es dich doch auch nicht gestört.«

Mario drückte seine Stirn gegen die Fingerknöchel. Mireille

hatte Recht, bisher hatte er gegen ihren Drogenkonsum nichts einzuwenden gehabt. Aber da spielte er sich auch abseits ab. Vor Partys. Na gut, auch schon mal, um in den Tag zu starten. Aber dass sie es jetzt machte. Sie wurden ständig von der Polizei befragt, da musste sie doch ihre Gedanken beisammenhalten. Aber dann käme wieder das Argument, dass Kokain den Kopf klar machte. Schließlich war es ihr Vater und Privatgott, der Mireille das Zeug nahe gebracht hatte. Für ihn gehörte es zu einem erfolgreichen Leben dazu, sich was reinzuziehen. Schien ja auch zu stimmen, immer wieder wurden Prominente geoutet, die die Droge konsumierten. Als Loser-Typen konnte man die eigentlich nicht bezeichnen.

»Was ist, willst du nicht losfahren? Ich will nach Hause«, quengelte Mireille. »Ich habe lange genug gewartet.«

Mario schnallte sich an. »Was haben die dich denn gefragt?«

Mireille fingerte gelangweilt an ihrem Haar herum. »Fast dasselbe wie gestern. Was Papa für ein Mensch war. Wie ich zu ihm stand. Wo ich Montag war, blablabla …«

»Und nichts zu Max?«

Mireille hörte auf, in ihren Haaren zu fummeln. Sie legte die Hände in den Schoß und starrte vor sich hin.

»Mich hat der Mittler nämlich gefragt, ob ich Max auch gekannt hätte, wo du doch früher mit ihm befreundet warst. Und warum er mich verprügelt hat.« Mario sah Mireille an.

Die drückte die geballten Fäuste gegen die Schläfen und begann durchdringend zu schreien.

Erschrocken legte Mario seine Hand auf ihre Schulter. Als das nichts half, hielt er ihr den Mund zu. Das brachte sie zur Besinnung.

»Was wollen die plötzlich immer mit Max?«, heulte sie. »Was hat das mit Papas Tod zu tun? Mich hat die blöde Kommissarin auch gelöchert wegen unseres Besuchs im Untersuchungsgefängnis. Scheiße.«

Mario rieb sich die Stirn. »Daran bist du selber schuld. Du hast schließlich rumgequatscht vom Vater-Tochter-Tag und so. Warum hast du nicht einfach die Klappe gehalten?«

»Ah, ich soll jetzt also an allem schuld sein, was?« Mireille hämmerte mit den Fäusten auf Marios Oberschenkel ein. Er hielt sie an den Handgelenken fest.

»Ich frage mich selbst manchmal, was ihr da bei Max abgezogen habt. Immerhin hat er sich am selben Abend abgemurkst.«

Mireille ließ von Mario ab und lehnte sich zurück. »Überhaupt nichts Besonderes. Papa hat ihm nur klargemacht, dass er mit seinen Anschuldigungen gegen uns nicht durchkommen würde.« Sie legte die Hände wieder in den Schoß und spielte mit ihren Fingern. »Da siehst du mal wieder, was für ein Weichling er war. Ein Anpfiff, und er bringt sich um. Jetzt fahr endlich.«

Krefeld, Schwanenmarkt, 12:45 Uhr

»Zahlen, bitte.«

Der Ober beeilte sich nicht, die Rechnung zu bringen. Ludger zählte die einsachtzig ab und legte noch zwanzig Cent dazu. Eigentlich hätte er die zwei Euro ja einfach auf dem Tisch liegen lassen können, aber das vergaß er immer. So was hatte Martha gewusst, auch dass man sich zum Kaffee ein Glas Leitungswasser bestellen konnte. Er fand das merkwürdig. Entweder nahm er ein Glas Mineralwasser, das er bezahlte, oder eben nichts.

Ludger stand auf und musste sich gleich wieder setzen. Er schloss die Augen und machte sie wieder auf. Er konnte es nicht fassen, da kam tatsächlich der Risse in Begleitung einer jungen Dame. Fasziniert beobachtete Ludger, wie der Immobilienhändler der Frau den Stuhl zurechtrückte und eifrig plaudernd ihr gegenüber Platz nahm.

»Ist Ihnen nicht gut?« Besorgt schaute der Kellner Ludger an. Damit hätte der nicht gerechnet. Dass die Besorgnis des jungen Mannes auch einem Zwei-Euro-Kunden galt, erfreute ihn.

»Nein, alles in Ordnung, danke sehr. Ich habe plötzlich so einen Appetit auf etwas Süßes und dachte, das könnte ich doch gleich bei Ihnen einnehmen.

»Aber selbstverständlich, der Herr, ich bringe Ihnen die Karte.« Der Ober flitzte zum Tresen, wo die Karten auf einem Stapel lagen, und griff drei davon. Eine brachte er Ludger, die anderen trug er weiter zum Tisch der Neuankömmlinge.

Ludger studierte das Paar aufmerksam. Die Frau war wesentlich jünger als der Immobilienhändler. Sie sah nicht schlecht aus, aber sie konnte Helena Risse nicht das Wasser reichen. Wie oft hatte Ludger Frau Risses Wirkung auf Martha verflucht. Als Martha schon im Krankenhaus lag, hatte er Risses Privatwohnung aufgesucht. Er wollte wissen, ob die Frau eingeweiht war in die Geschäfte ihres Ehemannes. Und dann erfuhr er, dass sie bei einem Autounfall ums Leben gekommen war, und obwohl er ihr Mitschuld gegeben hatte an dem Hauskauf, war er bestürzt über ihren Tod. Er war einfach gegangen. »Soll ich Herrn Risse etwas ausrichten?«, rief die Haushälterin ihm nach, aber er hatte sich nicht mehr umgeschaut. Und ohne Frau Risse gesprochen zu haben, war er sicher, dass sie nichts gewusst hatte von dem Haus, zumindest nicht vor dem gemeinsamen Essen. Die Bestürzung über ihren unerwarteten Tod steigerte noch die unerträglichen Schmerzen um Marthas Schicksal. Die heftige Erinnerung führte Ludger wieder zu dem Plan, den er für heute erst einmal hatte vergessen wollen. Er musste es einfach als Fügung ansehen, dass Risse ihm so vor die Nase gesetzt wurde. Er würde in diesem Lokal bleiben, bis Risse und seine Begleiterin gingen, und dann würde er sich an seine Fersen kleben, ihn nicht mehr aus den Augen lassen, bis sich eine Gelegenheit ergab.

Krefeld-Verberg, Schwester-Christine-Weg, 14:00 Uhr
Anna bemühte sich um Ruhe. Schrecklich, wie sie sich selbst an ihre Mutter erinnerte, die so oft mit der vorbereiteten Mahlzeit gewartet hatte. Gewartet und gewartet, nur um den Kindern schließlich unter Tränen zu sagen: »Fangt schon mal an.« Anna konnte nicht verstehen, warum ihre Mutter immer auf den Vater wartete. Sich meist auch noch in Gruselphantasien darüber er-

ging, was ihm vielleicht hätte zugestoßen sein können. Erst hatte Anna auch immer Angst um ihn gehabt, aber später, als das Theater zur Routine geworden war, hätte sie lieber pünktlich zu essen angefangen. »Ihm ist nichts passiert«, versuchte sie ihre Mutter zu trösten. Und jetzt wartete sie in ähnlich schicksalsergebener Weise, zwar nicht auf den Ehegatten, aber auf ihre Tochter. Als ihr das klar wurde, schüttelte sie unwillig den Kopf. Entschlossen schob sie die Töpfe von den Kochplatten und stellte den Herd aus. Sie war auf dem Weg in ihr Arbeitszimmer, als der Türgong ertönte. Das war klar, so lief es ja immer. Langsam ging sie die Treppe wieder hinunter und öffnete die Haustür. Sofie und Sandra drängten herein.

»Ich habe Sandra mitgebracht, ist doch in Ordnung, oder?«

Anna betrachtete die beiden Mädchen in ihren schwarzen Jacken und Röcken. Sandras schwarze Hose, die sie unter dem Rock trug, und ihr schwarzes Haar verstärkten das Bild eines Wesens aus der Unterwelt.

»Hallo, Sandra«, bemühte sie sich um eine freundliche Begrüßung, »möchtet ihr etwas essen?«

»Nein, danke«, erwiderte Sandra wohlerzogen.

»Wir haben in der Stadt was gegessen«, ergänzte Sofie und zog Sandra am Ärmel die Treppe hinauf.

»Wieso in der Stadt?«, rief sie den beiden hinterher. »Wart ihr nicht in der Schule?«

Sofie beugte sich über das Treppengeländer. »Sandra musste zur Vernehmung ins Präsidium, und ich hab sie begleitet. Es war übrigens Papa, der sie ausgequetscht hat.« Sofie verschwand, und Anna hörte ihre Zimmertür zufallen.

Was hatte das nun wieder zu bedeuten? Anna lief zum Telefon.

»Ja, hallo, Rolf. Sag mal, stimmt das, dass Sofie mit Sandra im Polizeipräsidium war?«

Am anderen Ende blieb es eine Weile still. Dann ein Räuspern.

»Ja, stimmt. Tut mir Leid, ich hatte dir nicht gesagt, dass der Tote im Stadtwald Sandras Vater war.«

»Ja, bist du denn verrückt? Die Kinder kommen hier an, und ich weiß von nichts!«

»Du hast vollkommen Recht, Anna, aber ich musste das gestern erst mal selbst verdauen. Außerdem wolltest du, kaum dass ich reinkam, dass ich mit Sofie spreche.«

Das stimmte. Anna beruhigte sich etwas.

»Und dadurch rückte die Angelegenheit mit Max Feuerbach in den Vordergrund. Davon habe ich dir doch erzählt.«

Auch das stimmte. »Aber Sofie, sie hat doch auch davon gewusst. Wieso hat sie mir nichts gesagt?«

Wieder antwortete ihr Mann nicht sofort.

»Das ist mir allerdings auch ein Rätsel. Vielleicht sprichst du noch mal mit ihr?«

Anna seufzte. Natürlich würde sie das tun, aber warum vertraute ihre Tochter ihr so schwerwiegende Dinge nicht mehr von selbst an?

»Anna? Alles in Ordnung?«

»Ja, ja, ist schon gut. Ich werd mal schauen. Bis später dann.«

»Bis später. Und wenn was ist, ruf wieder an.«

Anna nickte in den Hörer. »Werde ich. Tschau.« Sie drückte den roten Knopf. Am liebsten wäre sie sofort hinauf in Sofies Zimmer gelaufen und hätte Sandra ein paar mitfühlende Worte gesagt. Aber welche Worte? Vor allem in Anwesenheit ihrer Tochter. Anna ging in die Küche. Sie räumte auf, dann setzte sie sich. Sie würde warten, bis Sandra sich verabschiedete. Nein, das würde sie nicht aushalten. Sie hatte Stundenvorbereitungen zu machen, und das ging nur, wenn sie mit den Mädchen klar war. Entschlossen stand sie auf und stieg hinauf in die erste Etage. Vor Sofies Zimmertür zögerte sie wieder, aber dann klopfte sie energisch.

»Ja?«

Sofies einladender Ton ließ Anna erleichtert eintreten, aber sie wich erschrocken zurück, als sie die Mädchen erblickte. Beide hatten weiß geschminkte Gesichter und dunkel umrandete Augen und Lippen.

»Was macht ihr denn da, um Himmels willen?«

»Wir schminken uns, das siehst du doch.« Sofies Lächeln verzerrte sich zu einer Grimasse.

Anna war Sofies kreative Anfälle gewöhnt, aber bisher waren

es Clowngesichter und feine Damen gewesen, die sie durch die Bemalung hervorgezaubert hatte. Ein Punk war auch schon mal dabei gewesen. Aber diese Maske sah zugleich traurig und furchterregend aus. Und vor dem Hintergrund von Herrn Ohligs Tod machte ihr die ausgefallene Idee der Mädchen Angst.

»Bitte«, meinte Anna, »das kommt mir jetzt alles nicht ganz normal vor.« Sie näherte sich Sandra und legte ihr die Hände auf die Schultern. »Ich habe gerade erst erfahren, dass dein Vater zu Tode gekommen ist. Ich muss dir einfach sagen, wie Leid mir das tut.« Sandra sah sie aufmerksam an, und Anna hatte das unbedingte Gefühl, noch etwas hinzufügen zu müssen. Aber dann drückte sie Sandra einfach an sich. »Wenn du nicht zurechtkommst, mein Mann und ich, wir stehen dir gern zur Verfügung. Deiner Mutter geht es jetzt sicher nicht gut.« Als sie Sandra wieder losließ, hatte ihr Pullover einen weißen Fleck an der Schulter. Sandra sagte nichts. Deswegen entschloss Anna sich, die Mädchen wieder allein zu lassen. »Ach«, fiel ihr noch beim Hinausgehen ein, »eure Gesichter, haben die eine besondere Bedeutung?«

»Eine Bedeutung?« Sofie zuckte die Achseln. »Schau dir ›The Crow‹ an, die Story finden wir gut.«

»The Crow«, das war doch ein älterer Film. Anna schloss die Tür und ging in ihr Arbeitszimmer. Sie hatte irgendwann mal eine Besprechung gelesen und sich den Titel gemerkt, weil der junge Hauptdarsteller kurz vor Beendigung der Dreharbeiten ums Leben gekommen war. Bestimmt gab es den Film als Video, wie sollte Sofie ihn sonst kennen. Sie würde ihn sich anschauen. Sie wollte einfach wissen, was in den Köpfen der Mädchen vor sich ging.

Krefeld, Richard-Wagner-Straße, 14:30 Uhr

»Wo ist Sandra? Warum kommt sie nicht nach Hause?«

»Mensch, Mama, so, wie du hier rumblaffst, würde ich auch lieber wieder nach Köln fahren. Ich geh mit Mario auf mein Zimmer.« Unsicher tastete sich Mireille die Treppe hoch.

»Ihr bleibt unten«, verlangte Cornelia Ohlig, »ich kann jetzt nicht allein sein.«

Mireille ließ sich auf die Treppenstufe sinken und lachte spöttisch. »Du willst, dass wir bleiben? Du kannst mich mal. Wo warst du denn, wenn wir nicht allein sein wollten?«

Frau Ohlig kreuzte die Arme vor der Brust und lief im Flur auf und ab. »Ihr hattet doch euren Vater.«

»Ja, das ist wahr, Mama. Und ich habe mich oft gefragt, ob du eifersüchtig warst oder froh, dass du dich nicht um uns kümmern musstest.«

»Ich hätte mich gern um euch gekümmert, aber Lutz wollte kleine Staranwältinnen aus euch machen. Immer, wenn ich mit euch etwas unternehmen wollte, kam er dazwischen.«

Mireille starrte vor sich hin. »Das ist eine Lüge, Mama. Wir waren oft genug zu Hause, aber du warst nicht da. Tennis, Wellness, Shopping. Du hattest immer etwas zu tun, das war doch dein Lebensinhalt. Nicht zu vergessen die Damenkränzchen, die eine gute Tat ausheckten, um mal wieder in der Tageszeitung zu erscheinen. Warum bist du denn jetzt nicht unterwegs? Du machst doch niemandem vor, dass Papas Tod ein Verlust für dich ist. Dann gib dich doch ruhig dem Leben der fröhlichen Witwe hin.«

»Du bist geschmacklos, Mireille.«

»Wie mein Vater, nicht wahr? Komm, Mario, lass uns nach oben gehen.«

Mario sah unsicher zwischen den beiden Frauen hin und her, als Cornelia Ohlig auch schon auf ihre Tochter losging. Sie stürzte die drei Stufen hoch und zerrte Mireille am Ärmel hinunter. Mireille strauchelte und fiel auf den Boden. Im ersten Moment herrschte Totenstille, dann lachte Mireille laut auf.

»Jetzt drehst du ganz durch, was?«

Ihre Mutter sah auf sie herab. »Ich will es jetzt endlich wissen, Mireille«, flüsterte sie. »Was war zwischen dir und deinem Vater?«

Mario hustete. »Ich glaube, ich geh jetzt besser.«

»Du bleibst hier, Mario. Du willst mich doch nicht mit der Irren allein lassen?« Mireille rappelte sich auf und flüchtete zu Mario. »Was soll gewesen sein?«, schrie sie ihre Mutter an. »Er war mein Vorbild. Deine Art Leben kotzte mich an. Ich wollte was Richtiges machen, wie Papa. Komm, Mario, ich will auf mein Zimmer.« Sie wandte sich zur Treppe, als sie plötzlich innehielt. »Sag mal, du meintest doch eben nicht, was ich jetzt denken muss, oder?«

Cornelia Ohlig wich dem Blick ihrer Tochter aus.

Mireille lachte schrill. »Mama, du bist ja noch kranker, als ich angenommen hatte.«

Krefeld, Schwanenmarkt, 14:45 Uhr

Ludger gähnte. Damit hatte er nicht gerechnet, dass die beiden so lange im Restaurant bleiben würden. Zwei Stücke Marzipantorte hatte er inzwischen gegessen und noch einen Kaffee getrunken. Seine innere Entschlossenheit war einem Gefühl matter Trägheit gewichen. An die Fersen heften. Er wusste ja nicht mal, ob sie zu Fuß oder mit dem Wagen hier waren. Er beobachtete Risse, der sich gerade über den Tisch beugte und der Frau etwas sagte, das sie zum Lachen brachte. Ein Pfau auf der Balz und ein paarungsbereites Weibchen. Ludger verglich die Szene mit seinem blutigen Traum. Der jaulende Risse und die blutende Hand. Und er fragte sich nicht zum ersten Mal, ob Martha seine Racheakte gutheißen würde. Aber das war egal. Wichtig war, dass er sie vor sich selbst vertreten konnte. Es gab Menschen, die kamen ihm wie Heilige vor. Dieses Elternpaar, das dem Mörder der eigenen Tochter eine gelungene Resozialisierung wünschte. Ludger hatte keine Kinder, aber er stellte sich vor, dass er sich für sie noch verantwortlicher fühlen würde als für seine Partnerin. Kein Mensch hatte das Recht, einem anderen das Leben zu nehmen, und bei Kindern hörte für ihn alles auf. Warum sollte man jemandem das Recht auf Leben zugestehen, der es einem anderen genommen hatte? Wer vertrat denn die Opfer in ihrem Recht? Niemand, niemand konnte ihnen das Leben zurückgeben, das ihnen gewaltsam genommen worden war. Und damit war doch alles klar.

Ludger schrak auf. Risse und seine Begleiterin erhoben sich.

Er stand ebenfalls auf und bewegte sich langsam zum Ende der Tischreihen, um zu sehen, welche Richtung das Paar einschlagen würde. Zu seiner Überraschung machten sie plötzlich kehrt und kamen direkt auf ihn zu. Noch ehe er sich abwenden und flüchten konnte, hatte der Immobilienhändler ihn erkannt.

»Hallo, Herr Carstens. Na so ein Zufall. – Das ist Herr Carstens, ein Kunde von uns«, stellte Eberhard Risse Ludger vor. »Und das ist Frau Pöll.«

»Guten Tag.« Frau Pöll lächelte verbindlich.

Ludger nickte und wollte sich davonmachen.

»Wie geht es denn Ihrer Frau, hat sie sich wieder erholt?«

»Sie ist tot.«

»Ach, das tut mir Leid, Herr Carstens. Ich hoffe, Sie schaffen das. Auf Wiedersehen, Herr Carstens.« Er griff die Pöll am Ellbogen und schob sie vor sich her, weg von Ludger.

Ludger ging langsam hinterher. Bildete er es sich nur ein, oder hatten sie es plötzlich wirklich eilig. Sie liefen die Hohe Straße hinunter und bogen dann rechts ab in die Rheinstraße. Als sie um die Ecke verschwunden waren, rannte Ludger, bis er sie wieder im Blick hatte.

Krefeld-Verberg, Schwester-Christine-Weg, 15:00 Uhr

»Woran merke ich, dass du schlecht drauf bist, Sandra?«

Sandra legte den Wattebausch mit dem Make-up-Entferner zur Seite und schaute Sofie im Spiegel an. »Sollte ich schlecht drauf sein?«

»Nicht? Aber dein Vater, und dann noch irgendwie … nicht natürlich.«

»Macht das einen Unterschied? Findest du es natürlicher, wenn ein kleines Kind von einem Auto überfahren wird? Mein

Vater ist achtundvierzig Jahre alt geworden. Ist es nicht noch unnatürlicher, wenn ein Kind bei einem Unfall stirbt?«

Sofie spielte mit dem Zeigefinger an ihrer Unterlippe. Sandra sagte oft Sachen, denen sie nichts zu entgegnen wusste.

»Aber tröste dich, mir geht es schlecht. Seit Max Feuerbach sich umgebracht hat, geht es mir total schlecht.« Sandra drehte sich um und sah Sofie direkt in die Augen. »Warst du schon mal verliebt, Sofie?«

Die Frage war Sofie peinlich. »Ich weiß nicht. Ich glaub schon. Mit zwölf war ich mal total verknallt in einen Klassenkameraden. Damals warst du noch nicht in unserer Stufe.«

»Und?«

»Ach, ich fand es irgendwie anstrengend. Das Gefühl war toll, aber was hätte ich machen sollen?«

Sandra lachte nicht, wie Sofie es erwartet hatte. »Find ich gut«, meinte sie stattdessen, »ein Gefühl haben, ohne direkt was zu machen ...« Sie drehte sich wieder zum Spiegel, nahm den Wattebausch und rieb in ihrem halb geschminkten Gesicht herum. »Das geht überhaupt nicht. Gib mir lieber die Nivea.«
Sofie wühlte in dem Schminkbeutel, den ihre Freundin überall mit hinschleppte, und reichte Sandra die blaue Dose.

»Warum hast du mich das gefragt mit dem Verliebtsein?«

Sandra tunkte einen neuen Wattebausch in die Creme und rieb erneut in ihrem Gesicht herum. »Ich war in Max verliebt. Vielleicht habe ich ihn sogar geliebt. Ich weiß gar nicht, wo da genau der Unterschied ist. Weißt du das, Sofie?«

Sofie schüttelte den Kopf.

»Gleich beim ersten Mal, als Mireille ihn zu uns nach Hause brachte, hat es mich umgehauen. Komisch, damals war ich auch zwölf.«

»Hast du ihm das später gesagt? Ich meine, als Mireille keinen Bock mehr auf ihn hatte?«

Sandras Gesicht sah auch ohne die weiße Schminke ziemlich blass aus. Sie tupfte mit einem Papiertuch die glänzenden Stellen ab. »Nein. Er hat doch nur Mireille gesehen. Und ich hab mich ihm gegenüber immer blöd benommen. Wieso, weiß ich selbst nicht mehr. Wäre ich doch nur einmal nett zu ihm gewesen.«

»Du warst verliebt in ihn und hast dich immer blöd benommen?«

Sandra nickte. »Aber ist ja jetzt auch egal.«

Kurze Zeit herrschte Stille. Dann nahm Sofie das Gespräch wieder auf.

»Meine Frage hast du immer noch nicht beantwortet, Sandra. Du sagst, dir geht es schlecht, aber ich merke nichts davon.«

»Was soll ich denn machen? Heulen oder toben?«

»Vielleicht.«

»Quatsch, ich will mich nicht benehmen wie meine Mutter … oder Mireille. Bringt doch gar nichts! Außerdem bist du doch selbst immer so beherrscht.«

Wieder zupfte Sofie an ihrer Lippe. »Das sieht nur so aus. Für mich allein oder bei meinen Eltern kann ich ganz schön ausrasten.«

Sandra stand auf und legte ihre Sachen zusammen. »Und was hast du davon? Kommst du dir dann nicht verrückt vor?«

Sofie blickte ihre Freundin erstaunt an. »Eigentlich nicht. Manchmal erleichtert es sogar. Ich schmeiße mich auf den Waldboden oder motze meine Mutter an, danach geht es mir oft besser.«

Sandra verzog unwillig das Gesicht. »Schade. Mir ist lieber, du beherrschst dich, Sofie. Zu Hause habe ich genug hysterische Weiber. Mutter und Mireille haben so oft herumgeschrien, aber besser wurde davon nichts.«

Sofie wurde rot. »Ich schreie jetzt nicht rum, und ehrlich gesagt habe ich die Anfälle erst, seitdem ich dich kenne.«

Sandra hielt kurz inne, dann packte sie schnell ihren Rucksack. »Okay, das wär's dann wohl.«

»Wie meinst du das?«

»Wenn ich dir so schlecht bekomme, sollten wir unsere Freundschaft beenden.« Sandra zog ihre Jacke an und ging zur Tür.

Sofie rannte ihr hinterher und hielt sie fest. »Warum denn, Sandra? Muss ich genauso sein wie du?«

»Nein, aber du sollst nicht sein wie Mireille.«

»Werd ich niemals, ›durch 77 348 Welten fliegen‹, als wenn man mich damit einwickeln könnte. Bitte, bleib hier!«

Sandra ließ die Türklinke los und umarmte Sofie.

Rolf Mittler hatte sich in seinem Stuhl zurückgelehnt und starrte an die Decke. Sine Matthäus saß mit übereinander geschlagenen Beinen auf der anderen Seite des Schreibtischs und stierte vor sich hin.

»Was haben wir jetzt eigentlich?«, fragte die Kommissarin schließlich. »Nicht viel, oder?«

Mittler rieb sich mit den Händen durchs Gesicht, dann sah er Sine Matthäus an.

»Wir haben viele, viele Fäden, die sich kreuzen. Es kommt mir vor, wie bei diesem Kinderspiel, wo man mit einem verknoteten Band durch gegenseitiges Abnehmen alle möglichen Muster bildet.«

»Schweinchen auf der Leiter.«

»Was?«

»So heißt das Spiel.«

»Tatsächlich? Na gut. Jedenfalls ist die eine Linie, die Punkt A und Punkt B verbindet, nicht auszumachen, aber sie existiert. Fassen Sie doch mal zusammen.«

Sine Matthäus stützte die Ellbogen auf den Tisch und zählte an den Fingern ab. »Also, wir haben den auf unnatürliche Weise verstorbenen Anwalt Lutz Ohlig und Max Feuerbach, der sich selbst tötete. Die beiden kannten sich. Mireille und Sandra Ohlig kannten Max ebenfalls. Daraus folgt doch zwangsläufig, dass Mario Risse nicht Max' zufälliges Opfer war. Der Exfreund schlägt den neuen Freund seines Mädchens nieder und bricht später noch bei ihm zu Hause ein. Die Beziehungen zwischen den Jugendlichen müssen tiefer sein. Ohlig war kein Pflichtverteidiger, warum setzte er sich ausgerechnet für ein Würstchen wie Max ein?

Der Anwalt und seine Töchter haben Max Feuerbach am Nachmittag vor seiner Selbsttötung besucht. Der Anwalt führte seinen Töchtern etwas vor. Was? Nach Sachlage haben wir für diese Geschichte noch mal Kollege Herder zu interviewen. Was hat Max damals genau angestellt, und was hatten die Ohligs und Mario damit zu tun?« Sine Matthäus holte Luft und sah Mittler erwartungsvoll an. Der nickte.

»Nur zu, hört sich gut an.«

»Nun zum Fall Ohlig. Wer könnte ein Motiv haben, ihn um-
zubringen? Seine Frau? Ein Geschäftspartner? Da er an einem
Gift gestorben ist, glaube ich, dass der Täter oder die Täter im
engeren Umfeld des Opfers zu suchen sind. Wie und wann sollte
es ihm von einem Fremden verabreicht worden sein? Selbsttötung auf solche Art wäre schwachsinnig. Wer macht sich noch
zum Joggen auf, wenn er sterben will? Dumm ist, dass wir noch
nicht wissen, um welches Gift es sich handelt.«

»Genau, das würde sicher weiterhelfen. Dass der Täter eine
persönliche Beziehung zu dem Opfer hatte, liegt auf der Hand.
Aber wer hat ein Motiv? Frau Ohlig? Klar, sie war nicht sehr erschüttert. Trotzdem glaube ich fast, dass sie lieber hinter der Fas-
sade des gut situierten Ehepaars weitergelebt hätte. Bleiben Mireille und Sandra. Mireille war in der Nacht in Köln. Und Sandra? Du lieber Gott, so ein Mädchen?«

»Und ausgerechnet ein Mädchen, das gut bekannt ist mit Ihrer Tochter«, warf Sine Matthäus ein, »und die habe ich auch
noch in der Nähe des Tatorts aufgegriffen, nicht zu vergessen.«

Rolf Mittler seufzte. Seine junge Kollegin musste mal wieder
den Finger in die Wunde legen.

»Sandra ist heute auch mit Sofie zusammen. Meine Frau wollte mit den Mädchen reden. Vielleicht hat sie etwas herausgefunden, das uns weiterhilft.« Mittler blätterte in dem vorläufigen Gutachten der Gerichtsmedizin. »Ich bin beinahe überzeugt, dass
beide Todesfälle ihre Ursache in dem Beziehungsgestrüpp der Beteiligten haben. Wir fragen also noch einmal Herder und studieren Max' Akte auf seine Taten und die involvierten Leute hin.
Außerdem würde ich gern Ohligs Kanzleiakten einsehen: Wie
sind die Angelegenheiten Feuerbach da niedergelegt, und womit
beschäftigte der Anwalt sich sonst noch?« Mittler schloss den
Ordner. »Wer macht was?«

»Sie fahren in die Kanzlei, und ich rede mit Herder.«

Mittler nickte. »Einverstanden.«

Mireille warf sich hin und her, bis Mario sie festhielt. Sie bäumte sich ein paarmal auf, dann lag sie plötzlich schlaff da und öffnete die Augen.

»Ich hab so Angst, Mario.«

»Dann lass doch das Zeug, du weißt doch, wie das immer ausgeht.« Mario stand auf und ging im Zimmer umher. Früher hatte er sich über die weißen Möbel und das rosafarbene Bettzeug amüsiert, inzwischen widerte es ihn beinahe an.

»Den Ich-Zerfall, den süßen, tief ersehnten, den gibst du mir: Schon ist die Kehle rau …«

Mario sprang auf Mireille zu. »Jetzt hör auf damit, ich kann das langsam nicht mehr hören.«

»Schon ist der fremde Klang an unerwähnten Gebilden meines Ichs am …«, Mireille fing an zu kichern, »… am Unterbau …« Sie platzte laut heraus. »Der scheiß Unterbau, weißt du, woran ich da immer denken musste? An den Unterleib von Gottfried Benn.«

Mario sah sie erstaunt an. »Aber ich dachte, das wäre ernst gewesen, deine Schwärmerei vom Koks und den erzeugten Welten. Manchmal habt ihr doch sogar zusammen rezitiert, du und dein Vater.«

Mireille drückte ihr Bettzeug zusammen und schob es gegen das Kopfende des Bettes, dann setzte sie sich so, dass sie sich gegen die Kissen lehnen konnte.

»Erst hab ich es total ernst genommen, vor allem den Mantegazza ›Von zwei Kokablättern als Flügeln getragen, flog ich durch 77 348 Welten, eine immer prächtiger als die andere …‹, und was ich im Rausch erlebte, war ja auch ungewöhnlich, aber dann wurde es zur Routine.« Mireille strich über das Bettzeug. »›Ein laues Glatt, ein kleines Etwas, Eben …‹ – Weißt du, was schlimm ist, Mario? All diese Texte und Gedichte sind in mir wie Kinderlieder, und ich kann sie jederzeit abrufen, aber darüber hinaus bleibt nichts mehr hängen. Mario, ist das nicht furchtbar? Ich weiß nicht, wie mein Vater das gemacht hat mit seinen Fällen. Er konnte immer so überzeugende Reden schwingen, privat und vor Gericht.« Mireille sah Mario verzweifelt an. »Das sollte er mir doch noch beibringen. Er hat das zusammengekriegt, Job und Droge … Ich schaff das nicht.«

»Ach, nee. Sonst hieß es doch immer, dass du gerade auf Koks zu Höchstleistungen fähig bist.«

Mireille richtete sich auf. »Ja, genau, du hast Recht. Ich hätte es beinahe vergessen. Okay, vielleicht muss ich nur an mir arbeiten. Ich werd das schaffen. Ich werde Anwältin. Ich schwöre.« Mireille klopfte auf die Bettdecke. »Komm, Süßer, lass uns was kuscheln.«

Krefeld, Rheinstraße, 16:00 Uhr

Ludger lehnte an der Hauswand. Risse war wieder in seinem Büro. Aber irgendwann müsste er herauskommen. Der dicke schwarze Mercedes war am Straßenrand geparkt. Auch wenn der Immobilienhändler sich mit dem Auto entfernen würde, könnte Ludger ihm folgen. Doch was, wenn Risse die Stadt verließ? Außerhalb der Stadtgrenze hatte er mit seinem Roller keine Chance. Bisher war er davon ausgegangen, mit Risse einen Treffpunkt zu vereinbaren. Eine Verfolgungsjagd hatte er eigentlich nie im Sinn gehabt. Er hätte früher darüber nachdenken sollen, denn jetzt war es so weit. Risse kam aus dem Haus und näherte sich seinem Wagen. Ludger setzte sich auf den Roller.

Es dauerte und dauerte, Risse hantierte in seinem Cockpit rum, und Ludger bezweifelte langsam, ob er überhaupt loswollte. Aber dann legte Risse endlich den Sicherheitsgurt an und startete. Er bog rechts in die Philadelphiastraße ein. Ludger folgte ihm. Die vielen roten Ampeln sorgten dafür, dass er immer wieder aufholen konnte. Aber was, wenn es stadtauswärts ging? Als sie auf den Bahnhof zufuhren, hatte Ludger eine Idee. Schon von weitem sah er, dass die nächste Ampel wieder auf Rot umsprang. Er stellte den Roller ab und rannte zum ersten Wagen am Taxistand.

»Bitte, könnten Sie dem Mercedes dort folgen? Ich weiß nicht, wo er hinfährt, kann sich also lohnen für Sie.«

Der Taxifahrer blickte etwas misstrauisch, trotzdem stellte er sein Taxameter an und schaffte es, sich zwei Autos hinter Risses Mercedes in den Verkehr einzufädeln.

»Darf ich fragen, worum es geht?«

Ludger saß glücklich auf dem Beifahrersitz. Der Risse würde ihm nicht durch die Lappen gehen. »Ach, der Typ ist hinter meiner Tochter her, dabei ist er mindestens dreißig Jahre älter. Ist doch ekelhaft. Und das Mädchen rückt nicht mit der Sprache raus, um wen es sich da handelt.« Befriedigt sah Ludger, dass sich die Gesichtszüge des Taxifahrers entspannten. »Und jetzt hab ich ihn zufällig vorbeirauschen sehen. Ich möchte einfach mehr über ihn wissen.«

Der Taxifahrer nickte eifrig. »Da kann man nicht genug aufpassen. Auf meine Ayse achtet der große Bruder. Wie alt ist Ihre Tochter denn?«

»Achtzehn. Sie ist meine Jüngste.« Ludger spürte fast ein Gefühl von Vaterstolz auf die erfundene Tochter. »Meine Frau ist vor zwei Jahren gestorben, das war verdammt hart für uns, und seitdem ist Silja völlig von der Rolle.«

»Das tut mir Leid, das ist doch auch kein Wunder.« Energisch blickte der Taxifahrer nach vorne, und Ludger wusste, er würde sich alle Mühe geben, Risse nicht zu verlieren.

Krefeld, Ostwall, 16:15 Uhr

Mittlers Blick glitt über die Glaswand mit den Firmenschildern. »Kanzlei Ohlig, 3. Etage«. Er ging zu einem der Aufzüge und ließ sich in dem Zeitraum eines Wimpernschlags hinaufbefördern. Mit einem Gong öffnete sich die Tür, und Mittler trat in den Flur. Ein Teppich dämpfte seine Schritte. Und obwohl er sonst immer etwas gegen das Klackern seiner Schuhe hatte, musste er sich eingestehen, dass diese Flurteppichatmosphäre auch nicht sein Ding war. Es wirkte so perfekt. Viel zu perfekt, als dass es irgendetwas mit dem wirklichen Leben zu tun haben könnte. Diese gedämpfte Atmosphäre moderner Bürohäuser vermittelte ihm das Gefühl eines mit Äther getränkten Wattebausches. Nur noch ein Schritt, und er würde in die Welt des süßen Vergessens eintauchen. Mittler schüttelte sich kurz, um dieses Gefühl loszuwerden, und klopfte kurz und hart an die Tür mit Ohligs Namensschild. Als sich nichts rührte, ging er einfach hinein. Das Vorzimmer, das sich ihm präsentierte, war winzig. Mittler hatte eigentlich etwas anderes erwartet. Die Tür zum Sprechzimmer stand offen, und es hörte sich an, als würde dort jemand hektisch etwas suchen. Papiergeraschel und das Geräusch von Schubfächern, die auf ihren Schienen hin- und herglitten, machten Mittler neugierig. Aber gerade, als Mittler den Raum betreten wollte, kam eine junge Frau herausgeschossen. Ihre geröteten Wangen und das zerzauste Haar ließen auf eine gewisse Erregung schließen. Sie prallte erschrocken zurück, als sie Mittler bemerkte.

»Tut mir Leid, ich wollte Sie nicht erschrecken.« Mittler zog seinen Ausweis aus der Brusttasche. »Erster Kriminalhauptkommissar Mittler, ich ermittle im Fall Ohlig und wollte mir einen Überblick über seine Arbeit verschaffen. Sie sind seine Sekretärin, nehme ich an?«

Die junge Frau nickte und biss sich auf die Lippen. »Ich weiß gar nicht, was ich machen soll«, brachte sie schließlich heraus. Sie schien kurz davor, in Tränen auszubrechen.

Mittler überlegte, wie er sie beruhigen könnte. »Sollen wir uns setzen?«, schlug er vor.

Dankbar ließ sich die junge Frau am Schreibtisch nieder, und Mittler zog sich einen Besucherstuhl heran, der an der Wand stand.

»Darf ich Sie nach Ihrem Namen fragen?«

»Anita Hohmann«, antwortete sie, zog ein Taschentuch aus dem Ärmel ihrer Bluse und schniefte kräftig hinein.

»Frau Hohmann, wann haben Sie Ihren Chef zum letzten Mal gesehen?«

Anita Hohmann presste das Tempotuch zusammen, warf den Papierknubbel in den Mülleimer und starrte nachdenklich auf die Schreibtischunterlage. »Letzten Freitag, den 21. März. Montag ist er nicht mehr gekommen.«

»Ist Ihnen irgendwas aufgefallen? Ich meine, war er irgendwie anders als gewöhnlich?«

»Nein, überhaupt nicht. Er gab mir diese und jene Anweisung. Ich sollte noch ein paar Briefe rausschicken, dann verabschiedete er sich bis Montagmittag.«

»Haben Sie sich am Montag nicht gefragt, wo er bleibt?«

Anita Hohmann schüttelte den Kopf. »Nein, manchmal machte er noch kurzfristig irgendeinen Termin. Er ließ dann gewöhnlich im Laufe des Tages von sich hören. Freitag hat er sich ganz normal verabschiedet.«

»Gab es irgendein Verfahren, das ihn besonders beschäftigte?«

Sie zuckte die Achseln. Zu Mittlers Verwunderung wirkte sie plötzlich ärgerlich. »Weiß ich das?«, maulte sie. »Ich durfte schreiben, Termine machen, organisieren, aber richtig eingeweiht hat Herr Ohlig mich nie. Klar konnte ich mir dieses und jenes zusammenreimen, ich hab ja Akteneinsicht. Aber kontinuierlich war ich nirgendwo eingesetzt. Ich wusste nie genau, welche Absichten Herr Ohlig verfolgte. Selbstinitiative war bei ihm nicht gefragt. Ein einziges Mal hab ich ihn auf eine Terminsache hingewiesen, da hat er mich vielleicht runtergemacht. Dass er mich nicht vor die Tür gesetzt hat, war alles. Na ja, seitdem hab ich nicht mehr versucht, mich groß einzubringen.«

»Wann war das?«

»Ach, ist schon was her. Ich erinnere mich nur wegen dieses persönlichen Supergaus.«

»Wissen Sie noch, worum es da ging?«

Die Sekretärin verdrehte die Augen. »Als ob ich das jemals vergessen könnte. Da war so ein nettes Paar. Die wollten einem Immobilienhändler ans Fell wegen arglistiger Täuschung. War aber auch schräg. In dem Haus war viel Holz verarbeitet worden, und das war verseucht durch ein längst verbotenes Holzschutzmittel. Die Frau war schon richtig krank davon geworden, ehe sie merkten, was die Ursache war.«

»Und um was ging es bei dem Termin?«

»Na ja, in so einem Verfahren müssen natürlich Fristen eingehalten werden, sonst werden alle Ansprüche hinfällig. Und da hab ich Herrn Ohlig drauf hingewiesen, dass die Erklärung endlich abgegeben werden müsse, sonst hätten seine Mandanten das Nachsehen.«

»Das war doch ein wichtiger Hinweis.«

»Fand ich auch, aber der Chef ist fuchsteufelswild geworden.«

»Und? Wie ist die Sache ausgegangen?«

»Keine Ahnung. Hier ist jedenfalls nichts mehr gelaufen. Vielleicht haben die Leute ja den Anwalt gewechselt.«

Rolf Mittler wusste nicht, was sein Interesse an diesem Fall geweckt hatte, aber er konnte sich nicht von der Sache lösen. »Wissen Sie zufällig noch die Namen der Beteiligten?«

Anita Hohmann zog die Augenbrauen hoch. »Würden Sie etwas vergessen, das mit dem größten Anschiss Ihrer beruflichen Laufbahn zu tun hatte? Also, die Immobilienfirma war ›Risse und Partner‹, und, warten Sie, die Leute waren nicht verheiratet … ja, genau, Ludger Carstens und Martha Henseler, das waren ihre Namen.«

A 52, 16:30 Uhr

Das gleichmäßige Fahrgeräusch machte Ludger schläfrig. Der Taxifahrer verstand sein Geschäft. Kein Rucken, keine Schräglagen in den Kurven trotz des Verkehrsaufkommens, das häufiges Beschleunigen und Abbremsen unvermeidbar machte.

Es gefiel Ludger, dass die Häuser mehr und mehr durch Landschaft ersetzt wurden, je weiter sie die A 52 Richtung Westen fuhren. Das hatten sie damals gewollt, er und Martha, ein klein wenig Natur.

»Wollen Sie wirklich noch weiter?«

Die Stimme des Chauffeurs riss Ludger aus seinem Dämmerzustand.

»Natürlich. Machen Sie sich keine Gedanken wegen der Bezahlung, das geht schon in Ordnung.« Früher wäre es Ludger nicht im Traum eingefallen, viel Geld für eine Taxifahrt auszugeben. Aber heute brauchte er kein Geld mehr. Er wusste nicht, wofür er es sinnvoller ausgeben könnte als für die Rache an diesem selbstzufriedenen Geschäftemacher.

Er hatte später herausgefunden, dass sein Anwalt mit dem Risse zusammengearbeitet hatte. Damit war klar gewesen, dass die Einspruchsfrist damals absichtlich überschritten worden war. Diese Gewissenlosigkeit hatte ihn umgehauen. Von Martha gar nicht zu reden. Ludger war davon überzeugt, dass ihr der Bescheid den letzten Rest gegeben hatte. Einer solchen Unmoral war sie damals nicht mehr gewachsen.

»Aha, wir nähern uns offenbar dem Ziel.«

Das Klacken des Blinkers zeigte den Richtungswechsel an, drei Autos vor sich sah Ludger Risses Wagen in die Abfahrtsspur einscheren. Elmpt. War das das Ziel? Nein. Die Autobahn war zu Ende. Schließlich das Ortseingangsschild »In Gen Rae«. Ein seltsamer Name. Ludgers Herz machte einen Hüpfer. Was wollte er anstellen, wenn Risse ausstieg? Der Ort war klein. Eine größere Straße, rechts und links ein paar Einfamilienhäuser. Hinweisschilder zum Wanderparkplatz. Risse bog von der Hauptstraße ab. Schon von weitem sah Ludger das einzelne Haus am Waldrand.

»Ach, bitte halten Sie doch hier.«

»Hier? Soll ich denn auf Sie warten?«

»Nein danke, nicht nötig.«

»Aber wie wollen Sie hier wieder wegkommen?«

»Im Zeitalter des Handys dürfte das kein Problem für mich sein, oder?« Ludger musste lächeln bei dem Gedanken, dass er gar kein Handy besaß.

Der Taxifahrer nahm die fünfzig Euro inklusive fünf Euro Trinkgeld achselzuckend entgegen. »Sie müssen es wissen. Viel Glück auf jeden Fall.«

Ludger sah zu, wie das Taxi wendete und sich auf dem Weg, den sie gerade gekommen waren, entfernte. Als es hinter der ersten Kurve seinem Blick entschwunden war, folgte Ludger der Straße zu dem einsamen Haus. Bis zum Waldrand waren es vielleicht dreihundert Meter. Ludger brach der Schweiß aus. Er

wusste nicht genau ob von seinem hastigen Gang oder vom Anblick des schwarzen Mercedes, der am Straßenrand abgestellt war.
Risse musste im Haus sein.

Krefeld, Ostwall, 17:00 Uhr

»Ziemlich gemischt, Herrn Ohligs Klientel, was?« Mittler sah
von der Akte auf, die ihm Anita Hohmann nach kurzem Zögern
überlassen hatte.

Sie nickte. »Das machte es ja gerade so kompliziert für mich.
Herr Ohlig war gar nicht spezialisiert, eigentlich ziemlich ungewöhnlich. Hier ein bisschen Zivilrecht, da ein wenig Strafrecht,
und dann noch quer durch alle Gebiete.«

Der Kommissar klappte den kleinen Ordner zu. Die Angelegenheiten Risse und Feuerbach waren schon unterschiedlich genug. Hier die Immobilienstreitigkeit, da ein leichtsinniger Junge,
der ein Auto in den Graben gesetzt hatte. Tragisch war, dass dabei eine junge Frau ums Leben gekommen war. Und dann diese
große Menge Kokain, über die der Unglücksfahrer keine Auskunft hatte geben wollen. Sein Schweigen darüber war der Haupt-
grund für die vergleichsweise harte Erststrafe gewesen. Mireille
Ohlig und Mario Risse hatten mit im Auto gesessen. Rolf Mittler
stieß einen tiefen Seufzer aus. Warum hatte der Ohlig den Jungen
vertreten? Immerhin hatte dessen Leichtsinn auch seine Tochter
in Gefahr gebracht. Mittlers Gedankengang wurde durch den
Vibrationsalarm seines Handys unterbrochen.

Er fand dieses Brummen in seiner Tasche ziemlich daneben,
aber das Bimmeln der Handys ging ihm noch mehr auf die Nerven. Auf dem Display erkannte er Sine Matthäus' Nummer.

»Entschuldigung.« Er wandte sich ab und stellte die Verbindung her. »Ja?«

Die Stimme seiner Kollegin klang ziemlich aufgekratzt. »Es
geht weiter, Dr. Gentz hat sein Gutachten gefaxt.«

»Und?«

»Ein Pilz!«

»Wie, ein Pilz?«

»Ein Giftpilz hat Herrn Ohlig den Garaus gemacht.«

Rolf Mittler war für einen Moment sprachlos.

»Gyromitra esculenta«, dozierte Sine Matthäus, »gemeinhin als Frühjahrslorchel bekannt.«

»Gemeinhin … also ich kenn die Lorchel nicht«, brummte Mittler.

»Gehörte früher zu den Marktpilzen, musste aber abgekocht werden, um das wasserlösliche Gyromitrin zu vernichten.«

»Und wieso kann man dran sterben?«

»Also, wenn sich dieses Gyromitrin im Körper zu Raketentreibstoff verwandelt, sieht es für den Pilzesser schlecht aus.«

»Mensch, Matthäus, hören Sie mit dem Quatsch auf, dafür ist die Sache zu ernst.«

»Aber es ist so! Ich habe nur das Fachwort für dieses Zeug vergessen. Moment … Mono… Monomethylhydrazin, das ist es, und es wird eben auch als Raketentreibstoff verwendet.«

Mittler schüttelte den Kopf. »Hört sich nach dieser Zauberschule von dem Dingsda an.«

»Harry Potter?«

»Genau.

»Ist aber keine Phantasie, Chef, Sie kennen doch Dr. Gentz, der lässt nichts raus, was er nicht abgeklopft hat.«

»Und wieso hat er den Pilz nicht gleich im Magen identifiziert?«

»Das ist der Knackpunkt. Die Wirkung des Giftes stellt sich erst nach zwei bis fünf Tagen ein.«

»Du liebe Zeit!«

»Genau. Entweder nach zwei bis fünf Tagen Übelkeit, Erbrechen und vielleicht auch noch Kopfweh oder die tödliche Wirkung nach zwei bis drei Tagen. Von den Möglichkeiten Hirnödem, Kreislaufkollaps oder Atemstillstand hat Herr Ohlig sich für das Letztere entschieden. Wer da nun montagmorgens bei ihm im Haus war, ist jetzt eigentlich uninteressant. Herauszufinden wäre nun: Wann und wo hat Herr Ohlig Pilze gegessen?«

Mittler atmete tief durch. »Ich komm jetzt erst mal ins Präsidium. Bis gleich, Frau Matthäus.« Er drückte auf die Trenntaste. Anita Hohmann sah ihn neugierig an. Mittler tat, als bemerke er das nicht.

»Würden Sie mir die beiden Vorgänge noch kopieren?«

Sie nickte unsicher.

»Sie bekommen auch eine Quittung von mir.«

Diese Bemerkung zog mal wieder. Mittler schüttelte innerlich den Kopf. Man drückte den Leuten irgendeinen Wisch in die Hand, und sie waren zufrieden.

In Gen Rae, 17:15 Uhr

Was war das bloß für eine Müllhalde? Vorsichtig trat Ludger an den Rand des Swimmingpools. Nur der blaue Anstrich erinnerte an die besseren Zeiten. Der Riss, der eine Wand durchzog, das Laub und vor allem die Reste von Sommermöbeln und Wasserspielzeug waren unerbittliche Zeugen der Vergänglichkeit. »Es ist alles eitel ...« Als Ludger die Gedichtzeilen von Gryphius erinnerte, wie Martha sie ihm einmal zitiert hatte, traten ihm die Tränen in die Augen. Unwirsch drehte er sich weg vom Beckenrand, er wollte nicht schon wieder schwach werden.

Er behielt das Haus im Auge, als er die Treppe vom Pool hinaufstieg. Eigentlich war es ihm egal, ob Risse ihn entdeckte, was hatte er schon zu verlieren? Trotzdem fand er es vorteilhafter, den Mann zu überraschen. Er drückte sich an der Hauswand entlang und schlüpfte in eine Art Geräteschuppen. Eine Garage konnte es nicht sein, denn mit dem Auto kam man nicht auf diese Seite des Hauses. Ludger sichtete die Gerätschaften, die im Halbdunkel vor sich hin gammelten. Er griff sich ein kurzes Eisenrohr. So bewaffnet verließ er den stillen Raum, schlich um das Haus herum und positionierte sich neben die Eingangstür. Schon bald darauf hörte er das Knirschen sich nähernder Schritte. Die Tür öffnete sich, und für einen kurzen Moment trafen sich Ludgers Augen mit denen Risses. Noch ehe dessen Überraschung in irgendeiner Handlung Ausdruck finden konnte, streckte Ludger ihn mit einem gezielten Schlag gegen die Schläfe nieder. Der Mann fiel um wie ein gefällter Baum, und Ludger stand über ihm und wusste nicht, was er tun sollte. Diesmal war es kein Traum. Er würde nicht einfach aufwachen, er musste den nächsten Schritt genau überlegen.

Risse lag völlig regungslos. In einer plötzlichen Anwandlung bückte Ludger sich und tastete nach der Halsschlagader des Bewusstlosen. Im gleichen Moment schlang sich Risses Arm um Ludgers Hals, und Risse drückte zu. Ludger wurde schwarz vor Augen, krampfhaft kämpfte er gegen eine Ohnmacht an, als er das kühle Metall fühlte, das immer noch in seiner Hand lag. Mit einer heftigen Drehung schlug er Risse ein zweites Mal gegen den Kopf. Diesmal verursachte der Schlag eine Platzwunde. Wie hypnotisiert betrachtete Ludger das Blut, das aus der Wunde sickerte und sich den Weg über die Augenbraue, die Schläfe und die Wange seines Opfers bahnte. Wozu er fähig war. Ludger fröstelte bei diesem Gedanken.

Er stand auf und knöpfte den dünnen Wettermantel zu, den er zurzeit über seiner verschlissenen Kombination trug. Dann fasste er Risse unter den Achseln und zog ihn unter Aufbietung all seiner Kräfte in den Hausflur. Dort lehnte er ihn an die Wand und zog nach kurzem Überlegen den Gürtel aus seinen Mantelschlaufen. Er wickelte ihn um Risses Handgelenke, führte ihn auch noch zweimal zwischen die Hände hindurch und verknotete die Enden, so fest er konnte. Diese Maßnahme würde ihn vor einem neuen Überraschungsangriff schützen. Danach lehnte Ludger sich gegen die Flurwand. Erst jetzt wurde ihm bewusst, dass ihm jeder Knochen und jeder Muskel wehtat. Aber das machte nichts. Er hatte Risse genau da, wo er ihn haben wollte, in einem seiner Häuser. Und wieder hatte ihm der Zufall geholfen. Das Schicksal war offensichtlich auf seiner Seite, und das verschaffte Ludger eine Zufriedenheit, die ihn ganz ausfüllte.

Gedankenversunken lief Mittler den Ostwall hoch zum Präsidium. Was war im Untersuchungsgefängnis passiert? Sandra, Mireille und Lutz Ohlig hatten Max Feuerbach besucht, und am gleichen Abend fand man ihn dann tot in der Zelle. Welche Verbindung gab es zwischen dem Unfall, der Prügelei und dem Einbruch bei Risse? Und wie war Ohlig zu Tode gekommen? Hatte man ihm diesen Pilz wirklich serviert, oder war er einem schwerwiegenden Irrtum zum Opfer gefallen? Immerhin war diese Lorchel ja mal ein Marktpilz gewesen. Mittler hatte gerade den Nordwall erreicht und betrachtete missmutig die Baugerüste am Haupteingang, als sich das Handy in seiner Tasche wieder bewegte. Widerwillig zog er es heraus; dass Annas Name auf dem Display erschien, hob seine Laune.

»Polizeipräsidium Krefeld, Erster Hauptkommissar Rolf Mittler am Apparat.«

»Ach, Rolf, lass doch den Quatsch, du bringst mich ganz durcheinander.«

»Das wollte ich ja auch, mein Schatz.«

»Mir ist aber nicht nach Scherzen. Sag mal, kommst du heute Abend pünktlich?«

»Wird wohl noch dauern, bin gerade auf dem Weg ins Präsidium.« Eine deutliche Gesprächspause signalisierte Mittler, dass Anna von dieser Aussicht nicht begeistert war. »Warum? Gibt es was Dringendes?«

»Ach, so wild auch nicht … ich hab mir nur einen Film aus der Videothek geholt. ›The Crow‹. Davon gibt es inzwischen schon drei Teile.«

»Hm?« Mittler verstand gar nichts. Ehe Anna sich einen Videofilm ansah, hatte sie alles erledigt, was es zu erledigen gab, und das war werktags an einem Nachmittag bei ihr noch nie der Fall gewesen.

»›The Crow‹. Die Mädels waren so merkwürdig geschminkt, als ich mich nach unserem Gespräch heute Mittag mit ihnen unterhalten habe. Sie gaben mir dann den Hinweis auf diesen Film, den sie gut finden.«

»Und? Was ist daran so bedenklich?«

Anna zögerte. »Eigentlich nichts, ich habe auch für Filme geschwärmt, die meine Eltern seltsam fanden. Aber vor dem Hintergrund von Herrn Ohligs Tod finde ich es schon merkwürdig, dass seine Tochter sich schminkt wie der Hauptdarsteller. Sie war ja schon immer etwas selten. Aber diese dunkle Welt, die da in den Filmen entworfen wird, und die Art, wie die unschuldigen Opfer aus dem Totenreich zurückkehren und sich an den Tätern rächen ... Ich weiß nicht. Ich fürchte, Sandra hat da einen Hang zur Gerechtigkeit entwickelt, der in unserer Realität zur Katastrophe führen muss. Und Sofie steckt sie auch damit an.«

Mittler konnte nicht direkt antworten. Er kannte die Filme nicht. Anna hatte auch oft eine Art, Dinge überzuinterpretieren. Auf der anderen Seite hatte sie auf diese Weise schon Zusammenhänge hergestellt, die ihm nicht aufgefallen waren.

»Bist du sicher, dass du dich nicht nur verrückt machst? Sofie gibt uns im Moment ja einige Rätsel auf.«

»Du weißt, dass das gut möglich ist, Rolf. Du weißt aber auch, dass mir solche Hirngespinste nur kommen, wenn irgendwas dran ist.«

»Das war genau, was mir eben durch den Kopf ging. Tut mir Leid, du musst dich noch etwas gedulden, aber heute Abend schaue ich mir den Film an, und dann überlegen wir weiter, okay?«

»In Ordnung, bis nachher dann.«

»Bis nachher. Und mach dir nicht zu viele Sorgen.«

»Ist gut.« Anna trennte die Leitung, und Mittler wusste, dass sie sich Sorgen machte.

Krefeld, Richard-Wagner-Straße, 17:40 Uhr

»Da ist sie ja, unsere Rächerin der Entehrten.«

Sandra erkannte sofort, dass ihre Mutter getrunken hatte. Sie lehnte in der Tür zum Wohnzimmer und sah ihr aus glasigen Augen entgegen.

»Wirst du uns heute Abend wieder einen deiner gelungenen Vorträge halten?« Frau Ohlig nahm einen großen Schluck aus ihrem Kognakglas. »Dann käme Mario auch in den Genuss.« Sie schwankte etwas, als sie mit dem Arm zur Treppe wies. »Er ist oben bei Mireille. Was euer Vater wohl dazu sagen würde, wenn er noch lebte.«

»Mama, reiß dich zusammen! Mireille ist einundzwanzig, und sie wohnt schon lange mit Mario zusammen.« Sandra ging zur Treppe.

»Bitte geh noch nicht hoch. Ich will jetzt nicht allein sein. Bitte.«

Zögernd näherte sich Sandra ihrer Mutter. »Also gut, zehn Minuten.« Sie wollte sich an ihrer Mutter vorbeischieben, als die ihr eine schallende Ohrfeige versetzte.

»Das war für gestern Abend, du unmögliches Kind.«

Sandras Gesicht war kalkweiß geworden. Ihre Augen brannten dunkel in ihren Höhlen. »Du kannst nichts mehr von mir erwarten, nichts mehr. Merk dir das«, flüsterte sie. Langsam drehte sie sich um und wollte erneut zur Treppe.

»Bitte, Sandra, bitte. Es war doch nicht so gemeint.« Das Jammern steigerte sich zu einem Kreischen. »Bleib hier!«

»Was ist denn los?« Mireille beugte sich über das Treppengeländer.

»Sandra will nichts mehr von mir wissen«, heulte ihre Mutter. »Von dir war ich es ja gewöhnt, aber mein Baby, jetzt ist sie auch noch gegen mich.«

»Trink nicht so viel, Mutter, dann haut Sandra auch nicht ab.«

»Ich hau nicht ab.« Sandra ging an Mireille vorbei zu ihrem Zimmer. »Aber Mutter ist für mich genauso tot wie Vater.«

»Red keinen Quatsch, Sandra, sie ist betrunken, dann kannst du sie doch nicht für voll nehmen.«

»Ausreden, Entschuldigungen, Lügen, ich habe keinen Bock darauf, wann versteht ihr das endlich!« Sandra stand vor Mireille und schlug sich auf die Brust. »Ich will starke Menschen, verstehst du das? Menschen mit Moral! Ich hasse alle diese verlogenen und versoffenen Versager, ich hasse alle Lügner und angeberischen Schlappschwänze, die sich rausreden.« Sandra trat so dicht an ihre Schwester heran, dass ihre Augen nur noch ein paar Zentimeter voneinander entfernt waren. »Und ich hasse alle Süchtigen!« Mit diesen Worten lief sie in ihr Zimmer und warf die Tür hinter sich zu.

Mireille rannte die Treppe hinunter. Mit ein paar Schritten war sie bei ihrer Mutter und packte sie an den Schultern. »Was hast du ihr getan? Warum ist sie so außer sich?«

Frau Ohligs Gesicht verzog sich zu einem entschuldigenden Grinsen. »Eigentlich nichts. Eine Ohrfeige habe ich ihr gegeben, wegen gestern. Man muss doch Grenzen zeigen in der Erziehung, oder nicht?«

Mireille ließ ihre Mutter los. »Du wirst Sandra auch verlieren, weißt du das?«

Frau Ohlig ließ das Kognakglas fallen und schlug die Hände vor das Gesicht. Mireille ließ sie einfach stehen.

In Gen Rae, 17:50 Uhr

Ludger pfiff leise vor sich hin. Dieser Geräteschuppen war eine Fundgrube. Er wählte eine alte Wäscheleine und prüfte ihre Festigkeit. Dann nahm er noch eine Schere und ein paar alte Lappen an sich. Bevor er wieder ins Haus ging, drehte er eine Runde durch den Garten. Die Schaukel am Baum rührte ihn. Er betrachtete den Riss in der Hauswand, den Dreck und die Gerätschaften, die auf dem ganzen Grund verteilt lagen. Was ging in Menschen vor, die ein Paradies derart verkommen ließen?

Ludger dachte daran, wie Martha sich an jeder Kleinigkeit erfreut hatte. Warum verteilte Fortuna ihre Gaben so willkürlich? Sein Verstand hatte ihm gesagt, dass es kein System und keinen Sinn gäbe, aber er hatte das nur schwer akzeptieren können. Wie oft hatte er versucht, dem Rat eines alten Kollegen zu folgen und die Erde als kleine Kugel in einem unendlichen Raum zu sehen. Auf der kleinen Kugel die winzigen Menschen. Und was bedeutete dann noch das Problem eines dieser winzigen Menschen?

Nichts. Nur dass man aus dieser These, die Gelassenheit fördern sollte, auch den Umkehrschluss ziehen konnte. Ludger kicherte. Es war verrückt. Man fand immer eine Begründung, wenn man etwas tun wollte. War nichts wichtig, konnte er Risse umbringen, gab es Gerechtigkeit, konnte er es auch.

Als Ludger in den Flur trat, saß Risse mit geöffneten Augen da.

»Aufstehen!«, befahl Ludger. Risse zog die Beine an. Er verlagerte sein Gewicht etwas nach vorn, ehe er sich mühselig hochstemmte. »Da hoch!« Ludger wies mit dem Kinn zur Treppe. Risse gehorchte. Wie ein Opferlamm bewegte er sich die Treppe hinauf. Auf dem Absatz blieb er stehen.

Ludger ging vor, öffnete eine Tür und warf einen prüfenden Blick in den Raum. Der Tapete nach zu urteilen ein altes Schlafzimmer. Hier gab es auf jeden Fall nichts, das Risse zur Rettung dienen könnte.

»Da hinein.«

Risse folgte der Anweisung. Wie hypnotisiert schaute er auf die Schere in Ludgers Hand.

»Setzen.«

Risse setzte sich auf den Boden. Ludger legte die alten Lappen weg, schnitt ein langes Stück der Wäscheleine ab und wickelte es um Risses Fußgelenke. Er zog die Leine so fest, dass sie in Risses Fleisch schnitt. Der gab keinen Ton von sich. Jetzt löste Ludger seinen Gürtel von Risses Handgelenken und zog ihm die Arme auf den Rücken, wo er sie mit dem Rest der Leine fest verzurrte. Ludger stand auf und betrachtete sein Werk. Er war zufrieden. Jetzt nahm er einen der Lappen und riss ihn in Streifen. Als er ein Stück Stoff in Risses Mund stopfen wollte, schrie der panisch auf.

»Bitte nicht, ich krieg keine Luft mehr.«

Ludger verharrte in der Bewegung. »Das ist vielleicht besser für Sie.«

Die Angst in Risses Augen verstärkte sich. »Was haben Sie mit mir vor?«

»Nichts«, sagte Ludger freundlich. »Nichts habe ich mit Ihnen vor. Sie werden einfach langsam sterben.«

»Aber wieso?«

Ludger schlug Risse ins Gesicht. »Fragen Sie das nicht, sonst muss ich Ihnen Schmerzen zufügen. Eigentlich hätten Sie das verdient, Martha hatte lange Zeit Schmerzen. Leider bin ich kein Sadist. Allerdings hab ich mir sagen lassen, dass Verdursten sehr unangenehm sein soll.«

Risses Augen weiteten sich. »Das meinen Sie nicht ernst?«

»Todernst.« Seit er am Ziel war, hatte ihn eine seltene Ruhe überkommen. Nach Ohlig würde auch Risse seiner gerechten Strafe zugeführt werden. Und Ludger wusste wieder, dass nichts egal war. Dass es ein Gleichgewicht geben musste zwischen Opfern und Tätern, und das wurde jetzt wieder hergestellt.

Er stopfte das Tuch gegen Risses Widerstand in dessen Mund und band einen weiteren Streifen darüber. Dann klopfte er Risse auf die Schulter. »So lange wird es ja nicht dauern, keinesfalls so lange wie bei Martha.« Er richtete sich auf und ging zur Tür. Risse versuchte ihn durch jammervolle Laute zurückzuhalten. Ludger drehte sich noch einmal um.

»Tja, Herr Risse, keine günstigen Geschäfte mehr ab heute. Drüben lassen die sich nicht übers Ohr hauen.« Schnell verließ er das Zimmer und schlug die Tür hinter sich zu. Er lief die Treppe hinunter. Der Haustürschlüssel steckte, so ein Glück, er hatte gar nicht daran gedacht, danach zu suchen. Der Autoschlüssel? Ob Risse den abgezogen hatte? Ludger verschloss sorgfältig die Tür. Langsam ging er runter zur Straße. Wenn der Autoschlüssel steckte, wäre das ein gutes Zeichen. Er näherte sich der schwarzen Limousine und schaute durch das Fenster der Fahrerseite. Der Schlüssel steckte.

Krefeld, Polizeipräsidium, 18:00 Uhr

Mittler hatte gerade die Tür zu seinem Büro geöffnet, da kam auch schon Sine Matthäus den Flur entlanggeeilt.

»Und, was denken Sie, Chef?«

»Darf ich vielleicht erst mal eintreten?«

Mittler erblickte das Fax auf seinem Tisch und griff danach. Er überflog Dr. Gentz' Angaben. Genau wie Sine Matthäus es ihm geschildert hatte.

»Zwei bis drei Tage«, sinnierte er. »Das heißt, wir müssen herausfinden, wo und mit wem Herr Ohlig Freitag und Samstag sein Essen eingenommen hat. Den Sonntag können wir ausschließen, denn es befanden sich Montag schon keine Pilze mehr im Magen.« Mittler klopfte ärgerlich auf den Tisch. »Hätte ich ja gleich die Sekretärin fragen können. Vielleicht war ein Arbeitsessen geplant.«

»Rufen Sie doch einfach an. Soll ich noch mal Frau Ohlig vernehmen? Sie war Sonntagabend weg, aber die anderen Tage? Vielleicht hat sie da mit ihrem Mann gespeist.«

Mittler war schon am Telefon. »Hallo, Frau Hohmann, ich hatte gar nicht mehr damit gerechnet, Sie noch zu erreichen.« Er drückte die Lautsprechanlage.

»Ich sitze nur noch hier, weil ich weder vor noch zurück weiß, Herr Mittler. Ich glaub, ich schließ den Laden ab und such mir eine neue Stelle.«

»Immer mit der Ruhe. Manche Dinge entwickeln sich von selbst. Hören Sie, ich hätte noch eine Frage. Als Herr Ohlig sich verabschiedet hat, den Freitag vor seinem Tod, hat er da irgendeine Verabredung erwähnt? Ein Geschäftsessen vielleicht?«

Eine Weile blieb es still. »Also ganz konkret hat er nichts gesagt. Nur dass er sich noch mal mit Herrn Risse treffen wollte. Aber ob damit das letzte Wochenende gemeint war, das weiß ich nicht.«

»Herrn Risse. Schönen Dank, Frau Hohmann, und einen angenehmen Feierabend wünsche ich Ihnen.«

»Danke, Herr Mittler.« Die Stimme der Sekretärin klang erleichtert. »Ich werde jetzt wirklich erst mal nach Hause gehen. Auf Wiederhören.«

Der Kriminalhauptkommissar wartete, bis sie eingehängt hatte, dann legte er den Hörer zurück. »Ohlig wollte Risse treffen.«

»Den Mann, der sich wegen der Nachforschungen in dem Selbsttötungsfall so aufgespielt hat?«

»Genau den.«

»Der Herr Papa von Mario Risse, Mireille Ohligs Freund?«

»Frau Matthäus, der hat geschäftlich mit Ohlig zu tun gehabt, daher kannten sich vermutlich auch die jungen Leute.«

»Und woher kannten sie Max Feuerbach?«

»Er war auf demselben Gymnasium wie die beiden. Das war recht ungewöhnlich für einen Jungen mit seiner Biographie. Nach dem Unfall hat er die Schule abgebrochen und nie mehr eine besucht.«

»Armer Kerl.«

»Ja, vor allem, weil die ermittelnden Kollegen davon überzeugt waren, dass er mit dem Kokain im Wagen nichts zu tun hatte.«

Sine Matthäus betrachtete eingehend den Nagel ihres rechten Zeigefingers. Sie wollte ihn gerade zum Mund führen, als Mittler sie anknurrte. »Unterstehen Sie sich, Matthäus.«

Schuldbewusst ließ sie die Hand sinken. »Aber warum hat er bloß alle Schuld auf sich genommen?«

Mittler seufzte tief. »Was weiß ich. Wissen Sie, warum meine Tochter uns anblökt, als seien wir verantwortlich für alles Übel der Welt? Jugendliche sind eine Spezies für sich. Ich habe Schwierigkeiten, sie zu verstehen.«

Sine Matthäus verzog den Mund. »Also, Herr Mittler, ich finde Sie in Ordnung, das wissen Sie ja. Aber dass Sie immer so tun, als wären Sie schon mit siebzehn gewesen wie jetzt, das geht mir auf den Keks.«

Mittler hob gleichgültig die Schultern. »Da kann ich Ihnen auch nicht helfen.«

Die Kommissarin sah ihn von der Seite an. »Wenn man Sie mal unter die Lupe nimmt, Herr Mittler, ich glaube, da kommt was ganz Gruseliges zum Vorschein. Irgendetwas, das Sie mit Erfolg verdrängt haben.«

»Reden Sie keinen Quatsch, Frau Matthäus. Manchmal denke ich, Sie brauchen das, dass jeder Probleme hat. Fahren Sie heute Abend noch zu der Ohlig oder nicht?«

»Klar doch, kann ich machen.«

Mittler merkte, dass der leichte Ton, der gerade noch ihr Gespräch bestimmt hatte, verschwunden war. Irgendetwas war der Matthäus quer gegangen. Nach kurzem Nachdenken beschloss er, lieber nicht darauf einzugehen. Sie war erwachsen und würde schon sagen, wenn sie Hilfe bräuchte.

»Sehr schön, ich versuche es noch bei Risse zu Hause, dann mache ich auch Schluss.«

»Also dann bis zur Frühbesprechung.« Sine Matthäus verließ schnell den Raum.

»Ja. Bis morgen.« Mittler starrte noch eine Weile auf die geschlossene Tür.

Krefeld, Richard-Wagner-Straße, 18:10 Uhr

Sine Matthäus stand entnervt vor der Haustür der Ohligs. Sie hatte bereits zweimal geklingelt, und nichts tat sich. Eigentlich hatte sie überhaupt keine Lust mehr, noch irgendjemanden irgendetwas zu fragen. Sie war schrecklich müde, und die Gewissheit, dass zu Hause nur ein Freund mit schlechtem Gewissen herumschlich, wenn überhaupt, brachte ihre Stimmung auf den Nullpunkt. Sonst hatte sie sich in den Gedanken an ihr Privatleben immer ausruhen können. Jetzt durfte sie gar nicht daran denken und flüchtete sich in die Arbeit. Aber da war auch der Wurm drin. »Ich hasse alles, was mit Polizei zu tun hat, den ganzen Krims und Krams, das ewige Gelaber, Gefrage und Kombinieren« – die Worte von Mittlers aufsässiger Tochter kamen ihr in den Sinn. Polizeibeamte waren wirklich die reinsten Straßenkehrer. Sie konnten nur den Dreck an der Oberfläche beseitigen. Das darf man, das darf man nicht. Sie als Exekutive hatten die Aufgabe, das den Leuten klarzumachen. Aber sie kamen ja erst, wenn alles schon passiert war. Sie musste an den »Minority Report« denken, ein Film, in dem menschliche Medien Morde in Bilder übertrugen, ehe sie geschahen. Es war Aufgabe der Polizei, die Identität von Täter und Opfer so schnell als möglich herauszufinden, um die Tat zu verhindern. Erst hatte sie gedacht, welch eine Möglichkeit. Aber natürlich gab es den Bösewicht, der sein Wissen über diese Dinge zu seinen Zwecken nutzte. Bäh. Sie streckte angeekelt die Zunge heraus. Arschlöcher gab es immer und überall, und am liebsten würde sie alle auf den Mond schießen.

Mario Risse öffnete die Tür und blickte irritiert auf die Beamtin, die mit herausgestreckter Zunge vor ihm stand. Sine Matthäus rettete sich in die Offensive.

»Entschuldigung, aber ich müsste Frau Ohlig noch einmal sprechen.«

Mario Risse schüttelte den Kopf. »Ich glaube, die ist dazu jetzt nicht in der richtigen Verfassung.«

Der Kommissarin stand im Moment überhaupt nicht der Sinn danach, aber sie versuchte es auf die verständnisvolle Art. »Ich weiß, die Vernehmungen wirken oft wie eine Zumutung, aber sie sind leider notwendig. Ich mache es auch kurz.«

Ehe Mario Risse eine Entscheidung treffen konnte, wankte Cornelia Ohlig in den Flur.

»Wer issen da?«, lallte sie. »Warum sagt mir denn niemand Bescheid, wenn Gäste kommen?«

Sine Matthäus streckte den Kopf zur Tür herein. »Ich bin es, Frau Ohlig, ich hätte nur noch ein paar kurze Fragen.«

»Ach, Sie.« Die Enttäuschung auf Cornelia Ohligs Gesicht war nicht zu übersehen. Sie schwankte zurück ins Wohnzimmer, und Sine Matthäus folgte ihr. Mario Risse verschwand die Treppe hinauf.

Frau Ohlig setzte sich auf eins der Sofas vor dem Kamin, und Sine Matthäus nahm ihr gegenüber Platz. Sie betrachtete Frau Ohlig. Dass es erst gestern gewesen war, als sie mit ihr auf dem Parkplatz der Gerichtsmedizin gestanden hatte, ging ihr nicht in den Kopf. Von der aufwendig gepflegten Erscheinung war rein gar nichts mehr übrig.

»Was glotzen Sie denn so? Stellen Sie schon Ihre dummen Fragen.«

Sine Matthäus fühlte sich ertappt. »Entschuldigung. Sagen Sie, wissen Sie, wo Ihr Mann am Freitag und Samstag seine Mahlzeiten eingenommen hat?«

»Hmm.« Frau Ohlig lehnte sich zurück und schloss die Augen. »Freitag weiß ich nich, aber ich meine, da wollte er sich mit einem Geschäftsfreund treffen. Ob was draus geworden ist, kann ich nich sagen.«

»Und Samstag?«, fragte Sine Matthäus, als ihr die Pause zu lang wurde.

»Tja, Samstag, das war ein denkwürdiger Tag.« Frau Ohlig kicherte und konnte sich eine ganze Weile nicht beruhigen. »Da hatte Lutz so eine … eine nostalgische Anwandlung«, fuhr sie endlich fort. »Er wollte mit mir zu Abend essen.«

»Und, haben Sie?«

»Ich hatte eigentlich keine Lust, aber dann habe ich Frau Bernhard bestellt.« Cornelia Ohlig kicherte wieder.

»Frau Bernhard?« Sine Matthäus war überrascht. Dieser Name war ihr im Laufe der Befragungen noch nicht untergekommen.

»Unsere Haushälterin. Früher kam sie regelmäßig. Als die Kinder noch klein waren. Sie hat den gesamten Haushalt geschmissen.« Frau Ohlig beugte sich vor und zielte mit dem Zeigefinger auf die Kommissarin. »Sie war eine Perle, jawoll.«

Sine Matthäus befürchtete, ihre Gesprächspartnerin würde nach vorne kippen, aber da ließ Frau Ohlig sich wieder zurück ins Sofa fallen.

»Mireille zog weg«, fuhr sie fort, »und Sandra will immer allein essen …« Ihre Rede versiegte wie ein Rinnsal im Sand, und Sine Matthäus dachte, Cornelia Ohlig würde einschlafen, als sie den Faden endlich wieder aufnahm. »Nur putzen wollte Frau Bernhard natürlich nicht. Sie konnte ja alles im Haushalt. Aber Kochen konnte sie am besten. Ich hab sie dann nur noch bestellt, wenn etwas Besonderes anlag. Ein Festessen, was in unserer Familie selten genug vorkam. Niemand legte großen Wert auf gemeinsame Mahlzeiten.«

»Und letzten Samstag kam sie?«

»Ja.«

»Einfach so? War sie immer abrufbereit?«

»Mich hat das auch gewundert, aber sie hat mir nie abgesagt. Ich glaub, sie mag uns. Nicht zu verstehen, was?«

Sine Matthäus wusste nicht, was sie darauf sagen sollte. Aber eine Frage brannte ihr regelrecht auf der Zunge. »Und was hat sie zu der Gelegenheit gekocht?«

»Nichts Ausgefallenes. Mein Mann hatte eine Vorliebe für einfache Gerichte. Kartoffeln, Fleisch, Gemüse, Salat. Moment, mir fällt auch gleich ein, was es genau war. Ja, Filet vom Rind mit einer Pfeffersauce, Röstkartoffeln und einem gemischten Salat. War vorzüglich.«

»Es gab keine Pilze dazu?« Sine Matthäus hätte sich am liebsten auf die Zunge gebissen, aber sie hatte sich die Frage nicht verkneifen können.

Cornelia Ohlig sah sie aus halb geschlossenen Augen an. »Pilze? Wie kommen Sie darauf? Das passte doch gar nicht.« Sie kicherte, bis sie einen Schluckauf bekam.

Krefeld-Verberg, Schwester-Christine-Weg, 18:30 Uhr

Mittler fuhr den Wagen in die Garageneinfahrt. Den Umweg zu Risse hätte er sich durch einen Anruf sparen können. Aber er sollte nicht vorgewarnt sein. Mittler wollte die direkte Reaktion sehen, wenn er den Mann auf Freitagabend ansprach. Gut, morgen würde sich mit Sicherheit eine Gelegenheit im Büro des Maklers ergeben. Jetzt hieß es, sich auf einen Videoabend einzustellen. Er seufzte, und im gleichen Moment fiel ihm auf, dass er in letzter Zeit häufiger seufzte. Er hatte sich vorgestellt, dass er von Jahr zu Jahr gelassener und souveräner mit den Unwägbarkeiten menschlichen Handelns umgehen würde. Das war offensichtlich nicht der Fall. In ihm sträubte sich alles, jetzt, wo er es sich gern mit Anna gemütlich gemacht hätte, wieder über die merkwürdigen Verhaltensweisen von Teenagern nachzudenken, egal ob es sich dabei um seine Tochter oder deren Freundin handelte. Jetzt sollte er auch noch ihre Filme gucken. Der pflichtbewusste Vater und Polizist in ihm bestand ja sogar darauf, aber da gab es noch einen Rolf, der sich viel lieber einen faulen

Abend mit seiner Frau gemacht hätte. Ein sachtes Klopfen an der Fensterscheibe unterbrach seine Gedanken. Er öffnete die Autotür.

Anna beugte sich zu ihm hinunter und küsste ihn auf die Wange. »Sag mal, was treibst du hier eigentlich? Ich habe den Wagen schon vor einiger Zeit gehört und wundere mich, wieso du nicht reinkommst.«

»Ist nichts, Schatz, hab gerade nur noch mal den Tag an mir vorbeilaufen lassen.«

»Ach komm, mach das doch lieber drinnen.« Anna lief zurück ins Haus.

Mittler stieg aus und schloss den Wagen ab. Dann folgte er seiner Frau. Im Korridor traf er auf Sofie.

»Kann ich mir Brote mit hochnehmen?«, rief sie gerade.

»Ausnahmsweise«, kam es aus der Küche. »Papa und ich wollen heute vor der Glotze essen.«

»Was? Was guckt ihr denn?« Sofie war erstaunt. Mittler wartete gespannt auf Annas Antwort.

»Ach, nur so einen Lehrfilm über Gewaltprävention. Ist von der Polizei, und ich brauch ihn morgen in der Schule.«

»Aha.« Sofies Interesse flaute merklich ab. Sie begrüßte flüchtig ihren Vater und verzog sich nach oben.

Mittler ging in die Küche. »Warum hast du ihr nicht gesagt, dass wir diesen Krähenfilm gucken. Sie hätte doch dabei sein können und vielleicht sogar anmerken, was sie so toll dran findet.«

Anna fuhr fort, die Brote zu belegen. »Mag sein. Aber ich will ihn ja gar nicht von vorne bis hinten ansehen. Hauptsächlich möchte ich deine Meinung hören. Du weißt, wie Sofie reagiert, wenn wir Geschichten kritisch zerpflücken. Das bringt doch gar nichts.«

Die Argumentation war nicht ganz abwegig, trotzdem kam es Mittler dumm vor, ein fünfzehnjähriges Mädchen anzuschummeln wie ein Kindergartenkind.

»Geh schon mal rüber, ich bring alles mit.«

Mittler fügte sich in sein Schicksal und ging ins Wohnzimmer. Er streifte die Schuhe ab und machte es sich auf dem Sofa bequem. Wer weiß, vielleicht würde der Abend ja doch noch so, wie er ihn sich gewünscht hatte.

A 52, 18:40 Uhr

Ludger hatte eine Weile gebraucht, um sich an den schweren Wagen zu gewöhnen. Er war lange nicht mehr selbst gefahren. Jetzt machte es ihm beinahe Spaß. Aus dem kleinen Ort war er auf diese Weise bequem herausgekommen, aber er würde Risses Limousine nicht in Krefeld abstellen. Am besten fuhr er irgendwohin, wo er sich auskannte und wo ein Bus oder eine Bahn ihn bis nach Hause bringen würde. Nach dem Hinweisschild »Mönchengladbach Nord« ordnete er sich rechts ein. Ein Freund von ihm hatte mal in Viersen gearbeitet und genau an der Stadtgrenze zu Mönchengladbach gewohnt. Sie waren regelmäßig mit dem Moped nach Mönchengladbach gefahren. Selbst wenn das zwölf Jahre her war, so viel würde sich auch nicht geändert haben, dass er nicht mehr klarkommen würde. Die Frage war nur, ob er links nach Viersen oder rechts nach Mönchengladbach fahren sollte. Er entschied sich für Mönchengladbach. Der Viersener Bahnhof war in seiner Erinnerung ziemlich klein, und er wollte sicher sein, noch einen Zug oder eine S-Bahn nach Krefeld zu erwischen. Er hatte zwar endlos Zeit, aber sich auf einem einsamen Bahnsteig die Beine in den Bauch zu stehen, dazu hatte er jetzt keine Lust. Er hatte erledigt, was zu erledigen war, und wollte nach Hause. Die grüne Mappe vernichten, die Wohnung leer räumen. Und dann? Diese Frage tat sich auf wie ein schwarzes Loch. Jetzt hatte er nichts mehr, nicht einmal seine Rachepläne. Er dachte an die Leute, die ihr Auto kurzerhand gegen einen Betonpfeiler setzten. Nur, er war nicht verzweifelt, und das gehörte doch zu so einer Tat. Er war leer und leicht, und als er an die Betonpfeiler dachte, sah er Martha vor sich, wie sie den Kopf schüttelte. Seine Gelassenheit war ihm beinahe unheimlich.

Frau Bernhards Wohnung war ausgesprochen behaglich. Sine Matthäus verspürte den Wunsch, sich in den voluminösen Ohrensessel zu kuscheln, neben dem eine Stehlampe brannte.

»Bitte.« Mit einer Handbewegung forderte Frau Bernhard die Kommissarin auf, Platz zu nehmen.

Sine Matthäus setzte sich auf einen Stuhl an den runden Esstisch. »Ich finde es sehr freundlich von Ihnen, Frau Bernhard, dass Sie sich sofort die Zeit nehmen. Ich werde Sie auch nicht lange aufhalten.«

»Aber ich habe doch Zeit, das ist wirklich etwas, an dem es mir nicht mangelt. Möchten Sie vielleicht etwas trinken? Ich habe gerade Teewasser aufgesetzt.«

»Da sag ich nicht nein.« Dankbar nahm die Kommissarin das Angebot an. Sie beobachtete die grauhaarige, etwas rundliche Frau, wie sie ein Stövchen, einen Zuckertopf und zwei Teegläser auf den Tisch stellte. Sine Matthäus trug immer ein Feuerzeug oder Streichhölzer bei sich, obwohl sie nicht rauchte. Sie zündete das Teelicht an, als Frau Bernhard in die Küche ging, um die Teekanne zu holen.

»Na, das ist ja prima«, rief die ältere Dame erfreut aus, als sie zurückkam. Sie füllte die Teegläser und stellte die Kanne auf die Flamme. Dann setzte sie sich Sine Matthäus gegenüber. »Das ist ja wirklich grausam mit dem Herrn Ohlig, nicht wahr?«

Sine Matthäus rührte in der goldbraunen Flüssigkeit. Sie musste sich anstrengen, in dieser gemütlichen Atmosphäre die konzentrierte Ermittlerin herauszukehren. »Schön ist es nicht.«

»Aber das wusste ich immer schon, dass diese Familie nicht ohne Dramen auskommen würde. So, wie die alle veranlagt sind ... und waren.«

Die Kommissarin hörte auf zu rühren. Sie versuchte, sich ihre Überraschung nicht anmerken zu lassen. »Was meinen Sie damit?«, fragte sie möglichst unbefangen.

»Ach, nichts Besonderes. Ich mochte die Mädchen immer so gern. Sie waren sehr aufgeweckte Kinder. Interessierten sich für alles, was ich in der Küche machte. Wie oft haben sie mir geholfen beim Gemüseputzen und Teiganrühren.«

»Aber was meinen Sie denn mit Veranlagung?«

Frau Bernhard schaute erstaunt. »Veranlagung? Habe ich von Veranlagung gesprochen? Was ich meine, ist, dass in dieser Familie kein echtes Gleichgewicht herrschte. Immer war irgendeiner auf einen anderen eifersüchtig. Und das ist doch nicht normal in einer Familie oder sollte es zumindest nicht sein.«

»Wer war denn auf wen eifersüchtig?«, fragte Sine Matthäus. Eifersucht. Ihre Nackenhaare sträubten sich. Das ewige Streitthema zwischen ihr und Till. Sie musste sich zusammenreißen, damit ihr kein Wort von Frau Bernhard entging.

»Ach, das war ein ewiges Hin und Her. Erst Herr Ohlig, weil er meinte, die Kinder würden zu sehr an der Mama hängen, dabei war die kleine Sandra immer schon ein Papakind gewesen, aber das hat der Herr Ohlig gar nicht so wahrgenommen. Dann natürlich Sandra auf Mireille, Herr Ohlig auf Mireilles Freunde und immer wieder Frau Ohlig auf Mireille.«

»Frau Ohlig auf Mireille? Auch noch, als sie schon in Köln wohnte?«

»Auf jeden Fall. Wenn sie hier war, dann hat der Herr Ohlig sich enorm viel Zeit für das Mädchen genommen. Oft war dann ja auch die Kleine dabei, aber man konnte schon ziemlich deutlich sehen, dass Herr Ohlig besonders stolz auf seine Mireille war. Die sollte ja auch in seine Fußstapfen treten. Beruflich, meine ich.«

Sine Matthäus nippte an ihrem Tee. »Hört sich für mich noch immer wie ganz normaler Familienstress an. Wie sollte denn da ein Drama draus werden?«

»Das war nur so ein Gefühl. Die wirklichen Geschehnisse waren ja gar nicht so alarmierend, aber wie die Ohligs so waren … Wissen Sie, wenn Sie ein paar mal die hysterischen Anfälle von Mireille oder ihrer Mutter erlebt hätten. Und der Herr Ohlig war auch sprunghaft. Nur Sandra war ruhig und schlich immer im Hintergrund herum. Ist doch auch nicht gut für ein kleines Kind, wenn der Rest der Familie so schnell außer sich gerät.«

»Na ja«, meinte Sine Matthäus etwas enttäuscht, »wo geht es schon so zu, dass es für ein kleines Kind nur förderlich ist.« Sie räusperte sich. »Ich würde jetzt gern noch einmal auf den Samstagabend zu sprechen kommen.«

»Ach ja.« Frau Bernhard strahlte. »Ja, das war fast wie in alten Zeiten. Ich koche für mein Leben gern, nur für mich allein hat das gar keinen Reiz. Da freue ich mich richtig, wenn ich von Zeit zu Zeit engagiert werde.«

»Und, was gab es an diesem Abend?«

»Etwas völlig Unkompliziertes. Rinderfilet mit Röstkartoffeln und Salat. Das lag an Herrn Ohlig. Der mochte am liebsten Hausmannsküche. Kotelett oder Schnitzel wären ihm wohl noch lieber gewesen. Ich hätte ja auch gern mal was Anspruchsvolleres kreiert, aber damit konnte man bei ihm nicht landen.«

»Pilze haben Sie nicht zufällig verwendet?«

»Pilze? Nein. Die Herrschaften wünschten eine Pfeffersauce. Herr Ohlig mochte ja gern Pilze, aber die vertrug die Dame des Hauses nicht.«

»Herr Ohlig mochte gern Pilze und bekam sie nicht, weil seine Frau sie nicht mochte?«

Frau Bernhard rührte andächtig in ihrem zweiten Tee. »Ja, so waren sie, die Ohligs. Stritten sich um alles Mögliche, aber über so etwas gab es keine großen Debatten. Herr Ohlig war sehr genügsam, was das Essen betraf. Ihm hätte man jeden Tag dasselbe auftischen können. Vermutlich hat er sich den Geschmackssinn eh mit diesem Zeugs verdorben.«

Sine Matthäus zog die Augenbrauen hoch. »Mit welchem *Zeugs*?«

Frau Bernhard wurde über und über rot. »Da sag ich jetzt besser nichts mehr zu. Nee, das möchte ich nicht, den Herrn Ohlig nachträglich in ein schlechtes Licht setzen.«

»Frau Bernhard, ich ermittle hier in einem Tötungsdelikt. Es ist wichtig, dass ich viel weiß, auch Dinge, die Sie vielleicht nebensächlich finden. Aber nichts, was nicht in Beziehung zu dem Fall steht, werde ich weitergeben. Bitte, es wäre sehr hilfreich, wenn Sie erzählen, was Sie wissen.«

Frau Bernhard sah die Kommissarin zweifelnd an. Sie räusperte sich laut. »Ich habe da öfter weiße Krümel wegputzen müssen. Wie Puderzucker. Hatte mich immer schon gewundert. Und einmal, als ich Herrn Ohligs Anzug in die Reinigung geben wollte, fand ich ein ganzes Tütchen mit dem Zeug. Frau Ohlig hat mich gebeten, kein Wort darüber zu verlieren. Ihr Mann sei immer so im Stress, da bräuchte man so was.«

»So was?«

»Ich hab ja nicht genau gefragt, aber das war bestimmt das Zeug, das auch dieser Fußballtrainer genommen hat. Und was ich besonders schlimm fand ...«

»Ja?«

»Ich glaube, Mireille brauchte das auch.«

»Wie kommen Sie darauf?«

»Na, in ihrem Zimmer hab ich auch sauber gemacht.«

Sine Matthäus strich nachdenklich mit dem Zeigefinger über ihre Lippe. Als sie das Hautfetzchen am Fingernagelbett spürte, war sie versucht, es mit den Zähnen abzuziehen. Aber in Erinnerung an Rolf Mittlers Reaktion ließ sie die Hand in den Schoß sinken.

Krefeld-Verberg, Schwester-Christine-Weg, 19:40 Uhr

Sofie schmiss die Schulbücher auf den Boden. Sie hatte einfach keinen Bock. Heute wäre sie dankbar gewesen für einen Fernsehabend mit den Eltern, aber auf so einen Präventionsfilm konnte sie wirklich verzichten. Wenn sie nur dahinter käme, was Sandra wirklich beschäftigte. Diese Sache mit Max, den sie geliebt hatte. Als Sofie heute davon angefangen hatte, war Sandra auf sie zugeschritten wie Dracula, der sein nächstes Opfer umarmen will. Sie hatte die Arme ausgebreitet und die Hände auf ihre Schultern gepresst und mit entstelltem Gesicht gekeucht: »Ich mach dich fertig. Du kommst hier nicht mehr raus. Dafür sorge ich. Ich mach dich fertig ...« Sofie schüttelte sich bei der Erinnerung. Was das Ganze sollte, darüber hatte ihre Freundin sich natürlich nicht ausgelassen.

Als das Quäken ertönte, das eine Nachricht auf ihrem Computer ankündigte, rannte Sofie zum Schreibtisch. Es war Sandra!

Antigone: Erinnerst du dich an meinen Angriff?

Kiara: Was?

Antigone: Mit gefletschten Zähnen und rot umrandeten Augen?

Kiara: Du meinst Ich mach dich fertig …?

Antigone: Das war mein Vater.

Kiara: Versteh ich nicht.

Antigone: Du hast mich doch gefragt nach Max.

Kiara: …?

Antigone: Er war das Opfer.

Kiara: Das Opfer.

Antigone: … das Opfer auf dem Altar einer kranken Liebe.

Kiara: Deiner Liebe?

Antigone: Quatsch, die war doch nicht krank. Kiara, meine Freundin der Dunkelheit, du verstehst überhaupt nichts.

Kiara: Wohl wahr. Kannst du nicht mal deutlich reden?

Antigone: Sollen wir denn schnöde Sandra und Sofie sein? Nein! Übrigens, die Tochter des Evangelisten war wieder in unserem Haus.

Kiara: Die Matthäus?

Antigone: Oh, meine schnell merkende Freundin, wie froh ich bin, dass nicht alle geistigen Kräfte dich verließen.

Kiara: Was wollte sie denn?

Antigone: Keine Ahnung, hat mit meiner Mutter geredet, der verdrehten Iokaste, die tot für mich ist.

Kiara: Wann wirst du wieder vernünftig, damit ich dich verstehen kann?

Antigone: Soll ich eine Sonnenfinsternis heraufbeschwören? Warte bis zum Reich der Schatten, denn dann trifft es niemand mehr.

Kiara: Ach, Antigone.

Antigone: ~~~

Enttäuscht starrte Sofie auf die Tilden. Max war das Opfer. Hieß das, er war kein Täter? Der Altar welcher kranken Liebe? Sofie stand auf. Sie würde den Kram ihrem Vater vor die Füße schmeißen, er war doch der große Denker. Vielleicht war sie ja eher wie Watson, der Handlanger von Sherlock Holmes.

Sie tappte die Treppe hinunter. Vor der Wohnzimmertür blieb sie erstaunt stehen. Was war denn das für ein Präventionsfilm? Mit Gekrache und Geschreie. Sollte sich die Polizei dem Geschmack der Jugend angenähert haben? Bloß nicht. Sofie stieß die Tür auf. Die Gestalt im langen, dunklen Mantel, die auf der Mattscheibe agierte, war ihr nur zu bekannt.

»Warum habt ihr mir nicht gesagt, dass ihr ›The Crow‹ guckt? Präventionsfilm, was soll der Scheiß?«

Rolf Mittler schaute seine Frau an. Er hatte ja geahnt, dass so was nicht gut gehen konnte.

Anna war aufgestanden. »Aber Schatz, du hast doch heute Mittag gesagt, wir sollen uns den Film angucken.«

»Ich hätte ihn gern noch mal gesehen. Warum wolltet ihr mich nicht dabeihaben? Wenn ihr allein sein wollt, braucht ihr das nur zu sagen, ich bin doch kein Baby mehr!« Sofie rannte aus dem Wohnzimmer und schlug die Tür hinter sich zu.

Mittler verdrehte die Augen. »Warum hast du auch diese dämliche Notlüge gebraucht?«

Ehe Anna antworten konnte, piepste Mittlers Pager. Er schaute aufs Display. Die Matthäus. Waren ihre Befragungen so aufschlussreich gewesen? »Ich muss mal eben telefonieren, du kannst Sofie deine merkwürdige Strategie ja selbst erklären.« Als er Annas grimmigen Blick sah, verzog er sich schnell ins Arbeitszimmer.

»Hallo, Chef, das ging ja flott. Der Herder hat mich angerufen, Mario Risse hat seinen Vater als vermisst gemeldet.«

»Was?« Mittler schaute auf seine Armbanduhr. »Jetzt um kurz vor acht? Der Risse ist doch ein erwachsener Mann.«

»Hab ich auch gedacht. Aber der Junge kam ziemlich authentisch rüber. Er wäre um sechs mit seinem Vater verabredet gewesen. Und im Zeitalter der Handys hätte er immer Bescheid gesagt, wenn was dazwischen kam.«

»Akku leer.«

»Stimmt. Aber erst hätte es immer noch gebimmelt, und später dann Funkstille.«

»Trotzdem, ist doch albern.«

»Ich vermute, der Junge ist übersensibilisiert. Seine Mutter ist vor nicht allzu langer Zeit bei einem Unfall ums Leben gekommen.«

»Die sollen ihn beruhigen. Wir halten Augen und Ohren offen, bis morgen ist der Mann bestimmt wieder aufgetaucht. Ich muss ihn dann auch noch sprechen.«

»Sie haben ihn heute Nachmittag nicht angetroffen?«

»Nein, mein Gott. Was soll der auch allein zu Hause sitzen?«

Sine Matthäus seufzte. »Okay, Chef. Also beruhigen und abwarten.«

»Genau! Wir machen uns ja lächerlich.«

»Bis morgen dann.«

»Bis morgen.« Mittler legte auf. Das war ja wohl das Allerletzte. Nach zwei Stunden Wartezeit kamen ja noch nicht mal besorgte Eltern zur Polizei gerannt. Dieser Mario musste einen Knall haben.

*Krefeld, Rheinstraße/Philadelphiastraße, Die Krähe,
20:20 Uhr*

Mario beugte sich über den Tisch und küsste Mireille auf den Mund. »Danke, dass du gekommen bist.«

Mireille spielte mit den Bierdeckeln. »Allein halte ich es im Moment sowieso nicht aus. Aber was wir hier sollen, ist mir nicht ganz klar.«

»Ich war hier mit meinem Vater verabredet, vielleicht kommt er ja doch noch.« Mario sah immer wieder zum Eingang. »Es ist nicht seine Art, ohne eine Nachricht zu spät zu kommen.« Mario tippte auf das vor ihm liegende Handy. »Seit es diese Dinger gibt, ist es noch nie passiert, dass er mich versetzt hat.«

»Aber was ist denn so wichtig an diesem dummen Treffen? Können wir nicht einfach nach Hause fahren und da auf den Anruf warten?«

»Ich will mit meinem Vater reden, das geht nicht bei dir zu Hause.«

»Aber er kommt doch nicht«, Mireille schmiss die Bierdeckel auf den Tisch, »hast du vor, die ganze Nacht hier zu warten?«

»Nein, falls er um zehn noch nicht da ist, versuch ich's noch mal bei der Polizei.«

»Noch mal? Soll das heißen, nur weil dein großer, dicker Vater eine Stunde Verspätung hat, hast du die Polizei verständigt? Möchtest du getröstet werden? Hast du es satt, mich zu trösten? Man könnte meinen, weil mein Vater tot ist, möchtest du auch ein Drama haben.« Mireilles Stimme wurde immer lauter.

Mario sah sich peinlich berührt um. »Hör auf, Mireille. Meine Mutter ist schon tot, hast du das vergessen? Mehr Drama muss nicht sein, wirklich nicht.«

»Was machst du dann so einen Aufstand wegen der paar Minuten?«

Mario sah Mireille an. »Ich glaube, meinem Vater wird etwas passieren, weil er so ein hinterfotziger Geschäftsmann ist.«

Mireille fiel die Kinnlade herunter. »Wie redest du plötzlich von deinem Vater? Sonst war er doch immer der großzügige, erfolgreiche Papa, der dich nicht im Stich lassen wird.«

»Ja, aber zugleich ist er der Kerl, der mit seinem rücksichtslosen Geschäftsinteresse meine Mutter in den Tod getrieben hat. Und er hat mit deinem Vater zusammengearbeitet, der war auch nicht anders, und der ist eines nicht natürlichen Todes gestorben, oder?«

»Und was soll das dann sein? Das Jüngste Gericht?« Mireille lachte ungläubig. »Tu dich mit meiner Schwester zusammen, die hat auch so Anwandlungen. Mario, hast du vergessen, dass wir uns die Strategie unserer Väter zum Vorbild genommen haben? Weiche Leute gehen zu Grunde, das hast du doch bei deiner Mutter selbst erlebt.«

»Möchten Sie noch was?«

Überrascht starrte Mario auf die Schürze der Kellnerin,

dann auf sein leeres Colaglas. Schließlich nickte er. »Du auch?«
Mireille zuckte gleichgültig die Achseln. »Zwei Cola«, bestellte
Mario.

»Einmal light«, rief Mireille der jungen Frau hinterher.

»Tja, war wohl ein Irrtum, die Strategie«, meinte Mario, »dein
Vater lebt auch nicht mehr, oder?«

Mireille sah ihn wütend an. »Sag mal, was willst du jetzt? Willst
du mich verrückt machen, oder was?«

Mario schüttelte den Kopf. »Ich habe keinen Bock mehr auf
die Scheißstrategie, und das sag ich dir hiermit. Ich finde es
schlimm, wie du über Max' Tod hinweggegangen bist. Ich will
nicht sein wie meine Mutter, die sich umgebracht hat. Aber was
sie gedacht und gesagt hat, war nicht falsch.« Mario schwieg, bis
die Bedienung die beiden Gläser auf dem Tisch abgestellt hatte.
»Ich möchte«, fuhr er fort, »dass mein Vater kommt, damit ich
ihm sagen kann, was ich von seiner Arbeitsweise halte, und dass
ich weiß, wie er meine Mutter ausgenutzt hat.«

Mireille sah Mario unter halb geschlossenen Lidern an. »Mario, du beginnst mich zu langweilen.«

»Das hab ich mir gedacht«, meinte Mario, »aber ich wollte
trotzdem offen zu dir sein. Könnte ja sein, dass du deine Einstel-
lung etwas geändert hast nach allem, was passiert ist.«

»Was ist denn passiert?«

Mario sah Mireille fassungslos an. »Mireille, du hast wirklich
einen Schaden.«

Mireille sprang auf. »Das muss ich mir von dir nicht sagen lassen!«, schrie sie. »Wo wärst du denn ohne mich, du Würstchen!«
Sie trat gegen das Tischbein, so dass ihr Glas umfiel und die Cola
über die Tischplatte floss und auf den Boden tropfte. »Zwischen
uns ist es aus, und komm bloß nicht angekrochen, sonst geh ich
dir an die Gurgel!« Mit diesen Worten verließ Mireille das Lokal,
und nicht nur Mario schaute ihr hinterher.

Risse würgte an dem Stück Tuch. Nach ein paar Stunden ver-
durstet man nicht, das wusste er, trotzdem fühlte er sich, als hätte er tagelang nichts getrunken. Mit wachsendem Unbehagen
hatte er die Ränder der abgerissenen Tapete betrachtet und die
Wege der Spinnen verfolgt, die in allen Größenordnungen den
Raum besiedelten. Wenig erfreulich war auch, dass der graue
Filzknödel in der Ecke bei genauerem Hinsehen eine tote Maus
war. Und jetzt wurde es dunkel. Risse wünschte, er könnte wenigstens die schmerzende Stelle am Kopf betasten. Der Carstens
gehörte in die Klapse, wenn nicht sogar ins Gefängnis. Der könnte sich auf eine Anklage gefasst machen, die sich gewaschen hatte. Klar war das mit dem Haus mies für ihn gelaufen, aber deshalb konnte er ihn nicht für die Krankheit seiner Frau verantwortlich machen. Geschäft war Geschäft, da kämpfte man mit
harten Bandagen. Die Pöll wusste, wo der Hase lief, mit der würde er was auf die Beine stellen. Risse würgte erneut an dem Lappen. Er müsste nur hier rauskommen.

Bei diesem Gedanken wurde ihm unwohl. Er war mit seinem
Sohn verabredet gewesen, aber dummerweise hatte er niemandem von seinem Ausflug berichtet. Er hatte sich nur noch einmal
ein Bild machen wollen von diesem undankbaren Objekt. Es
lohnte sich einfach nicht für ihn. Weit rausfahren, und dann ständig umsonst. Die Maklergebühr würde den Aufwand kaum aus-
gleichen. Nein, er würde sich den Auftrag vom Hals schaffen.
Aber dafür müsste er erst mal aus seiner misslichen Lage befreit
sein. Risse spürte ein heißes Kribbeln in seinem Nacken. Das war
ein schlechtes Zeichen. Das war der Vorbote der Panik. Dagegen
musste er unbedingt angehen. Als jüngerer Mann hatte er das oft
vor Geschäftsabschlüssen gespürt. Dann war ihm klar geworden, dass sicheres Auftreten das Wichtigste war. Damit hatte er
die Kunden am Köder. Sie mussten sich nur seine Auffassung zu
Eigen machen.

War etwas in die Binsen gegangen, war ihm das allerdings
schlecht bekommen. Er hatte hyperventiliert und gemeint, er
würde durchknallen. Das konnte er sich heute nicht mehr erlauben. Er war dick geworden. Die Pumpe war überbelastet, und

was das Cholesterin in seinen Blutbahnen anrichtete, wollte er sich gar nicht ausmalen. Sein Arzt hatte ihn ausdrücklich vor Stress gewarnt.

Risse begann zu schwitzen. Sein Nacken wurde immer heißer. Mit aller Macht konzentrierte er sich auf die Abwehr der aufkommenden Panik. Sein Sohn würde etwas unternehmen. Spätestens morgen. Er hatte sich nicht zum Sklaven der Uhr gemacht, aber seinen Sohn hatte er noch nie umsonst bestellt. Dem würde was auffallen. Bestimmt. An diese Hoffnung klammerte er sich. Mit dieser Hoffnung würde er die Nacht überstehen.

Donnerstag, 27. März 2003

Krefeld, Immenhofweg, 4:30 Uhr

Mario wälzte sich in seinem Bett. Er horchte. Alles still. Sein Vater war nicht heimgekehrt. Mario konnte sich das nicht erklären. Dunkle Ahnungen überfielen ihn. Er stand auf und tappte über den Flur zum Schlafzimmer seines Vaters. Das Bett war unberührt. Mario schlich zurück in sein Zimmer. Er hatte es nicht anders erwartet, aber gehofft, dass er sich irrte.

Er setzte sich auf sein Bett. Eigentlich war er wie sein Vater. Wenn es ihm in den Kram passte, ging auch er über Leichen. Natürlich hätte er nie gedacht, dass Max sich umbringen könnte. Aber entlastet hatte er ihn damals auch nicht, und das war Egoismus pur gewesen. Er hatte Mireille gewollt, seit er sie kannte, und Max war weg vom Fenster, besser hätte es nicht kommen können. Und später die Auseinandersetzung auf dem Trödelmarkt. Das war selbst für den opferbereiten Max zu viel gewesen, dass Mireille nun mit Mario ging und es ihm auch noch vorführte. Mario ballte die Faust und biss sich auf die Knöchel. Wie hatte ihm das nur gefallen können? Das moralische Gezeter seiner Mutter war ihm in der Phase auf die Nerven gegangen, und Mireilles Art, einem die unangenehmsten Wahrheiten ins Gesicht zu sagen, hatte ihn beeindruckt. Und jetzt? Dass Max' Tod Mireille so wenig berührte, war heftig. Sie ging mit Menschen um wie mit Gegenständen, nur ihr Vater war für sie eine Ausnahme gewesen. Ausgerechnet. Die Momente, in denen sie was Vernünftiges sagte, wurden auch immer seltener. Vermutlich war daran das Kokain schuld. Vielleicht bekam man davon einen Hirnschaden, genau wie von übermäßigem Alkoholgenuss.

Mario stand auf. Er zog einen braunen Umschlag aus der Schreibtischschublade. Das war es vermutlich, was Max hatte holen wollen bei dem Einbruch. Wehmütig schaute Mario die

Fotos an. Mireille, Max, er selbst und Sandra. Wie klein Mireilles Schwester damals noch gewesen war. Sie hatten viel Verrücktes zusammen angestellt. Und dass er auf Mireille scharf gewesen war, obwohl sie mit Max ging, hatte alles noch spannender gemacht. Nie wieder war er mit einem so aufregenden Kribbeln im Bauch losgezogen. Mireilles Vater hatte immer was zu meckern gehabt. Mireille sollte sich nicht mit solchem Kinderkram abgeben. Bengel wie Max wären unter ihrer Würde und würden ihren Zielen nur im Weg stehen. Manchmal hatte Mario den Verdacht gehabt, Mireille wäre nur mit Max zusammen, um ihren Vater zu provozieren.

Mario schrak zusammen. Ein Stein schlug gegen die Fensterscheibe, und dem Geräusch nach ein ziemlich schwerer. Er ging zum Fenster und warf einen vorsichtigen Blick hinaus. Gleich unter der Laterne stand eine schwarz gekleidete Gestalt. Das Gesicht war unnatürlich weiß. Sandra, was wollte die denn? Sie hatte ihn entdeckt und machte ihm Zeichen, die Tür zu öffnen. Mario legte den Briefumschlag zur Seite und ging hinunter.

»Was willst du denn hier, mitten in der Nacht? Und warum schellst du nicht?«

»Da hätte ich doch deinen Vater am Hals.«

»Der ist nicht da. Komm rein, ich hab keinen Nerv, um fünf Uhr früh an der Tür zu stehen.«

Sandra folgte Mario hinauf in sein Zimmer. »Dein Vater ist also immer noch nicht aufgetaucht? Mireille hat mir von seinem Verschwinden erzählt. Und dass sie dich abserviert hätte.«

Mario griff nach dem Umschlag, den er aufs Bett geworfen hatte. »Stimmt.«

»Dann kannst du ja jetzt alles erzählen.«

Mario zog ein silbernes Kettchen mit dem Auge gegen den bösen Blick aus dem Umschlag. »Wie meinst du das?«

»Na, deine Zeugenaussage zu dem Unfall damals. Hast du doch nur für Mireille gemacht, oder?«

Mario sah auf. »Sag mal, was willst du eigentlich von mir? Und musst du dich immer so bescheuert anmalen?«

Sandra fuhr sich mit dem Zeigefinger über die Wange, auf der ein dunkler Strich zurückblieb. Sie betrachtete die Schminke auf der Fingerspitze und tupfte sie auf Marios Nase. Dann nahm sie ihm die Kette aus der Hand.

»Bist du bekifft?« Mario wischte mit dem Handrücken über seine Nasenspitze.

Sandra sah Mario in die Augen. »Du weißt, dass das eine Beleidigung für mich ist, ich nehme keine Rauschmittel zu mir. Was ist das hier?« Sie hielt die Kette hoch.

»Hat mal Mireille gehört. Von Max.«

»Und wieso hast du sie jetzt? Und die Fotos hier? Sind die auch von meiner Schwester?«

Mario nickte. »Mireille wollte alles wegschmeißen. Aber ich fand das zu schade, vor allem wegen der Fotos.«

Sandra zog ein zusammengefaltetes Papier aus dem Umschlag. Sie glättete das Blatt und las laut vor: »Ich, Max Feuerbach, habe den Wagen gesteuert. Jeder, der was anderes behauptet, lügt. Max Feuerbach, 14.3.1999.«

Sandra sah Mario an. »Wie konntest du das nur zulassen? Kein Wunder, dass meine Schwester meint, sie kann machen, was sie will. Du bist genau wie unser Vater … war. Du hättest Max helfen können, auch vor zwei Wochen noch.«

»Und du? Du wusstest ja offensichtlich alles.«

»Erst als es zu spät war.« Traurig steckte Sandra die Sachen zurück in den Umschlag.

Sie stellte sich vor Mario. »Ich werde alles sagen, ich habe die Schnauze endgültig voll!«, rief sie aufgebracht. Ehe sich Mario über ihre fremde Ausdrucksweise und Stimmlage wundern konnte, wechselte Sandra den Platz, reckte sich zur vollen Größe auf und stieß mit dem Zeigefinger in seine Richtung. »Dazu ist es längst zu spät. Dir wird niemand mehr glauben!«, brüllte sie. »Du bist unverbesserlich. Für deine bepissten Dummheiten werde ich dich auf Jahre festsetzen. Dummkopf, meinst, du kannst gegen uns anstinken. Ich mach dich fertig. Du kommst hier nicht mehr raus. Dafür sorge ich. Ich mach dich fertig …!«

Sandra warf sich auf Marios Bett und versteckte ihr Gesicht im Kissen. Nur am Zucken ihres Rückens merkte Mario, dass sie weinte. Er hockte sich neben sie und fasste sie an der Schulter.

Sie fuhr auf. »Lass das!«, fauchte sie. Ihr Gesicht war völlig verschmiert. Sie starrte Mario an. »Ich mochte Max, weißt du das? Mein Vater war ein Monster, und ich bin froh, dass er tot ist.«

Sie stand auf. »Ich gehe jetzt.« In der Tür drehte sie sich noch einmal um. »Bin gespannt, welches Schicksal deinen Vater ereilen wird.«

Krefeld-Verberg, Schwester-Christine-Weg, 6:00 Uhr

Rolf Mittler schaute auf die Uhr. Erleichtert legte er sie zurück auf den Nachttisch. Noch ein halbes Stündchen. Er drehte sich zu seiner Frau und drückte sich an ihren Rücken. Sie nahm gleich seine Hand und zog sie auf ihre Brust. So lagen sie eine Weile. In angenehmem Halbschlaf malte er sich aus, wohin diese Lage sonst oft führte.

»War nicht gut gestern Abend, oder?«

Mittler seufzte. Seine Frau schien heute Morgen anders disponiert. Er wollte jetzt nicht reden. Aber sie würde nicht locker lassen.

»Wieso?«, fragte er schließlich.

»Na, mit Sofie. Ich hatte keine Lust auf einen ihrer bockigen Anfälle.«

»Dein gutes Recht.«

»Aber das hätte ich ihr sagen müssen.«

»Stimmt.«

Erbost drehte Anna sich um. »Du hättest ja auch was sagen können.«

Mittler lachte. »Och, ich hatte nichts gegen einen Abend zu zweit.«

Anna schlug ihn mit ihrem Kissen. »Du bist ja eine wahre Stütze, was den Umgang mit unserer Tochter betrifft.«

Mittler hielt das Kissen fest. »Ja, ich gebe es zu, ich war mir mal selbst der Nächste. Krieg ich jetzt Haue?«

Anna knurrte. »Blödmann.« Sie schwang die Beine aus dem

Bett. »Dann werd ich mal.« Mittler wollte sie festhalten, aber sie entwischte ihm.

»Du wirst älter, Schatz, früher hättest du mich gekriegt.«

»Pass auf, was du sagst.«

Anna verschwand lachend im Flur. Mittler verschränkte die Arme hinter seinem Kopf. Er war tatsächlich zu faul, hinter seiner Frau herzuhechten. Stattdessen wanderten die Gedanken zu seiner Arbeit. Albern, die Sache mit dem Risse gestern. Den würde er heute Morgen als Erstes aufsuchen. Der Sohn würde sich inzwischen beruhigt haben. Okay, der Risse. Dann Sandra. Was die seiner Tochter alles so einflüsterte. Dem musste er auf den Grund gehen. Vielleicht wäre das ja was für Matthäus. Mittler wollte sich gerade aufsetzen, als jemand die Schlafzimmertür weit aufstieß. Überrascht ließ er sich in die Kissen zurücksinken. »Sofie?«

Keine Antwort.

»Sofie, lass den Quatsch. Wenn du was willst, beeil dich, ich muss gleich los.«

Langsam schob sich Sofie um den Türrahmen. Sie hatte ihr bockiges Gesicht auf.

»Komm, Sofie, hab dich nicht so. Was wolltest du denn gestern Abend?«

Sofie hockte sich auf Annas Bett und wickelte sich in das Plumeau.

»Du musst noch mal den Selbstmord von diesem Max überprüfen. Sandra redet von Max immer als Opfer, als Opfer auf dem Altar einer kranken Liebe …«

»Du lieber Himmel, so drückt deine Freundin sich aus?«

Sofie lächelte. »Sie spricht gern so. Sie findet die Tragödien der Antike viel beeindruckender als unser Leben heute. Sie redet gern in Rätseln und irgendwie hoheitsvoll, trotzdem verstehe ich sie meistens. Ich komm jetzt nur nicht weiter, weil ich die Hintergründe nicht kenne. Ich weiß nicht, was Max angestellt hat.« Sofie sah ihren Vater an. »Du kennst doch bestimmt die Akten, und was zwischen den Ohligs und Max abgegangen ist, müsste dich doch interessieren.«

»Das interessiert mich sogar sehr, ich wollte Sandra noch einmal vernehmen lassen, die ganzen Andeutungen müssen einen Grund haben. Sie soll endlich mit ihrem Wissen rausrücken. Tragödie hin oder her, Orakel kann man auch falsch auslegen.«

»Sagst du ihr, dass du das von mir hast?«

»Muss nicht sein. Als Ohligs Tochter kann sie vermutlich mehr Auskünfte über die Familie geben, als sie es bisher getan hat. Ich habe ja sogar ihre Visitenkarte, damit ich sie erreichen kann.«

»Die mit der Krähe?« Sofie guckte erstaunt. »Dann will sie ja, dass du sie befragst.«

Mittler nickte. »Das denke ich auch. Jemand, der sein kompliziertes Familienleben auch noch in den Rahmen antiker Tragödien setzt, hat bestimmt einen ganzen Sack krauser Gedanken loszuwerden. Sandra weiß nur nicht, wie sie das angehen soll. Oder würdest du die Probleme deiner Familie in die Welt hinausposaunen?«

Sofie schüttelte sich. »Bestimmt nicht.«

Mittler sah nachdenklich an die Decke. »Ja, so sind die meisten Menschen. Leider wäre es oft besser, sie täten es. Dann hätten wir nicht so viele Überdruckkessel, die irgendwann explodieren.«

»Oder implodieren.«

Rolf Mittler lachte. »Nee, das geht nicht. Ich weiß, was du meinst, aber dafür bräuchten wir dann einen anderen Vergleich. Komm, wir müssen.«

Sofie wickelte sich noch fester ins Oberbett. »Ich hab frei«, sagte sie und kniff die Augen zu.

Krefeld, Polizeipräsidium, 8:00 Uhr

Mittler war auf dem Weg zur Morgenbesprechung, als ihm Mario Risse im Flur begegnete. Der Junge sah übernächtigt aus.

»So früh am Morgen? Wo wollen Sie denn hin?«

»Zu Ihnen.«

Der Erste Hauptkommissar schüttelte den Kopf. »Haben Sie ein Tötungsdelikt zu melden?«

»Nein, aber mein Vater ist immer noch nicht da.«

Mittler seufzte. »Ich habe von der Geschichte schon gehört. Jetzt kommen Sie erst mal in mein Büro.«

Mario folgte dem Kommissar, der zum Telefon griff. »Die Besprechung fängt zehn Minuten später an. Mario Risse sitzt hier bei mir.« Er legte den Hörer zurück und wandte sich dem jungen Mann zu. »Sagen Sie, finden Sie das nicht albern, die Polizei zu belästigen, wenn ein erwachsener Mann eine Stunde überfällig ist?«

»Jetzt ist es schon eine ganze Nacht.«

»Vielleicht hat Ihr Vater eine Freundin, von der Sie nichts wissen.«

»Möglich, trotzdem würde er mich nicht versetzen.« Mario beugte sich über den Tisch. »Hören Sie, mein Vater ist in vielerlei Hinsicht unzuverlässig, vielleicht sogar unehrlich, aber er hat noch keine Verabredung mit mir versäumt, zumindest nicht ohne Bescheid zu sagen. Es wäre das erste Mal, verstehen Sie, das erste Mal!«

»Einmal ist immer das erste Mal.« Mittler wusste, dass die Floskel provokant auf den jungen Mann wirken musste, aber er wollte die Ernsthaftigkeit der Situation erfassen. Mario Risse wirkte glaubhaft aufgewühlt, trotzdem schien Mittler die Zeitspanne der Abwesenheit zu kurz, um sich um einen erwachsenen Mann ernsthaft Sorgen zu machen. Risse erzählte seinem Sohn sicher nicht jedes Detail aus seinem Leben. Außerdem lebte der die meiste Zeit in Köln, wahrscheinlich waren ihm Veränderungen im Leben seines Vaters gar nicht aufgefallen.

Mario Risse hatte auf den Spruch des Kommissars nichts erwidert. Plötzlich sprang er auf. »Okay, ist ja wie immer, die Polizei handelt erst, wenn es zu spät ist. Ich werde selbst nach meinem Vater suchen.« Als er aus der Tür stürmen wollte, stieß er mit Sine Matthäus zusammen.

»Herr Risse!«, entfuhr es ihr verblüfft.

Mario drängelte sich an ihr vorbei und rannte den Korridor hinunter.

Mittler rieb sich mit Daumen und Zeigefinger die Augenwinkel. »Ich komm ja schon.«

»Aber ich wollte Ihnen doch nur eine Meldung der Mönchengladbacher Polizei reinreichen. Taxifahrer am Bahnhof dort haben sich über ein abgestelltes Auto aufgeregt. Ehe man es abschleppt, wollte man netterweise den Halter feststellen.«

»Und?«

»Es ist das Auto von Eberhard Risse.«

»Na also. Ich wusste doch gleich, dass der Kerl sich irgendwo in der Umgebung herumtreibt. Falls der Sohn wieder nervt, machen Sie ihm klar, dass mündige Bürger frei über ihren Aufenthaltsort bestimmen dürfen.«

Sine Matthäus sah ihren Vorgesetzten zweifelnd an. »Aber Herr Risse ist nicht auffindbar.«

Mittler verzog unwillig das Gesicht. »Jetzt fangen Sie nicht auch noch an. Der wird nach einem Schäferstündchen verschlafen haben.«

»Aber warum sollte er den Wagen so idiotisch abstellen? Direkt am Bahnhof. Da ist doch der Bär los.«

»Frau Matthäus, über Spekulationen kommen wir hier nicht hinaus. Lassen Sie uns jetzt erst die Morgenbesprechung abhalten.« Mit diesen Worten verließ der Kriminalhauptkommissar das Büro.

Sine Matthäus folgte ihm nachdenklich. »Natürlich haben wir keine Handhabe für eine Großfahndung nach einem mündigen Erwachsenen, der einen Pkw falsch abgestellt hat. Aber die Aufregung seines Sohnes schon beim ersten Gespräch gestern Abend – da steckt mehr dahinter, darauf wette ich.«

In Gen Rae, 8:15 Uhr

Die Nacht war fürchterlich gewesen. Eberhard Risse begrüßte die hellen Streifen, die das Tageslicht auf den Estrich zeichnete, mit Erleichterung. Es waren nicht das Getier und der feuchte

Stoffknubbel in seinem Mund gewesen, die ihm die Nachtruhe geraubt hatten, sondern ein regelrechtes Albdrücken. Er hatte nie viel geträumt in seinem Leben. Das war eher Sache seiner Frau gewesen. Manchmal wollte er ihr die abenteuerlichen Geschichten gar nicht abnehmen. Aber in dieser Nacht hatte er einen Eindruck gewonnen vom Facettenreichtum der Traumbilder. Ohlig war ihm erschienen, in einem grau-silbernen Anzug mit passender Krawatte. Er war auf- und abgegangen auf dem knarrenden Dielenboden wie in seinem Büro, wenn er mit Risse die Strategie für eine anstehende Gerichtsverhandlung besprach. Aber plötzlich hatte er sich Risse zugewandt, und sein Gesicht war ein Totenschädel gewesen, und er hatte Risse die Spitze seines Zeigefingers auf die Brust gesetzt und geflüstert: »Lasse nie einen Termin verstreichen.« Als er endlich verschwunden war, sah Risse einen kleinen Tisch in der Zimmerecke stehen. An dem saß seine Frau, die Stirn auf eine Hand gestützt. Er rief nach ihr, aber sie reagierte nicht. Nach einer Weile stand sie auf, sah traurig aus dem Fenster und ging dann zur Tür hinaus. Als draußen ein Auto gestartet wurde, wollte Risse hinterher und sie aufhalten, aber er konnte nicht. Er war gefesselt und wie verwachsen mit dem Boden, auf dem er saß.

Als Risse an diesen Traum zurückdachte, spürte er zu seiner Überraschung, dass sich Wasser in seinen Augen sammelte. Wollte er etwa jetzt, nachdem schon über zwei Jahre vergangen waren, den Tod seiner Frau beweinen? Es rannen tatsächlich Tränen über seine Wangen, und als sie seine Mundwinkel erreichten, schmeckte er das Salz.

Krefeld, Richard-Wagner-Straße, 9:00 Uhr

Sandra wachte abrupt auf. Ein Geräusch hatte sie geweckt. Als sie das Geschrei vernahm, das aus der Küche hinaufdrang, wusste sie Bescheid. Mit geschlossenen Augen blieb sie liegen. Mireille und ihre Mutter stritten mal wieder. Dass dabei ein Möbelstück umstürzte, war nichts Ungewöhnliches. Nur die Tageszeit fiel etwas aus dem Rahmen. So früh waren die Damen gewöhnlicherweise nicht auf. Sandras Kopf schmerzte. Immer wieder sah sie Max vor sich, dem sie nicht gesagt hatte, wie sehr sie ihn mochte. Vielleicht wäre dann alles anders geworden. Eine Welle der Übelkeit überrollte sie, und sie musste sich aufsetzen. Sie hatte ihren Körper nicht mehr im Griff. Tränen schossen ihr in die Augen. Was nützte der klarste Kopf, wenn der Körper revoltierte. Dann ging gar nichts mehr, dann war sie am Ende.

Sandra horchte auf. Durch die Geräuschkulisse, die Mutter und Schwester produzierten, drang das Klingeln des Telefons. Niemanden schien das zu kümmern. Sandra stand langsam auf, damit ihr nicht schwindelig wurde, und bewegte sich vorsichtig nach unten.

»Sandra Ohlig«, meldete sie sich.

»Guten Morgen, Matthäus von der Polizei Krefeld hier. Ist keine Schule heute?«

»Lehrerausflug.«

»Das trifft sich gut. Herr Mittler hätte dich gern noch einmal vernommen. Kannst du heute Vormittag?«

»Wenn es sein muss.«

»Um Viertel nach zehn?«

»In Ordnung.«

»Wunderbar. Ist deine Mutter zu sprechen?«

»Da ist sie auf jeden Fall. Moment, ich hole sie.«

»Danke, und bis später dann.«

Sandra legte den Hörer neben das Telefon. Die Stimmen in der Küche waren etwas leiser geworden.

»Du bist doch sowieso an allem schuld«, zischte ihre Mutter gerade, als Sandra in die Küche trat.

»Frau Matthäus ist am Apparat«, meldete Sandra, »sie will dich sprechen.« Ohne ein weiteres Wort verließ sie die Küche.

Widerwillig ging Frau Ohlig zum Telefon und nahm den Hörer auf. »Sie schon wieder, hat man denn vor Ihnen gar keine Ruhe?«

»Guten Morgen, Frau Ohlig. Solange der Tod Ihres Mannes nicht aufgeklärt ist, können wir leider keine Rücksicht nehmen.

Ich möchte Sie bitten, um Viertel nach zehn noch einmal ins Präsidium zu kommen.«

»Das passt mir aber gar nicht. Mir geht es nicht gut. So kann ich nicht unter die Leute.«

»Wir können Ihnen gern einen Streifenwagen schicken.«

»Nein danke«, beeilte Frau Ohlig sich zu sagen, »ich werde kommen, auch wenn es mir sehr, sehr schwer fällt.«

»Wir sind Ihnen sehr verbunden, Frau Ohlig. Ist Ihre Tochter Mireille noch im Hause?«

»Ja.«

»Dann richten Sie ihr doch bitte aus, dass sie um Viertel vor elf einen Termin mit uns hat. Danke, Frau Ohlig, und bis gleich.« Ehe Cornelia Ohlig etwas erwidern konnte, hatte die Kommissarin eingehängt. Verärgert schmiss sie den Hörer neben die Station und stampfte zurück in die Küche.

»Diese Polizeibeamten wollen uns noch mal sprechen. Du musst um Viertel vor elf da sein.«

Mireille wischte sich eine Haarsträhne aus dem verschwitzten Gesicht. »Hab keinen Bock.«

»Dann kommen sie mit dem Streifenwagen.«

»Bin ich eben weg. Reicht doch, wenn einer Märchenstunde abhält, oder?«

»Das sagst gerade du, du verlogenes Stück Mist.« Cornelia Ohlig war rot angelaufen. »Bis zu deiner Geburt war alles in Ordnung zwischen mir und deinem Vater.«

»Fängst du schon wieder an? Meine Geburt, dass ich nicht lache, das ist einundzwanzig Jahre her!« Mireille musterte ihre Mutter verächtlich. »Kann ich etwas dafür, dass du so eine langweilige, alte Frau geworden bist? Nie ein interessantes Gespräch, Sex war ja wohl auch nicht mehr. Was bitte sollte Papa denn mit dir anfangen, hä? Kein Wunder, dass er sich lieber mit seinen Töchtern beschäftigte.«

Frau Ohlig schrie auf und stürzte sich auf Mireille wie eine Furie, aber ehe sie auf ihre Tochter einschlagen konnte, flüchtete die durch den Flur hinauf in ihr Zimmer.

Eine Flamme loderte hoch auf, und Ludger zog schnell die Hand zurück. Beinahe hätte er sich doch noch die Finger verbrannt an der Sache. Er lächelte bei dem Vergleich. Martha war literarisch interessiert gewesen. »Das Literarische Quartett« hatte sie geguckt. Wenn sie die Bücher kannte, um die es ging, regte sie sich regelmäßig über die Kommentare der Fachleute auf. Ludger hatte davon wenig verstanden. Einmal war der Begriff »tote Metapher« gefallen. Als Martha ihm erklärte, dass damit Wörter wie »Baumkrone« oder »Leitfaden« gemeint sind, wollte er es zuerst nicht glauben. Etwas mehr hatte er sich von dem hochtrabenden Begriff schon versprochen. Aber was man mit Sprache alles macht, war ihm da erst aufgegangen. Wenn er jetzt etwas in übertragenem Sinne gebrauchte, musste er immer an Marthas Vorträge denken.

Ludger beobachtete, wie die Glut den grünen Pappdeckel fraß. Nichts würde von der Angelegenheit übrig bleiben. Wenn er den Kochtopf ausgeleert und gespült hatte, gab es keine Spur mehr in dieser Wohnung, die auf eine Verbindung zwischen Ludger, Ohlig und Risse hinwies. Eine Nacht hatte der Immobilienhändler jetzt in dem alten Haus verbracht. Erfroren sein würde er nicht. Die Temperaturen hielten sich auch nachts über drei Grad, das hatte Ludger in den Nachrichten gehört. Was dem Risse wohl durch den Kopf ging? Ob der überhaupt kapierte, warum er da saß? Am liebsten hätte Ludger neben ihm gesessen und ihm ins Ohr gebrüllt, wie es seiner geliebten Martha ergangen war. Er hätte ihm gern wehgetan. Wäre er doch Zahnarzt, dann hätte er Risse quälen können wie diese ekelhaften Typen den »Marathonman«. Warum wurden die Guten immer mehr gequält als die Arschlöcher? Oder kam es einem nur so vor? Das kommt, weil die Guten die anderen nicht quälen, hätte Martha gesagt.

Ludger hockte sich auf den Stuhl am Tisch und stützte das Kinn in die Hände. Wollte er wirklich, dass der Risse starb? Er dachte an das triumphierende Gefühl, das ihn durchdrungen hatte, als der Ohlig reglos über der Mauer gehangen hatte. Es war beinahe unheimlich gewesen, kaum hatte er ihm die Hände um den Hals gelegt, war der Mann auch schon röchelnd zusammengebrochen. Die ersten zehn Minuten des Heimwegs hatte Ludger seine Hände angestarrt. Wie leicht es gewesen war. Unglaublich. Erst dadurch hatte sich in ihm der Gedanke festgesetzt, dass seine Tat ganz mit dem Plan der höheren Vorsehung übereinstimmte. Und wenn der Risse tot war, was dann? Vielleicht würde er sich stellen. Alle Welt sollte wissen, warum diese Männer den Tod verdient hatten. Sie hatten kein Gefühl für Leben und Gerechtigkeit. Ludger bekam eine Gänsehaut, wenn er daran dachte, dass für solche Leute Geld wichtiger war. Ein Leben bedeutete nichts. Das war doch nur möglich, wenn man nichts fühlte, wenn einem auch das eigene Leben nichts wert war. Ludger schüttelte den Kopf. Dann war es ja auch nicht weiter schlimm, wenn die Erdkugel sich ohne diese Herren weiterdrehte.

Er hatte noch nie mit der Polizei zu tun gehabt. Wie es wohl wäre, ein Angeklagter zu sein, ein Täter. Ludger schlug mit der Faust auf den Tisch und lachte dröhnend. Er lachte und lachte, bis ihm die Tränen kamen. Er, Ludger Carstens, ein Täter. Nein, das hätte er niemals von sich gedacht. Er konnte nicht mehr aufhören zu lachen.

In Gen Rae, 9:40 Uhr

Risse saugte an dem Tuch wie ein Baby an seinem Schnuller. Was, wenn er hier wirklich nicht mehr lebend herauskäme? Wie lange konnte man ohne Wasser überleben? Drei Tage? Das konnte doch nicht sein! Nein, er würde sicher länger aushalten. Das Tuch in seinem Mund war noch ganz feucht. Man käme bestimmt drauf, dass er in einem seiner Objekte zu finden wäre. Mario und die Pöll würden sich an die Polizei wenden. Und dann würde man ihn suchen. Wenn er nur diesen Carstens aus seinem Gedächtnis streichen könnte. Mit ihm hatte er auch wieder Helena und Frau Henseler vor Augen. Er war sich seiner Angelegenheiten so sicher gewesen. Der wirkliche Feind des Geschäftsmannes ist nicht der Konkurrent, nein, das sind diese emotional Gestörten, die Leben und Geschäft nicht voneinander trennen können. Was weiß denn ein Hausverkäufer über die empfindliche Gesundheit der Kunden. Nee, da konnte man ihm nichts anhängen. Dem Ohlig vielleicht. Er war immerhin der Anwalt dieser Leutchen gewesen. Der hätte sich eben von ihm nicht einspannen lassen dürfen. Aber der hatte ja immer Geld gebraucht für seine elende Schnupferei. Der Ohlig war tot.

Verunsichert betrachtete Risse seine Schuhe. Die Füße darin spürte er kaum noch. Überhaupt stellte er plötzlich fest, wie taub alle seine Gliedmaße waren. Der Ohlig war tot. So was ging ganz schnell. Man fiel beim Joggen um, oder man wurde einfach in einem alten Haus vergessen. Risse versuchte zu brüllen, aber das gedämpfte Grunzen, das er herausbrachte, hätte nicht einmal ein Vögelchen aufgeschreckt. Er versuchte, die Beine anzuheben, wie früher beim Fußballtraining, aber er bekam sie nicht einen Zentimeter hoch. Risse starrte auf die hellen Lichtbahnen am Boden. Zum ersten Mal nahm er den Gedanken ernst, dass dies sein Ende sein könnte.

Krefeld, Polizeipräsidium, 10:10 Uhr

»Sollen wir nicht besser tauschen?«

»Wie meinen?« Mittler wusste nicht gleich, was Sine Matthäus wollte.

»Ich kümmere mich heute um Sandra und Sie um Frau Ohlig.«

Der Erste Hauptkommissar klopfte mal wieder einen Takt auf die Tischplatte. »Wenn Sandra nichts dagegen hat, machen wir es so. Ich möchte nicht, dass sie sich zurückzieht, nur weil sie plötzlich einen neuen Gesprächspartner hat. Sie mögen Frau Ohlig nicht?«

Die Kommissarin hob die Schultern. »Sie nervt mich. Sie lässt sich gehen. Sandra dagegen … Ich finde es auch wichtig, dass jeder von uns ein genaues Bild der Angehörigen hat. Der Tanz der Zuckerfee«, meinte sie plötzlich.

Mittler sah sie überrascht an, dann lachte er: »Kluges Kind.« Er überlegte, ob er noch ein Musikstück zum Besten geben sollte, als das Telefon klingelte. Mittler hob ab.

»Ja, schicken Sie sie bitte herauf. Und Frau Cornelia Ohlig, ist die auch erschienen?« Mittler runzelte die Stirn, als er den Hörer einhängte. »Merkwürdig, bisher ist nur Sandra Ohlig eingetrudelt. Ihre Mutter sollte doch um dieselbe Uhrzeit kommen, oder?«

»Klar, wir wollten sie gleichzeitig vernehmen.« Sine Matthäus stand auf und reckte sich, als es an der Tür klopfte. »Die ist aber flink.« Sie öffnete die Tür, und Sandra Ohlig trat ein, ganz in Schwarz gehüllt, wie gewohnt. Ihr Gesicht war ungeschminkt, und ihre helle Haut stand in attraktivem Kontrast zu dem rabenschwarzen Haar.

»Guten Morgen«, sagte sie zögernd und wusste wohl nicht recht, an wen sie sich jetzt wenden sollte. Schließlich ging sie auf Mittler zu, der noch hinter seinem Schreibtisch saß.

»Guten Morgen, Sandra. Sag mal, ist es in Ordnung für dich, wenn du dich heute mit Kommissarin Matthäus unterhältst?«

Sandra zuckte die Achseln. »Hat das einen bestimmten Grund?«

»Ich würde gern noch einmal mit deiner Mutter reden, und die ist auch für Viertel nach zehn bestellt.«

»Meinetwegen.« Trotz der Zustimmung merkte man dem jungen Mädchen eine leichte Enttäuschung an.

»Es ist deine Entscheidung«, beeilte sich Mittler zu sagen.

»Nein, nein, ist schon in Ordnung, aber ich weiß nicht, ob meine Mutter zeitig kommt. Sie war noch nicht fertig, als ich von zu Hause wegging.«

Die Polizeibeamten sahen sich an. »Ich gehe dann mit Sandra nach nebenan«, meinte Sine Matthäus schließlich.

Rolf Mittler nickte. Hoffentlich tauchte Cornelia Ohlig bald auf, sonst müsste er ihr doch noch den Streifenwagen schicken.

Mireille packte ihren Kleidersack, als sie irritiert innehielt. Der Sonntagsessensduft am Mittwochmorgen? Hatte sie schon Halluzinationen? Erschrocken ließ sie sich auf ihr Bett fallen. Nein, das war unverkennbar der Duft einer warmen Mahlzeit, wie er früher beinahe jeden Sonntag durchs Haus gezogen war. Rastete ihre Mutter jetzt völlig aus? Oder war Frau Bernhard gekommen? Aber warum sollte sie? Mireille rieb sich mit beiden Händen durchs Gesicht. Gaukelte ihr die Droge was vor? Sie hatte doch nur wenig genommen. Nur so viel, dass sie den Tag überstehen konnte ohne Mario und vor allem ohne ihren Vater.

Sie rollte sich auf dem Bett zusammen und schlang die Arme fest um ihren Körper. Niemand war ihr geblieben. Sie war allein. Sie trieb allein in einem fremden Universum. Sogar Sandra, ihre kleine Schwester, ging eigene Wege. Einzig ihre Mutter war noch da. Die Frau, die ihr immer zu verstehen gegeben hatte, dass sie sie nicht mochte. Die verrückte Frau, die argwöhnisch jeden Schritt ihres Mannes beäugt hatte, den er mit den Töchtern tat, den er vor allem mit Mireille tat. Mireille spürte, wie der Kloß im Hals sich auflöste und zu Wasser wurde, das hinausdrängte. Sie ließ sich hineinfallen in das Weinen, das erst nur floss und floss. Dann nahm es ihr den Atem, und sie bekam kaum noch Luft. Plötzlich lag eine Hand auf ihrer Schulter, und Mireille erstarrte.

»Mireille, Kind, was ist denn?« Es war die Stimme ihrer Mutter, die da so zärtlich flüsterte, und Mireille wusste, das konnte nicht sein. Das war falsch, und sie schlug mit dem Arm nach der Gestalt, die sie täuschen wollte. Ein polterndes Geräusch sagte ihr, dass da wirklich jemand gewesen war, und sie setzte sich auf. Auf dem Boden vor dem Bett saß mit aufgerissenen Augen ihre Mutter. Sie tastete mit den Fingern nach dem Blut, das aus ihrer Nase lief.

»Aber Kind«, sagte sie, »ich wollte dich gerade zum Essen rufen.«

Mireilles Blick wanderte ungläubig von der Mutter zu ihrem Wecker auf dem weißen Nachttisch.

»Was? Es ist nicht einmal halb elf, und du wolltest doch zur Polizei.«

»Zuerst essen wir«, beharrte die Mutter eigensinnig. »Für einen solchen Tag braucht man doch eine Grundlage. Und Sandra muss auch was zu sich nehmen, wenn sie zurückkommt.«

»Mama, du spinnst, ich hau jetzt ab, ich hab die Schnauze gestrichen voll von dem ganzen Theater.« Mireille stand auf und stürzte im gleichen Moment zu Boden. Frau Ohlig hatte kurzerhand einen Arm um Mireilles Knöchel gelegt und ihr die Beine unter dem Körper weggezogen. Mireille schlug mit dem Kopf auf und verlor das Bewusstsein.

Als sie wieder zu sich kam, saß sie am Esstisch. Sie konnte sich nicht bewegen. Arme und Beine waren am Stuhl festgebunden. Benommen schaute sie auf die festlich gedeckte Tafel. In einer Schüssel dampften rohe Klöße, in einer anderen die braune Sauce, deren Duft Mireille schon so früh am Tag irritiert hatte.

»Hier, das Fleisch«, rief ihre Mutter gut gelaunt. »Für einen Braten reichte die Zeit leider nicht, aber ich denke, Filet passt immer.« Mit Schwung platzierte sie die Fleischplatte auf dem Tisch neben die beiden Schüsseln und sah Mireille erwartungsvoll an.

»Warum wischst du dir das Blut nicht ab?«, fragte Mireille.

»Welches Blut?« Selbstvergessen fuhr sich ihre Mutter mit dem Unterarm durchs Gesicht. Dann betrachtete sie den Ärmel ihrer hellen Bluse. »Ach das, das ist doch nichts. Das passiert im besten Haushalt. Komm, jetzt füll ich dir erst mal auf.«

Krefeld, Polizeipräsidium, 10:20 Uhr
11. Kommissariat
Krefeld, den 27.3.2003
(Donnerstag,10:20 Uhr)

In der Dienststelle des 11. Kommissariats erscheint
nach Vorladung die

Schülerin Sandra Ohlig
geb. 14.9.1986 in Krefeld
wohnhaft Krefeld, Richard-Wagner-Straße

und sagt Folgendes aus:

Am 13. März besuchten mein Vater, meine Schwester Mireille und ich Max Feuerbach im Untersuchungsgefängnis. Im Besuchszimmer ließ uns der wachhabende Beamte freundlicherweise allein. Wenn der gewusst hätte. Er dachte natürlich, er täte Max einen Gefallen. Mein Vater hat auch voll auf freundlich gemacht. Der Verteidiger und seine Töchter, die mit Max befreundet waren, wollten dem Jungen noch mal gut zusprechen, so in der Art.

Frage: Und das war nicht der Fall?

Nein. Mein Vater wusste, dass Max nicht mehr wollte.

Frage: Was nicht mehr wollte?

Den Kopf hinhalten für Mireille.

Frage: Den Kopf hinhalten für Mireille?

Keine Antwort. Sine Matthäus hielt die Luft an. Sie spürte deutlich, dass es von ihren Fragen abhing, wie das Mädchen reagierte. Im Moment starrte Sandra vor sich hin, als überlege sie, ob sie überhaupt noch reden sollte oder nicht. Endlich fuhr sie fort.

Na, das hat er doch die ganze Zeit getan. Mireille hat den Unfallwagen gefahren. Und mit dem Kokain hatte Max schon gar nichts zu tun.

Frage: Aber warum hat Max sie geschützt?

Ist doch klar. Er hat sie geliebt. Damals wäre er für sie vom Hochhaus gesprungen. Und mein Vater hat ihn verteidigt. Aber gar nicht besonders. Ich glaube, mein Vater war kein guter Strafverteidiger. Meist hat der nur so Papierkram erledigt. Aber das wusste Max natürlich nicht. Der dachte, Anwalt ist Anwalt, und Papa war ihm was schuldig.

<u>Frage</u>: Und wie kam es zu Max' Sinneswandel?

Der erste große Krach kam, als Mireille Max sagte,
dass sie mehr auf Mario ständ.

<u>Frage</u>: Wann war das?

Auf dem großen Trödelmarkt. Da hat Max Mario fertig
gemacht. Und er hat gesagt, dafür lässt er sich gern
einsperren, und er wüsste sowieso nicht, was er noch
draußen sollte.

<u>Frage</u>: Und wann hat er seine Meinung geändert?

Als er wieder draußen war. Er hat Mireille und Mario
besucht. Er wäre jetzt einundzwanzig, hat er gesagt,
und er wolle jetzt noch mal von vorne anfangen. Mireille hat ihn angeschrien, wie er sich das vorstellte.
Sie würde Jura studieren, sie könne jetzt gar nichts
mehr zugeben. Und beweisen könne er sowieso nichts.

<u>Frage</u>: Und weiter?

Ich weiß nicht genau, aber dass Mario einen Briefumschlag hat mit Fotos und einer Kette und Max' Geständ-
nis, das weiß ich. Und darum ist Max dort eingebro-
chen. Und dann war er wieder in U-Haft. Und da haben
ihn alle für verrückt gehalten und meinen Vater als
Menschenfreund bezeichnet, weil er Max nicht aufgäbe.
Menschenfreund!

<u>Frage</u>: Er wollte Max nicht verteidigen?

Verteidigen? Ich mach dich fertig.

Sine Matthäus hörte auf zu tippen. Sandras Stimme hatte eine
völlig andere Tonlage angenommen. Erschrocken beobachtete
die junge Kommissarin die Wandlung, die mit dem Mädchen vor
sich ging.

»… Du kommst hier nicht mehr raus. Dafür sorge ich. Ich
mach dich fertig …«

Sine Matthäus sprang auf und griff nach Sandras Hand. »Sandra, was ist mit dir? Hörst du mich?«

Sandra war kreidebleich, kleine Schweißperlen glänzten auf ihrer Oberlippe. »Mir ist schlecht, Frau Matthäus. Haben Sie wohl ein Glas Wasser?«

Sine Matthäus nickte. »Einen Moment, bitte.« Sie verließ den Raum und lief den Flur hinunter in die kleine Küche. Sie ärgerte sich, dass sie kein Mineralwasser bereitgestellt hatte. Als sie mit dem Wasser zurückkehrte, war das Büro leer. Das durfte doch nicht wahr sein. Entsetzt stellte sie Glas und Flasche ab und rannte auf den Flur. Sie lief zu den Aufzügen, und da stand Sandra und drückte ungeduldig auf die Ruftaste.

»Sandra! Was soll das denn?«

Sandra lehnte sich an die Wand. »Ich kann das alles nicht einfach erzählen. Bitte lassen Sie mich gehen.

»Aber du wolltest doch aussagen.«

»Ich weiß, aber es ist so anders, wenn man es wirklich ausspricht.«

Sine Matthäus legte beschwichtigend den Arm um Sandras Schulter. Erst schien es, als wollte Sandra Sine abwehren, aber dann ließ sie sich die Berührung gefallen.

»Komm, du hast doch schon eine Menge geschafft. Es ist nicht mehr viel.«

»Ich möchte nicht mehr über den Besuch bei Max reden.«

»Ich glaube, ich habe auch so verstanden.«

»Tatsächlich?«

»Ich denke, ja. Komm, wir versuchen es noch einmal. Du brauchst nicht alles so haargenau wiederzugeben, dann ist es vielleicht leichter.«

Behutsam führte die Kommissarin Sandra zurück ins Büro. »Da ist dein Wasser.«

Dankbar griff das junge Mädchen nach dem Glas und leerte es in einem Zug.

Sine Matthäus setzte sich zurück an den Computer. »Meinst du, du kannst die Szene vervollständigen?«

Sandra nickte. »Was hab ich denn als Letztes gesagt?«

Sine Matthäus räusperte sich und hoffte, dass Sandra nicht

gleich wieder die Nerven verlieren würde. »Ich mach dich fertig«, las sie mit möglichst neutraler Betonung.

Sandra bekam einen abwesenden Blick.

Mein Vater geiferte. Er sah gar nicht mehr aus wie er selbst. Und Mireille schrie dann auch noch auf Max ein, sie hätte es ihm doch gesagt und gegen ihren Vater könnte er sowieso nichts ausrichten.

Frage: Hat Max etwas erwidert?

Nein. Max hat sich auf den Stuhl gehockt und sich zusammengekrümmt, und dann kam auch schon der Aufsichtsbeamte und fragte, was los sei. Und mein Vater hat saufreundlich gegrinst. Aber nein, die Jugendlichen hätten nur eine kleine Meinungsverschiedenheit. Könnte man ja verstehen, in so einer Situation.

Frage: Hat Max in diesem Moment etwas gesagt?

Nein. Wir sind gegangen, und das Nächste, was ich von Max hörte, war, dass er sich umgebracht hat. Bitte, müssen wir weiter von Max reden?

Frage: Glauben Sie, dass der Tod Ihres Vaters im Zusammenhang steht mit der Selbsttötung Max Feuerbachs?

Aber wie denn? Max' Geist, oder was stellen Sie sich vor?

Frage: Haben Sie letzten Samstag mit Ihren Eltern zu Abend gegessen?

Nein. Ich habe mir was mit aufs Zimmer genommen. Bevor Frau Bernhard gegangen ist, habe ich mich mit ihr unterhalten. Es war ein bisschen wie früher. Sie war immer so nett gewesen zu mir und Mireille. Und ich wusste, was sie kochte, schmeckte immer.

<u>Frage</u>: Essen Sie Fleisch?

Hin und wieder. Nur die Pilze mochte ich nicht. Die
sahen aus wie Hirn.

<u>Frage</u>: Die Pilze?

Ja. Da war eine Pilzsauce. Meine Mutter hatte sie nach
einem alten Rezept zubereitet. Die Sauce roch lecker,
aber ich kann die Dinger nicht ab. Ich mag auch keine
Krabben, weil sie aussehen wie Würmer.

Sine Matthäus hörte auf zu schreiben und sah Sandra mit offenem Mund an. »Deine Mutter hat eine Sauce gekocht? Ich dachte, Frau Bernhard stand an dem Abend in der Küche.«

»War auch so, aber meine Mutter hat manchmal zusätzlich irgendwas gemacht. Sie wollte nicht, dass sie als schlechte Köchin
dasteht. Dann haben wir auch ihren Nachtisch oder halt die Sauce mehr gelobt als das ganze Essen von Frau Bernhard.

»Und Frau Bernhard … entschuldige, Sandra, ich muss mal
kurz raus.« Sie rannte über den Flur und fand Mittlers Bürotür
offen stehen. »Ist Frau Ohlig noch nicht da?«

Mittler sah sie erstaunt an. »Nein. Ich habe gerade einen Streifenwagen geschickt. »Sind Sie denn schon fertig mit der Vernehmung?«

»Sandra sagt, ihre Mutter hätte Pilze gekocht.«

Mittler warf die Akte auf den Tisch. »Wir müssen selbst rausfahren. Sandra nehmen wir mit.«

Krefeld, Nordwall, 10:45 Uhr

Ludger hatte den Roller abgestellt und wartete an der Ampel
Moerser Straße, Ecke Ostwall. Er fragte sich gerade, ob er wegen
des Baugerüsts den Haupteingang des Präsidiums überhaupt
nutzen konnte, als von rechts ein Auto kam. Auf dem Rücksitz

saß ein blasses Mädchen, das ihm zuwinkte. Wieso tauchte überall dieses seltsame Mädchen vom Friedhof auf? Sandra, so weit er sich erinnerte. Sofie war die mit dem blonden Haar. Als die Ampel auf Grün sprang, überquerte Ludger kopfschüttelnd die Straße und ging auf das Baugerüst zu. Fassadenerneuerung. Na hoffentlich zum Vorteil des Gebäudes. Er trat in die großzügig angelegte Eingangshalle. An der Informationstheke stand ein junger Mann und redete auf den Beamten ein, der den Haupteingang überwachte. Der Polizist ließ sich offensichtlich nicht überzeugen.

»Ich sag Ihnen doch, Herr Mittler hat das Präsidium gerade verlassen. Sie können ihn jetzt nicht sprechen. Sie machen hier Gott und die Welt verrückt. Sie wissen doch, dass Ihr Vater als gesunder Erwachsener frei über seinen Aufenthalt bestimmen kann. Uns sind die Hände gebunden.«

»Bitte, was kann ich für Sie tun?«, wandte sich der Beamte Ludger zu.

Ludger war sich seines Vorhabens nicht mehr ganz sicher. »Ich möchte jemanden sprechen, der den Fall Ohlig bearbeitet.«

Der junge Mann, der schon ein paar Schritte zum Ausgang getan hatte, wandte sich um und musterte Ludger neugierig.

»Ich möchte gern eine Aussage machen.«

»Soso.« Der Polizist sah Ludger mit hochgezogenen Augenbrauen an.

»Ja, was ist? Ist das ein Problem?« Die Tatsache, dass sein Anliegen nicht ganz ernst genommen wurde, ärgerte Ludger. Jetzt wollte er aber vorgelassen werden. Das war ja ein Ding. Der Mörder will die Tat gestehen und wird dumm angeschaut.

»Nein, nein, kein Problem.« Der Beamte nahm den Hörer und drückte auf eine Taste der Telefonanlage. »Ja, hallo, Herr Herder. Hier ist ein Herr …?«

»Ludger Carstens«, beeilte sich Ludger zu sagen.

»Ein Herr Carstens, der etwas zum Fall Ohlig aussagen möchte. Herr Mittler und Frau Matthäus haben gerade das Haus verlassen. Kann ich ihn hinaufschicken?« Offenbar war die Antwort positiv, denn der Polizist nickte und legte auf.

»Also, Sie gehen da durch die Glastür zu den Aufzügen. Im

dritten Stock, Zimmer 303, da finden Sie Hauptkommissar Herder. Der wird sich Ihrer annehmen.«

Plötzlich spürte Ludger seinen Herzschlag. War er denn blöd? Er fühlte sich nicht schuldig und stellte sich der Polizei, die das Ganze sicher anders beurteilen würde. Wem nützte es, wenn er in einer Zelle vor sich hin vegetierte.

»Ach, nein. Ich glaube, es ist doch nicht wichtig. Nein, entschuldigen Sie meine Aufdringlichkeit. Der reine Blödsinn.«

Jetzt war der Blick des Beamten eindeutig misstrauisch. »Sind Sie sich sicher?«

»Ja, war nur so eine Idee, was sich ein Laie eben zurechtspinnt, wenn er den lieben langen Tag allein ist. Ich bitte vielmals um Entschuldigung.«

»*Sie* müssen es wissen. – *Sie* sind ja auch noch immer hier.« Der junge Mann, dem die Feststellung galt, wurde rot.

»Ich muss Sie jetzt beide bitten, das Gebäude zu verlassen. Das ist schließlich kein Wartesaal hier.«

Ludger verließ schnell das Präsidium. Der junge Mann folgte ihm.

In Gen Rae, 10:55 Uhr

Das helle Viereck auf dem Estrich bewegte sich. Es zog sich auseinander und schrumpfte wieder zusammen. Risse stöhnte. Er schwitzte. Er zerrte an seinen Kleidern, Stück für Stück wollte er sie sich herunterreißen, aber die Handfesseln ließen ihm keinen Spielraum. Trotz der Wärme schien alles um ihn herum zu erstarren. Bilder erschienen, froren für einen Moment fest und verschwanden. Er selbst, Mario und Helena im Bayerischen Wald. Mario noch ganz klein, in kurzen Lederhosen. Helena, die ihr Weinglas hob und lachte. Dann Ohlig im Silberanzug. Als er wieder seinen Totenschädel zeigte, zitterte Eberhard Risse. Herr Carstens im Schwanenmarkt. Seine Frau war tot. Helena war tot. Lutz war tot. War er auch schon tot? Frau Pöll, Mario, die lebten.

Warum kamen sie nicht? Gab es ihn schon nicht mehr? War er der Welt der Lebenden bereits abhanden gekommen? So musste es sein. Es gab niemanden, der ihn vermisste. Er gehörte zu den Toten. Diese Kammer war seine Gruft. Herr Carstens lebte. Gott, der Carstens lebte. Der hatte das Grab geschlossen. Er hatte nichts geahnt von der Einsamkeit in einer Grabkammer. Niemand würde mehr kommen. Er war eingesperrt von Ewigkeit zu Ewigkeit. Ein Tag, ein Jahr, die Zeit hatte keine Bedeutung für die Toten.

Krefeld, Richard-Wagner-Straße, 11:00 Uhr

Mittler stand vor der Haustür der Familie Ohlig. Sie hatten geschellt und geklopft. Es rührte sich nichts. Die Streifenpolizisten und Sine Matthäus sahen ihn erwartungsvoll an. Sandra stand auf dem Gehweg.

»Sandra!«

Das Mädchen kam näher. »Ja?«

»Du hast sicher einen Schlüssel?«

»Natürlich.«

»Würdest du uns bitte öffnen?«

Sandra wühlte in ihrer Umhängetasche nach dem Schlüssel und steckte ihn ins Schloss. Mit leisem Knacken sprang die Tür auf.

»Warte bitte am Auto.«

»Aber wieso?« Sandra sah Mittler unwillig an.

»Es ist mir lieber.«

Sandra zuckte die Achseln und schlenderte betont langsam zum Auto zurück.

»Einer von Ihnen geht hinter das Haus, der andere bleibt hier. Frau Matthäus und ich gehen hinein.« Die Streifenbeamten nickten.

Rolf Mittler stieß die Tür auf und betrat den Flur. »Hallo! Ist da jemand?« Keine Antwort. Langsam durchschritt er den Korridor. Sine Matthäus folgte ihm. Leise lief sie an ihm vorbei und warf einen Blick durch die offene Wohnzimmertür. Sie schaute zu Mittler zurück und schüttelte den Kopf. Gemeinsam gingen sie zur Küchentür. Vorsichtig schoben sie sich um den Rahmen, um beinahe gleichzeitig zurückzuschrecken. Ein Schlachtfeld. Rolf Mittler betrat als Erster die Küche. Der Tisch war festlich gedeckt, aber völlig verschmiert. Mireille Ohlig saß gefesselt auf einem Stuhl. Ihr Kopf war in den Nacken gelegt, das Gesicht über und über mit einer braunen Flüssigkeit beschmiert. Blut? Nein. Mittler atmete auf. Er näherte sich der jungen Frau und tastete nach der Halsschlagader. Sie lebte. Sine Matthäus war ebenfalls hereingekommen und hatte jede Ecke gesichert, auch noch mal den Durchgang zum Wohnzimmer.

»Frau Ohlig, hören Sie mich?« Mittler tätschelte die Wangen der Bewusstlosen. Unwillig drehte sie das Gesicht zur anderen Seite. Mittler begann, ihr die Handfesseln zu lösen. »Frau Ohlig, was ist geschehen?«

Mireille Ohlig stöhnte, als sie die Arme nach vorne legte. Sie rieb sich die Handgelenke. Mittler befreite sie von den Fußfesseln. Er begutachtete die babyblaue Plastikwäscheleine. Dann sah er Mireille Ohlig an. »Was ist passiert?«

»Meine Mutter ist komplett durchgedreht.«

»Wo ist sie jetzt?«

»Keine Ahnung.«

Mittler wandte sich an Sine Matthäus. »Sagen Sie unseren Leuten Bescheid. Sie sollen Haus und Garten durchsuchen. Falls Frau Ohlig nicht zu finden ist, leiten Sie eine Fahndung ein.«

»Wie siehst du denn aus?« In der Tür stand Sandra und sah ihre Schwester fassungslos an. Mireille fuhr sich mit der Hand durchs Gesicht und verteilte die braune Schmiere noch mehr.

»Unsere Mutter wollte, dass ich ihr Festmahl verspeise, vor allem die Pilzsauce wollte sie mir reinzwängen. Ich hab einfach den Mund nicht aufgemacht, da hat sie mir eine geklatscht … und dann war plötzlich die Polizei da.«

»Können Sie sich vorstellen, warum Ihre Mutter das getan hat?«, fragte Mittler.

Mireille starrte vor sich hin. »Sie spinnt. Sie trinkt, und sie spinnt, und das ist immer schlimmer geworden.«

»Also nur der Alkohol?«

Mireille schüttelte den Kopf. »Sie ist so eifersüchtig. Das grenzt an Verfolgungswahn.« Jetzt sah sie Mittler an, und zum ersten Mal meinte er, etwas anderes in ihren Augen zu sehen als Gleichgültigkeit und Arroganz. Ratlosigkeit, ja, Ratlosigkeit, das war es.

»Sie glaubt, ich hätte was mit Papa gehabt.«

»Und?«

»Nein.«

Ärgerlich spürte Mittler sein Handy. Er zog es heraus. »Ja?«

»Herder hier, Herr Mittler. Es ist nichts Dringendes. Aber hier hat sich ein Typ am Eingang gemeldet, der wollte was zum Fall Ohlig aussagen.«

»Ja und?«

»Dann ist er abgehauen.«

»Einer, der sich wichtig machen wollte?«

»Weiß ich nicht, aber ich dachte, ich gebe es weiter.«

»Hat er seine Adresse hinterlassen?«

»Seinen Namen, Ludger Carstens.«

»Okay, danke, Herder. Übrigens ...«

»Ja?«

»Ihre Nase im Fall Feuerbach.«

»Ja?«

»Klasse.«

»Danke, Herr Mittler.«

»Nichts zu danken, Herder, ist so. Bis später dann.«

»Bis später, Herr Mittler.«

Mittler steckte das Mobiltelefon weg. Ludger Carstens? Verdammt, der Name war ihm bekannt. Wo war er ihm noch untergekommen? Er sah Mireille Ohlig an. Sie mussten Frau Ohlig finden.

Krefeld, Friedrich-Ebert-Straße, 11:10 Uhr

Ludger schaute in den Rückspiegel. Diese gelbe VW-Imitation war jetzt schon eine ganze Weile hinter ihm. Volkswagen. Damals war das ein erschwingliches Auto gewesen, der Beetle oder wie das Ding hieß, war doch eher was für den dicken Geldbeutel. Das Auto war ihm schon kurz nach seinem Start am Präsidium aufgefallen. Er hatte sich überlegt, den Weg über die Friedrich-Ebert-Straße nach Hause zu nehmen. Am Badezentrum vorbei, wo er als junger Mann gern hingegangen war, als es neu war. Auch der Bockumer Friedhof war ihm vertraut, dort lagen die früh verstorbenen Eltern seiner ersten Frau. Im Gewerbezentrum hatten sie immer bei Wirichs eingekauft. Ja, und diesen ganzen Weg war der gelbe Wagen hinter ihm geblieben. Ludger entschloss sich, die Sache zu klären. Er verlangsamte die Fahrt und blieb schließlich am Straßenrand stehen. Er zog den Roller auf den Ständer und tat, als ob er am Motor herumfummelte. Da, er hatte es doch geahnt. Der Beetle bremste fünfzig Meter weiter und legte dann den Rückwärtsgang ein. Kurz vor Ludger kam er zum Stehen. Ein junger Mann stieg aus.

»Kann ich Ihnen vielleicht behilflich sein?«

»Nein«, meinte Ludger, die Unterarme auf die Lenkstange des Rollers gestützt, »aber vielleicht kann ich Ihnen helfen? Sie waren das doch eben in der Eingangshalle des Präsidiums, oder?«

Der junge Mann nickte. »Sie haben gesagt, Sie wüssten was im Fall Ohlig.«

»Und? Was geht Sie das an?«

»Na ja, Herr Ohlig war der Vater meiner Freundin, und die Sache bringt uns alle ganz schön durcheinander. Ich glaube, Sie wissen was, Sie sehen nicht aus wie ein Spinner, der nur großtun will.«

Ludger schwieg. Das musste er erst mal verarbeiten. Da war der Freund von der Tochter des Toten. Ludger hatte sein Opfer immer isoliert gesehen. Er hatte keinen Gedanken daran verschwendet, dass er Angehörige haben könnte. Klar hatte er das Haus beobachtet. Ein Einfamilienhaus. Aber er hatte immer nur den Ohlig gesehen. Eine Tochter.

Der junge Mann sah ihn neugierig an. »Was wollten Sie denen denn sagen?«

»Ach, nichts, nichts von Bedeutung. Sagen Sie, hatte dieser Ohlig sonst noch Angehörige?«

»Ja. Da ist noch eine Tochter und natürlich Frau Ohlig. Die dreht im Moment völlig durch.«

Risses Frau lebte ja nicht mehr. An der Ohlig-Sache war nichts mehr zu ändern. Ludger zerrte an seinem Hemdkragen, der ihm plötzlich zu eng schien.

»Eigentlich geht es mich nichts mehr an, ich habe mich von meiner Freundin getrennt.« Der junge Mann fuhr sich durch das kurz geschnittene Haar. »Aber jetzt ist mein Vater auch noch verschwunden. Ich werde das Gefühl nicht los, dass das alles irgendwie zusammenhängt.«

Ludger sah den Jungen ungläubig an. Der Hemdkragen wurde immer enger. »Darf ich Sie nach Ihrem Namen fragen?«

»Aber ja, Entschuldigung. Risse, Mario Risse heiße ich.«

Ludger spürte, wie ihn eine Welle der Übelkeit überrollte. Der Schwindel, der ihn erfasste, schaltete alles Denken aus, und Ludger stürzte zu Boden.

Krefeld-Verberg, Schwester-Christine-Weg, 11:15 Uhr

Sofie sah sich in ihrem Zimmer um. Sie könnte mal wieder aufräumen. Aber sie konnte sich nicht aufraffen. Sie wartete auf eine Nachricht von Sandra. Die hatte um Viertel nach zehn den Termin im Präsidium gehabt. Danach wollte sie anrufen. Etwas lustlos drückte Sofie den Powerknopf ihres PCs und wartete, bis er endlich hochgefahren war. Sie meldete sich im ICQ an und suchte den »Schattenraum« auf, aber da tummelten sich nur ein paar Unbekannte. Sofie lehnte sich zurück und wollte die Beine auf den Tisch legen, als das vertraute Piepen ertönte.

```
Antigone: Is there anybody out there?
Kiara: Huhu. Ich hab schon gewartet. Du bist zu
Hause?
Antigone: Falls man es so nennen kann.
Kiara: Wie?
```

Antigone: Zu Hause. Ich bin eine Waise. Zumindest im Geiste.
Kiara:??
Antigone: Mutter saß mit einem Topf im Keller.
Kiara: Antigone!
Antigone: Sie verschlang den Pilz, den todbringenden.
Kiara: Bist du jetzt ganz verrückt?
Antigone: Möglich. Dein Vater kann es dir erklären.
Kiara: Bitte erklär du mir das!!!
Antigone: Es ist so anstrengend. Ich bin müde. Bleibst du mein immerdar?
Kiara: Sicher, aber …
Antigone: Das ist die Hauptsache. Wir sehen uns ~~~

Wütend haute Sofie auf die Tastatur. Warum sagte man ihr nie genau, worum es ging?

Krefeld, Am Badezentrum, 11:20 Uhr

Ludger saß auf der Bordsteinkante. Ihm war immer noch schwindelig.

»Geht es wieder? Oder soll ich nicht doch einen Arzt rufen?«

»Nein, nein! Danke.« Darauf hatte Ludger nun überhaupt keine Lust. »Wenn das noch mal passiert, muss ich eben zu meinem Hausarzt.«

Mario Risse sah ihn zweifelnd an. »Und jetzt wollen Sie mit Ihrem Roller weiter?«

Ludger nickte. Wackelig stand er auf.

»Aber Sie haben mir immer noch nicht gesagt, was Sie zum Fall Ohlig wissen.«

»Weiß ich auch gar nicht, ob ich das will«, knurrte Ludger. »Geben Sie mir Ihre Telefonnummer, ich werde drüber nachdenken.«

Dazu war Mario sofort bereit. Er holte Papier und Stift aus seinem Auto. »Ich gebe Ihnen meine Handynummer, darunter bin ich immer zu erreichen.«

Ludger nahm den Zettel und stopfte ihn in die Hosentasche. Dann startete er den Roller und hob kurz die Hand, als er auf die Straße fuhr. Ohne sich noch einmal umzuschauen, gab er Gas und bog direkt in die Emil-Schäfer-Straße ein, nur um möglichst schnell aus Marios Sichtfeld zu verschwinden. Verdammt. Das Auftauchen des Sohnes hatte ihm seine Entschlossenheit geraubt. Ob der Risse überhaupt noch lebte? Der mit seinem Übergewicht hielt bestimmt keine große Belastung aus. Ludger überfiel eine merkwürdige Müdigkeit. Er lenkte seinen Roller nach links in die Elbestraße und fuhr sie weiter, bis er auf den Weg neben dem Spielplatz kam. Langsam rollte er durch die Grünanlage zur ersten Bank. Dort stellte er den Roller ab und setzte sich. Er lehnte sich zurück und betrachtete den blauen Himmel. Hier und da türmten sich grauweiße Wolken auf. Berge, die zusammengetrieben und wieder auseinander gerissen wurden. Die Baumspitzen zitterten leicht, und Ludger konnte sich schon die Blätter vorstellen, wie sie silbrig glitzernd im Wind tanzten.

Plötzlich spürte er einen leichten Druck gegen seine Seite, als wenn sich jemand anlehnen würde. »Ist das nicht schön, Ludger?« Es war, als ob er Marthas Stimme dachte. »Sag dem Jungen Bescheid.« Ludger glaubte nicht recht zu verstehen. »Bitte, Ludger, mir zuliebe.« Ludger kniff die Augen zusammen. Er wollte es nicht verlieren, das Gefühl an seiner Seite. »Ludger … mach.« Der Druck gegen seinen Arm verschwand. Ludger blieb noch eine Weile sitzen. Martha hatte Recht. Sie hatte meistens Recht gehabt, auch damals mit ihrem Misstrauen gegen das Haus. Ludger stand auf. Gut, würde er wenigstens jetzt auf sie hören.

Rolf Mittler beobachtete die beiden Frauen, die vor ihm auf dem Sofa saßen. Die saucenverschmierten Gesichter waren grotesk. Mireille nahm dankbar das feuchte Tuch entgegen, das Sine Matthäus ihr reichte. Cornelia Ohlig schlug die Hand der Kommissarin zur Seite.

»Sie brauchen jetzt nichts zu sagen. Zunächst werden wir Ihnen den Magen auspumpen lassen, über alles Weitere entscheidet ein Arzt.«

»Ich habe nichts gegessen.« Mireille Ohligs Gesicht war nun sauber, und sie sah Mittler ängstlich an. »Sie werden mir doch nicht den Magen auspumpen lassen, wenn ich nichts gegessen habe?«

»Aber Ihr Gesicht war doch voller Sauce!«

»Ich habe die Zähne zusammengebissen.«

Rolf Mittler bemerkte jetzt die geschwollenen Lippen der jungen Frau und die roten Stellen um den Mund herum. Ihre Mutter musste sie regelrecht traktiert haben mit dem Löffel.

»Ich lasse mir den Magen nicht auspumpen.« Frau Ohligs Augen funkelten wild. »Und dich krieg ich noch, du Miststück«, fauchte sie Mireille an.

»Frau Ohlig, ich fürchte, Sie müssen sich unseren Anordnungen fügen.«

»Ich mich fügen«, Frau Ohlig lachte höhnisch, »das war einmal.« Ehe Mittler eingreifen konnte, stürzte sie sich auf Mireille. Sie schlug auf sie ein und griff nach ihrem Hals, als Sine Matthäus sie zurückkriss.

»Es ist vorbei, Frau Ohlig, vorbei. Verstehen Sie?«

Cornelia Ohlig sah die junge Kommissarin mit aufgerissenen Augen an. Plötzlich setzte sie sich gerade auf und zog den Rocksaum über ihre Knie.

Mireille rutschte ans andere Ende des Sofas, weit weg von ihrer Mutter.

»Brauchen Sie mich?«

Überrascht drehte sich Mittler um und erblickte Sandra, die in der Tür zur Diele stand.

»Im Moment nicht. Wo willst du hin?«

»An die frische Luft, keine Angst, ich verschwinde nicht. Sie haben meine Karte, oder?«

Rolf Mittler nickte.

»Ich lasse mein Handy an.«

Sandra warf einen Blick auf ihre Mutter und ihre Schwester, dann verschwand sie. Kurz darauf hörte man die Haustür ins Schloss fallen.

Krefeld, Immenhofweg, 11:35 Uhr

Mario zog die Handbremse an und nahm den Gang heraus. Er umfasste das Lenkrad mit beiden Händen und lehnte die Stirn gegen die Handrücken. Er fühlte sich leer. Wie sollte es jetzt weitergehen? Ihm wurde bewusst, wie sehr er sein Leben auf Mireille ausgerichtet hatte. Wer war er eigentlich allein? Selbst sein Vater wäre ihm jetzt lieber als dieses Nichts. Im Rückspiegel konnte er eine Nachbarin beobachten, die an der Einfahrt stehen blieb und neugierig auf seinen Wagen starrte. Oh nein, das war jetzt wirklich nicht die Gesellschaft, die er brauchte. Die Frau tat zwei Schritte auf das Grundstück, als sie es sich anders überlegte. Mario atmete auf. Beinahe erstaunt vernahm er den Klingelton seines Handys. Diejenigen, die ihn darauf anriefen, hatte er eigentlich abgeschrieben. Er drückte auf Empfang.

»Ja?«, fragte er vorsichtig.

»Sind Sie es, Risse junior?«

»Ja, was …?«

»Hören Sie, Ihr Vater befindet sich in einem seiner Geschäftsobjekte. In Gen Rae heißt der Ort. Haben Sie verstanden?«

»Mein Vater? Ja, wer sind Sie denn?« Aber der Mann am anderen Ende hatte das Gespräch unterbrochen. Mario meinte eine Ähnlichkeit mit der Stimme des Rollerfahrers zu erkennen, aber er war sich nicht sicher. Sein Vater. Was sollte der ältere Herr von dem wissen? Plötzlich wurde ihm heiß. Das konnte sich niemand

aus den Fingern gesogen haben. Nervös tippte er die Telefonliste
an. Büro.

»Risse und Partner. Pöll am Apparat.«

»Hallo, Frau Pöll, hier Mario Risse. Sagen Sie, betreut mein
Vater ein Objekt in In Gen Rae?«

»Hallo, Mario. Haben Sie etwas von Ihrem Vater gehört?«

»Jetzt sagen Sie schnell, gibt es so ein Objekt?«

Kurzes Schweigen. »Ja, doch. Nicht weit von der holländischen
Grenze. Da gab es schon Ärger mit der Gemeinde.«

»Was?«

»Naturpark Schwalm-Nette, das ist doch ein Erholungsge-
biet.«

»Ja und?«

»Das Haus, das ist so vernachlässigt, und überall liegt Müll
rum. Das sieht man da überhaupt nicht gern.«

»Können Sie mir die genaue Adresse geben?«

»Klar.«

Ungeduldig hörte Mario auf das Klackern der Computertas-
tatur. »Hören Sie?«

»Moment.« Er zerrte einen alten Parkschein aus dem Seiten-
fach der Tür und wühlte nach einem Stift. Mit zittrigen Fingern
notierte er die Adresse. Ehe die Pöll noch was sagen konnte, hatte er die Verbindung unterbrochen und zog den Autoatlas unter
dem Vordersitz hervor.

In Gen Rae, 11:50 Uhr

Eberhard Risse steckte den Schlüssel ins Türschloss. Zu seiner
Überraschung war die Haustür nur angelehnt. Er drückte sie auf
und ging durch die Diele ins Wohnzimmer. Im angrenzenden
Esszimmer begutachtete Helena die festlich gedeckte Tafel. In
freudiger Überraschung schritt er auf sie zu. Aber sie sah ihn gar
nicht. Sie stand auf und lief zur Terrassentür. Sie winkte den Ohligs zu und Mario. Sie alle standen lachend an dem Zierteich, der

letzten Sommer angelegt worden war. Als sie Helena winken sahen, kamen sie langsam auf das Haus zu. Risse schlug Lutz Ohlig begeistert auf die Schulter, aber der ging unbeeindruckt an ihm vorbei. Mireille und Mario kamen Arm in Arm, gefolgt von Sandra. Niemand beachtete ihn. Nicht einmal Cornelia, die direkt auf ihn zuzukommen schien, aber dann auf den Esstisch zusteuerte. Risse verstand nicht, aber dann kam ihm die Erleuchtung. Man nahm ihn auf den Arm. Erleichtert setzte er sich. Die Jugendlichen tuschelten, als Lutz aufstand und mit dem Löffel gegen sein Glas schlug. Voller Erwartung sah Risse ihn an, aber seine Erwartung schlug um in fassungsloses Entsetzen, als sich von Ohligs Gesicht das Fleisch löste. Der nackte Schädel grinste zu ihm hinüber, und Risse suchte das Gesicht seiner Frau. Als er auch bei ihr in leere Augenhöhlen sah, sprang er entsetzt auf. Er rannte aus dem Haus, auf die Straße. Er wollte um Hilfe rufen, aber der Immenhofweg war menschenleer. Er rannte hinunter zur Moerser Straße, niemand. Nichts. Eberhard Risse glitt in eine barmherzige Ohnmacht.

Krefeld, Friedensstraße, 12:00 Uhr

Sofie drückte sich an Sandras Rücken und umfing sie mit beiden Armen. Erst hatte sie gedacht, sie machten nur eine Spritztour, es war kreuz und quer gegangen. Aber als Sandra den Roller vom Löschenhofweg den Berg hinunter auf die Friedensstraße lenkte, wusste Sofie, wohin sie fuhren. Offensichtlich wollte Sandra Ruhe. Das war ihr recht. Als sie den Haupteingang des Uerdinger Friedhofs passierten, fiel Sofie auf, dass sie noch nie von dort aus hineingegangen waren. Sandra fuhr immer zu dem Parkplatz, den man von der Duisburger Straße erreichte. Als sie in die schmale Zufahrtsstraße einbogen, fand Sofie das richtig schade. Sie hätte immer so weiterfahren können. Etwas widerwillig kletterte sie vom Sozius und reckte sich. Sandra zog den Roller auf den Ständer. Auf dem Parkplatz standen nur ein Auto und ein weiterer Roller. Sie steckten die Helme in die leichten Rucksäcke, die Sandra immer in dem Fach unter dem Sitz hatte. Sie hakten die Arme ineinander und durchschritten das Friedhofstor.

»Wann willst du mir sagen, was deine Mutter mit dem Topf im Keller gemacht hat?«

»Pssst«, antwortete Sandra, »später, viel später.«

Sofie nickte. »Gut, dann muss ich dir nämlich auch noch was erzählen.«

Schweigend folgten sie dem Hauptweg bis zur Leichenhalle und gingen dann hinunter zum Steinbild der trauernden Frau.

»Vielleicht ist sie gar nicht traurig über den Tod«, meinte Sandra versonnen, »sondern über das Leben, das nicht gelebt wird.«

»Aber wäre sie dann auf einem Friedhof?«, wandte Sofie ein. »Ich glaube, sie ist traurig, weil sie jemanden verloren hat, den sie liebte. Sie sieht noch jung aus.«

Sie schwiegen eine Weile. Dann spazierten sie weiter, vorbei an Gruften und Einzelgräbern. Manchmal blieben sie stehen, betrachteten die Steine und machten sich Gedanken über die Namen und Lebensdaten. Sie hatten bisher keine Menschenseele getroffen, darum verharrten sie kurz, als sie vor einem Grab eine Gestalt hocken sahen.

»Du, das ist doch der vom letzten Mal«, meinte Sofie ungläubig.

»Ja, und weißt du noch, bei Bratwurst-Paule?«

Langsam näherten sie sich dem Mann, der sie nicht bemerkte, bis sie dicht vor ihm Halt machten.

Ludger sah auf. In seinem blassen, traurigen Gesicht zeichnete sich ein Hauch von Überraschung ab. Er richtete sich auf.

»Sagt mal, wollt ihr was von mir?«

Sandra schüttelte heftig den Kopf. »Reiner Zufall, wirklich.«

Sofie wies auf den Stein. »War das Ihre Frau?«

Erstaunt musste Ludger feststellen, dass ihm die Direktheit dieser Frage eher gut tat. Seine Frau. Wann hatte ihn schon jemand danach gefragt.

»Meine Lebensgefährtin, ja.«

»Wie war sie denn?«

Ludger schluckte. Diese Jugendlichen. Die redeten nicht drum herum. Wie sollte er all das, was Martha ausgemacht hatte, in Worte fassen. Dann fiel ihm etwas ein. Er zog sein Portemonnaie aus der Brusttasche und entnahm ihm ein zusammengefaltetes Stück Papier. Vorsichtig glättete er es und reichte es den Mädchen.

»Das hat sie mir gegeben, kurz bevor sie starb.«
Die Mädchen beugten sich über das Blatt und lasen.

> *wenn ich gestorben bin*
> *hat sie gewünscht*
> *feiert nicht mich*
> *und auch nicht den tod*
> *feiert den*
> *der ein gott von lebendigen ist*
>
> *wenn ich gestorben bin*
> *hat sie gewünscht*
> *zieht euch nicht dunkel an*
> *das wäre nicht christlich*
> *kleidet euch hell*
> *singt heitere lobgesänge*
>
> *wenn ich gestorben bin*
> *hat sie gewünscht*
> *preiset das leben*
> *das hart ist und schön*
> *preiset den*
> *der ein gott von lebendigen ist.*
> kurt marti

Sandra gab Ludger das Blatt zurück. Ihre dunklen Augen musterten ihn ernst. »Sie war großartig.«
»Ja.«

In Gen Rae, 12:10 Uhr

Kleine Schweißperlen hatten sich auf Marios Stirn gesammelt. Trotz der einfachen Strecke hatte er sich ein paarmal verfranst. Aber jetzt war er richtig. Hinter dem Ortseingangsschild hatte er eine ältere Frau nach dem Weg gefragt, und die wusste sofort, welches Haus er meinte. »Wird Zeit, dass da mal jemand Ordnung schafft«, hatte sie noch hinzugefügt. Hinterher tat es ihm Leid, dass er sich nicht einmal bei ihr bedankt hatte, aber ihm war vor Aufregung ganz übel. Er musste wissen, ob es dem Anrufer ernst gewesen war.

Als er das Haus vor sich sah, kletterte er mühsam aus dem Auto, rannte zu einem Gebüsch und übergab sich. Mit einem Papiertaschentuch säuberte er sich notdürftig, dann ging er entschlossen auf das Haus zu. Vor der Tür angekommen, hätte er am liebsten seine Stirn dagegen geschlagen. Ein Schlüssel. Er hatte gar nicht an den Schlüssel gedacht. Es blieb ihm nichts übrig, als nach einem Fenster zu schauen, das er einschlagen konnte. Er ging ums Haus herum und starrte ungläubig in den Garten: ein Swimmingpool garniert mit Sperrmüll. Kopfschüttelnd ging er weiter die Hauswand entlang, bis er plötzlich auf einen Schuppen stieß. Er lehnte gleich am Haus, die Holztüren hingen schief in den Angeln. Mario blinzelte ins Dunkel und erkannte, dass hier einiges Werkzeug herumlag. Sogar ein Brecheisen. Das nahm er sich und ging um den Schuppen herum. Eine Treppe führte hinauf zu einer Terrasse. Rollos waren nicht heruntergelassen. Mario sah das Brecheisen an, vermutlich gab es eine elegantere Lösung, die Verandatür zu öffnen, aber er hatte jetzt keinen Nerv. Er schlug mit dem Eisenteil gegen die Glasscheibe, die klirrend zersplitterte, und öffnete die Tür von innen. Er ließ das Brecheisen fallen und tappte durch das Zimmer, dem man nicht mehr ansehen konnte, welchem Zweck es einmal gedient hatte. Er war jetzt in der ersten Etage. Am besten sah er Zimmer für Zimmer durch.

Er öffnete die Tür direkt an der Treppe und taumelte zurück. Da lag sein Vater. Aber dieser Mensch, der wirkte wie gegen die Wand geschmissen, hatte kaum noch Ähnlichkeit mit dem Immobilienhändler, der jeder Situation gewachsen war. Mario stürz-

179

te auf ihn zu und ließ sich neben ihm auf die Knie fallen. Eberhard Risse hatte die Augen geschlossen und röchelte. Mario löste den schrecklichen Lappen, der seinem Vater den Mund verschloss, und zog ihm den feuchten Stoffknubbel aus der Mundhöhle. Trotzdem blieben der Atem unregelmäßig und die Augen geschlossen. Mario bettete den Kopf des Vaters auf seine Oberschenkel. Dann zerrte er das Handy aus seiner Hosentasche und betätigte die Notruftaste. Es meldete sich sofort jemand.

»Bitte kommen Sie zur … zur, Mist, ich habe die Adresse vergessen. Nach In Gen Rae. Das vergammelte Haus. Das kennt hier anscheinend jeder. Bitte. Die Straße, die direkt zum Wald führt. Ich hab das Gefühl, mein Vater stirbt. Kommen Sie schnell, bitte.« Nachdem die andere Seite seine Angaben wiederholt hatte, warf er das Handy zur Seite. Verzweifelt schaute er auf die Fesseln an den Fuß- und Handgelenken seines Vaters. Das würde eine Fummelarbeit ohne Taschenmesser.

Krefeld-Verberg, Schwester-Christine-Weg, 12:30 Uhr

Anna lauschte. Das war doch das Türschloss. Sofie und Sandra waren noch nicht lange weg, sie konnte sich nicht vorstellen, dass sie schon wieder zurückkamen. Sie trat in den Flur, als ihr Mann und Kommissarin Matthäus gerade hereinkamen.

»Na, so was. Damit hätte ich jetzt nicht gerechnet.«

»Ich hoffe, wir stören dich nicht. Ich wusste, dass du heute früh Schluss hast. Wir kommen gerade vom Krankenhaus und dachten, wir verbringen hier unsere Mittagspause. Ist dir doch recht, oder?«

»Wollt ihr was essen?«

Mittler schüttelte den Kopf.

»Ein Kaffee wäre super«, meinte Sine Matthäus.

Anna Mittler nickte und ging in die Küche. Die beiden folgten ihr und ließen sich auf die Stühle fallen.

»Wieso überhaupt Krankenhaus?«, fragte Anna.

»Du weißt, ich muss mich, was unsere Arbeit betrifft, mit Einzelheiten etwas zurückhalten.«

Sine Matthäus stand wieder auf. »Ich glaub, ich muss mal kurz zur Toilette.« Sie verließ die Küche.

Rolf Mittler betrachtete den Rücken seiner Frau. »Es spricht einiges dafür, dass Cornelia Ohlig ihren Mann auf dem Gewissen hat.«

Anna drehte sich um. »Nein!«

»Doch. Im Moment ist sie im Krankenhaus. Sie wollte sich vergiften. Vor morgen wird sie nicht vernehmungsfähig sein, meint der Arzt. Tja, und dem müssen wir uns wohl oder übel fügen.«

Sine Matthäus kehrte in die Küche zurück.

»Aber was ist denn mit Sandra?«, fragte Anna fassungslos. »Der Vater umgebracht, die Mutter vielleicht die Täterin.«

»Da ist noch die ältere Schwester, allerdings ist die im Moment auch ziemlich angeschlagen. Sandra hat alles mitbekommen, was ihre Mutter angeht, aber sie schien sehr gefasst. Sie ist ein ungewöhnliches Mädchen.«

»Ungewöhnlich, das kann man wohl sagen.« Anna füllte den Kaffee in die Warmhaltekanne. »Sie kam eben mit ihrem Roller vorgefahren und ist mit Sofie weg.«

»Was?«

In Gen Rae, 12:40 Uhr

»Keine Sorge, junger Mann. Ihren Vater kriegen wir wieder hin.«

Mario war mit in den Krankenwagen geklettert und saß neben der Liege, auf die man seinen Vater gebettet hatte. Fasziniert beobachtete er die gezielten Handgriffe des Notarztes.

»Leichter Flüssigkeitsmangel, etwas unterkühlt, nichts, was nicht in Ordnung zu bringen wäre.«

»Und wieso ist er dann nicht aufgewacht?«

»Etwas schlapp ist der Herr schon nach der Tortur«, lächelte der Arzt, »außerdem wird er nicht geschlafen haben unter den Bedingungen. Da, sehen Sie, wie ein neugeborenes Kind.«

Mario hatte es selbst bemerkt. Sein Vater hatte die Augen geöffnet und schaute etwas desorientiert, bis sein Blick an Mario hängen blieb.

»Da bist du ja endlich.« Ungeduldig zog Eberhard Risse sich die Sauerstoffmaske vom Gesicht, die der Arzt ihm angelegt hatte.

»Immer langsam mit den jungen Pferden«, meinte der und versuchte, die Maske wieder ordentlich zu positionieren.

»Ach, lassen Sie doch«, knurrte Risse unwirsch, »mir geht es gut, sehen Sie das nicht, Mann?«

»Das kam mir vorhin überhaupt nicht so vor, Papa. Hör lieber auf den Arzt.« Mario griff nach der Hand seines Vaters, um ihn zu beruhigen. Aber der entzog sie ihm.

»Jetzt fang du nicht auch noch an. Wieso hast du mich überhaupt erst jetzt gefunden? Du hättest doch wissen müssen, dass etwas nicht in Ordnung war, oder hab ich dich jemals versetzt?«

»Sicher hab ich das gewusst, aber mir war schleierhaft, wo du geblieben bist. Wieso hast du niemandem gesagt, wo du hinfährst? Nicht mal Frau Pöll wusste Bescheid.« Mario redete sich in Rage. Das Gemecker seines Vaters direkt nach dem Aufwachen ging ihm gegen den Strich. »Ohne den anonymen Anruf hätte ich jetzt noch nicht gewusst, wo ich dich suchen soll.«

»Anonymer Anruf?« Risse betrachtete die Decke der Ambulanz. »Das muss der Carstens gewesen sein, der alte Idiot, hat er doch kalte Füße gekriegt. Na, der wird was erleben.«

Mario verstand nicht ganz. »Wen meinst du?«

»Na, meinen Entführer, oder glaubst du, ich hätte mich selbst so verpackt?«

»Aber was hatte der Mann für einen Grund? Lösegeldforderungen sind nicht eingegangen, sonst hätte ich einen wesentlich leichteren Stand bei der Polizei gehabt.«

»Lösegeld, ja, das wär doch was gewesen. Nee, der alte Spinner meinte, er hätte noch eine Rechnung mit mir zu begleichen. Aber der Schuss ging nach hinten los. Der kriegt eine Anzeige, die sich gewaschen hat.«

Mario starrte auf die Instrumente, die anzeigten, dass seinem Vater nichts fehlte. Aber das merkte man auch so. Nur Gift und Galle. Und um den hatte er sich Sorgen gemacht. Er wusste nicht, wovon sein Vater da redete, aber er würde es herausfinden.

Krefeld-Verberg, Schwester-Christine-Weg, 12:50 Uhr

Rolf Mittler und Sine Matthäus wollten gerade aufbrechen, als Sofie und Sandra hereinplatzten.

»Mama!«, brüllte Sofie durch den Flur. »Ach, du bist ja auch da.«

Mittler dachte nicht darüber nach, wie diese Feststellung zu bewerten war.

»Guten Tag«, grüßte Sandra die Anwesenden.

»Ja, natürlich, guten Tag.« Sofie hatte die Kommissarin jetzt auch bemerkt, man sah ihrem Gesicht an, dass die Ansammlung von Menschen ihr lästig war. »Mama, ich wollte dich was fragen.«

»Wir sind ja gleich weg, Sofie, nur ein paar Minuten Geduld, ja?« Mittlers Stimme klang eine Spur schärfer, als er es beabsichtigt hatte. »Was ist mit dir, Sandra, alles in Ordnung?«

»Geht schon klar, Herr Mittler.«

Ehe der Kommissar weiterforschen konnte, ertönte sein Pieper. Im gleichen Moment piepte es auch bei Sine Matthäus. Verblüfft kontrollierten die beiden die Absender. Dann griffen sie zu ihren Handys und verzogen sich ins Wohnzimmer.

Sofie war froh, freie Bahn zu haben. »Kann Sandra eine Weile bei uns bleiben, Mama? Du weißt doch bestimmt, was bei ihr los ist, oder?«

Anna musterte die Mädchen eingehend. »Ja«, sagte sie nach einer Weile, »ich denke, das ist kein Problem.«

Die beiden konnten ihre Erleichterung kaum verbergen. »Danke«, rief Sandra noch, bevor Sofie sie mit sich die Treppe hinaufzog.

Rolf Mittler kam in den Flur zurück. »Das Krankenhaus. Wir können doch schon zu einer ersten Anhörung von Frau Ohlig. Und was gab es bei Ihnen?«

Sine Matthäus steckte ihr Handy weg. »Mario Risse hat seinen Vater gefunden. Der lag gefesselt und geknebelt in einem seiner Häuser.«

»Was ist denn das für eine Geschichte? Da habe ich die Situation ja völlig falsch eingeschätzt.«

Seine junge Kollegin nickte. »Ich blicke noch nicht ganz durch, aber der Junge will sich mit mir über die Angelegenheit unterhalten. Merkwürdigerweise wirkte er ärgerlich über seinen Vater.«

Krefeld, Krankenhaus, 13:30 Uhr

»Nicht länger als eine Viertelstunde!«, rief der Arzt noch, als er schon wieder mit fliegendem Kittel davoneilte.

Mittler nickte dem Polizisten zu, der vor dem Krankenzimmer Nr. 204 saß, und betrat dicht gefolgt von Sine Matthäus den Raum. Wenn Frau Ohlig nicht allein in dem Zimmer gelegen hätte, hätten die Beamten bezweifelt, dass es sich wirklich um dieselbe Person handelte, mit der sie seit Montag täglich zu tun gehabt hatten.

»Hallo, Frau Ohlig«, grüßte Mittler vorsichtig und trat näher an das Bett. Die Kommissarin hielt sich im Hintergrund.

Frau Ohlig wandte den Kopf zum Fenster. »Sie geben wirklich keine Ruhe, was?«

»Wir machen unsere Arbeit.«

Cornelia Ohlig nickte. »Sie brauchen mich nicht zu belehren. Ich denke, der beste Anwalt könnte nichts ändern an den Dingen, so wie sie liegen.«

»Trotzdem möchte ich Sie noch einmal darauf hinweisen, dass Sie nichts aussagen müssen, was Sie selbst belastet. Und Sie können jederzeit, auch vor der Anhörung, einen frei gewählten Verteidiger befragen.«

»Ich weiß, ich weiß. Der ganze Käu ist mir bekannt. Fragen Sie, was Sie wissen wollen, und dann lassen Sie mich in Ruhe.«

»Also gut, Frau Ohlig, bitte schildern Sie aus Ihrer Sicht den Samstagabend, an dem Ihr Mann die Pilze zu sich genommen hat.«

»Da gibt's nichts zu schildern. Nachdem Frau Bernhard das Essen so weit angerichtet hatte, habe ich sie entlassen. Die Frühjahrslorcheln habe ich auf dem Campingkocher im Keller zubereitet und dann mit aufgetragen.«

»Sie wussten von der Giftigkeit der Pilze?«

Frau Ohlig lachte schwach. »Ich hatte einen Bericht darüber gelesen. Viele Leute schätzen diesen Pilz immer noch als Speisepilz, obwohl er so gefährlich ist. Sein Verzehr führt allerdings nicht zwangsläufig zum Tod. Es war wie russisches Roulette; wenn mein Mann daran starb, war sein Tod sicher gerechtfertigt.«

»Gerechtfertigt? Wodurch?«

»Dann hatte er wohl das Verhältnis zu Mireille, das er nie zugeben wollte.«

»Was meinen Sie mit Verhältnis?«

»Stellen Sie sich doch nicht dumm, Herr Kommissar.« Frau Ohlig drehte ihr Gesicht nun den beiden Beamten zu. »Ich habe das Ganze schon einmal mitgemacht. Ich weiß, wovon ich rede.«

»Das Ganze?«, warf Mittler vorsichtig ein. Er wollte keinesfalls diese seltsame Stimmung aufheben, die Frau Ohlig offensichtlich zum Sprechen veranlasste.

»Mein Vater. Der hatte doch auch sein Liebchen. Seine Älteste, meine große Schwester.« Frau Ohlig griff nach der Bettdecke und packte sie so fest, dass die Knöchel ihrer Hand weiß hervortraten. »Ich wusste damals gleich, dass es nicht gut gehen konnte. Ich hatte mir so sehr einen Sohn gewünscht. Aber nein, es war eine Tochter. Und als ich Lutz' Blick auf das Baby sah, wusste ich, ich musste aufpassen, oder wir hätten die Hölle auf Erden. Und ich habe aufgepasst, das können Sie glauben. Aber als die Pubertät kam, verlor ich die Kontrolle. Mireille schmiss sich regelrecht an Lutz ran, und der fühlte sich natürlich geschmeichelt. Er nahm sie überall mit hin. Ich habe dafür gesorgt, dass Sandra die beiden begleitete, aber immer ging das natürlich nicht. Wie gesagt, ich habe die Kontrolle verloren.« Frau Ohlig setzte sich plötzlich auf. »Vater und Tochter, das geht doch nicht! Und dieser Giftpilz, der war ein Gottesurteil. Er hätte es überleben können, nicht wahr?« Zustimmungsheischend sah Cornelia Ohlig Mittler an.

Der wusste nicht, was er sagen sollte. Vermutlich war Herr Ohlig als gewissenloser Geschäftsmann nicht der Ehepartner gewesen, der krankhafte Verdächtigungen auf sensible Art zerstreuen konnte, aber derartige Ängste hätten jedes Familienleben zerrüttet.

»Nicht wahr?«, kreischte Frau Ohlig.

Mittler fuhr zusammen. »Entschuldigung, Frau Ohlig, aber ich fürchte, ich kann Ihnen da nicht ganz zustimmen.«

Frau Ohlig sank zurück in ihr Kissen. »Ach lassen Sie mich doch in Ruhe. Was wissen Sie schon.«

Rolf Mittler warf seiner Kollegin einen fragenden Blick zu, als die Tür geöffnet wurde. Der Arzt kam herein, ging auf Frau Ohlig zu und fasste nach ihrem Handgelenk. Sinnend starrte er vor sich hin.

»Tja«, sagte er dann, »ich fürchte, das muss erst einmal genügen. Ich darf Sie bitten.« Er breitete die Arme aus und schob Mittler und Matthäus zur Tür hinaus.

»Wann, glauben Sie, ist Frau Ohlig haftfähig?«, fragte Sine Matthäus.

Der Arzt tippte die Fingerspitzen beider Hände gegeneinander. »Bald, denke ich, in ein, zwei Tagen. Magenauspumpen ist kein Spaß, aber ihr körperlicher Allgemeinzustand ist in Ordnung. Also, bis dann.« Und wieder rannte der Mediziner den Flur entlang.

»Meine Güte«, staunte Sine Matthäus ihm hinterher, »hoffentlich hat der behandelnde Arzt etwas mehr Zeit, wenn ich mal krank sein sollte.«

Rolf Mittler hob die Augenbrauen. »Aber Frau Matthäus, Sie sind noch so jung, da denken Sie an Krankheit?«

Die Kommissarin antwortete nicht. Sie ging zum Fenster am Ende des Flurs und schaute hinaus. Mittler war etwas erstaunt, dass sie nicht gleich den Weg zum Aufzug nahm. Langsam folgte er ihr.

»Wissen Sie, dass manche Menschen die Sonne nicht mögen?«

Rolf Mittler zuckte die Achseln. »Klar, soll es geben. Die vertragen vermutlich die Hitze nicht. Oder stehen etwas neben sich. Leute, die nicht glücklich sind, haben, glaub ich, lieber graues Wetter.«

Sine Matthäus warf einen letzten Blick auf den Krankenhauspark, dann wandte sie sich ab und folgte dem Pfeil zu den Treppen.

»Ist was nicht in Ordnung, Frau Matthäus?«, rief Mittler ihr hinterher.

Sine Matthäus schüttelte nur den Kopf und verschwand durch die Seitentür zum Treppenhaus.

Nachtrag

Cornelia Ohlig wurde wegen Mordes an ihrem Ehemann Lutz Ohlig zu einer lebenslangen Freiheitsstrafe verurteilt. Der Richter erkannte ihr keine verminderte Schuldfähigkeit zu.

Mireille Ohlig unterzieht sich einer Therapie.

Sandra Ohlig lebt auf ihren ausdrücklichen Wunsch bei Familie Mittler.

Max Feuerbach wurde post mortem rehabilitiert.

Mario Risse sagte sich von seinem Vater los, als der nach Darstellung der Hintergründe darauf bestand, Ludger Carstens anzuzeigen. Er hat seitdem keinen Kontakt mehr zu ihm.

Ludger Carstens wurde wegen Freiheitsberaubung und gefährlicher Körperverletzung zu einer Freiheitsstrafe auf Bewährung verurteilt.

Sofie Mittler hat ihrem Vater nicht verraten, dass sie den Toten auf der Brücke gesehen hat.

ANGELIKA HENSGEN
RACHEENGEL
NIEDERRHEIN KRIMI

Angelika Hensgen
RACHEENGEL
Niederrhein Krimi 6
Broschur, 176 Seiten
ISBN 3-89705-212-1

»Der Autorin ist ein schlüssiger Kriminalfall gelungen, den
sie spannend, stichhaltig und mit bannender Ausdruckskraft zu
erzählen versteht.« Rheinische Post

www.emons-verlag.de

Renate Ufermann
DU BIST DRAN!
Niederrhein Krimi 10
Broschur, ca. 200 Seiten
ISBN 3-89705-358-6

Erscheint im September 2005

www.emons-verlag.de

Jutta Profijt
**DAS TUCH DES
SCHWEIGENS**
Niederrhein Krimi 11
Broschur, ca. 200 Seiten
ISBN 3-89705-359-4

Erscheint im September 2005

www.emons-verlag.de

Thomas Hesse/Elke Siemund
KULTUR AM NIEDERRHEIN
Broschur, 96 Seiten
ISBN 3-89705-324-1

www.emons-verlag.de